나와 그녀의 왼손

츠지도 유메 장편소설
손지상 옮김

제우미디어

살포시, 그녀가 왼손을 건반 위에 얹는다.
매끄러운 선율이 귀로 흘러들어오자, 내 눈꺼풀 안에서는 세탁물들이 봄바람에 펄럭이는 풍경이 펼쳐진다.

— 아마, 그녀는 눈치채지 못했을 거라 생각한다.
몰라도 상관없다. 없던 일로 여기면 될 테니.
내 '비밀'은 겨우 흐르기 시작한 이 행복한 음악을 굳이 멈추게 할,
그런 종류의 이야기니까.

Contents

나와
그녀의 왼손
僕と彼女の左手
- 辻堂ゆめ -
츠지도 유메 지음
손지상 옮김

Prelude

전주곡

— 아빠.

다름 아닌 나 자신의 목소리가 머릿속에서 들려왔다.

— 아빠, 아빠.

몸속의 피가 박동 칠 때마다, 같은 말이 반복된다.

목소리가 끊임없이 이어진다.

연기인지 먼지인지 모를 회색 공기가 주변 한가득 피어난다. 손을 구부리며, 나는 비틀비틀 일어섰다. 벽인 줄 알고 손을 짚었는데, 조금 전까지 머리 위에 있던 냉방용 송풍구였다. 발아래에서, 산산조각이 난 차창유리가 잘그락잘그락 소리를 냈다.

허리를 구부린 채, 짓눌려 찌부러진 공간 속에서 눈을

부릅떴다. 둥둥 떠다니는 먼지 너머로는 움직이는 것이 하나도 제대로 보이지 않았다.

왼손에 아직 단단하게 쥐고 있는 황록색 원반 장난감을 잠시 고민한 뒤 내버린다.

쓰러진 사람이나 튀어나온 금속막대를 밟지 않으려고 주의 깊게 전진했다.

대각선으로 기울어진 유모차를 발견해, 안을 들여다보았다. 조그만 아기가 벨트에 묶인 채, 눈을 뜬 채로, 입을 벌린 채로, 굳어있었다. 손을 뻗어, 생채기가 난 아기의 살갗에 대본다.

부드럽고, 따뜻했다.

벨트를 풀고, 아기를 가슴에 안았다. 그대로 들어 올려서, 목소리가 들리는 방향으로 데리고 간다. 어른 몇 명이 서로에게 고함치는 소리였다. 무슨 말을 하는지는 잘 들리지 않았다. 내 목소리와 그 메아리만이 내 머릿속을 구석구석 가득 채우고 있었다.

검게 그을린 어른의 손이 눈앞에 불쑥 나타났다. 그제야 울기 시작한 아기를 그 손에 맡기고, 누가 잡아당기기라도 한 것처럼 나는 닫힌 공간 속으로 되돌아갔다.

– 아빠.

바로 옆에서 몸을 구부린 채 웅크린 할머니를 발견했다. 어깨에 손을 대보니, 작게 떨리고 있었다.

얼굴도 보지 않고, 할머니의 두 겨드랑이로 팔을 집어넣었다. 뒤에서 안아 올린 할머니의 몸은 놀랄 만큼 가벼웠다. 빛이 들어오는 곳까지 끌고 가서, 벽 틈으로 오렌지색 모포를 들고 불쑥 튀어나와 있는 팔에게 할머니를 건넨다.

– 아빠? 어디에요, 아빠.

녹색 천으로 감싼 물체 사이에 끼어있는 여성을 발견했다. 무언가를 향해 열심히 팔을 뻗고 있다. 잔해 위를 비틀비틀 걸어가 그 팔을 붙잡았다.

당신 말고, 당신 말고 저 아이예요.

여성은 격렬히 고개를 가로저었다. 일일이 신경 쓸 겨를이 없다. 나는 그대로 여성을 끌어냈다.

혼신의 힘을 다해 여성의 몸을 잡아당기자, 이번에는 벽에서 오렌지색 옷을 입은 남자 머리가 튀어나왔다. 소리 지르는 여성을 그 자리에 두고, 나는 한 번 더, 어둑어둑한 공간 깊은 곳으로 헤쳐나갔다.

– 아빠.

머리가 아프다.

막다른 곳은 바닥과 벽과 천장이 구별이 가지 않을 정도로, 전체적으로 무너져있었다. 바로 옆에 어른 남자와 여자가 뒤엉켜 쓰러져있었다. 무언가 새빨간 것은 보지 않으려 노력했다.

그 아래로 작은 여자아이 얼굴이 보인다. 무서워하는 검은 눈동자가 내 쪽을 바라보고 있었다.

그 자리에 주저앉아, 여자아이의 팔과 다리를 잡고 온 힘을 다해 당겼다. 몸을 뒤틀며 울음을 터뜨리는 여자아이를 모든 힘을 짜내어 구출한다.

구해낸 여자아이는 내 품에서 싫다고 버둥버둥 허우적거렸다. 아무래도 여기 계속 남고 싶은 모양이었지만, 내가 훨씬 힘이 셌다.

누군지도 모르는 여자아이를 안아 든 채로 비틀비틀 일어난 나는 빛을 향해 이동했다.

– 아빠.

아까 의식을 되찾았을 때 봐버렸던 광경이 눈앞에 되살아난다.

문득 머릿속에 안개가 차오른다. 평형감각을 잃은 나를 오렌지색 옷을 입은 건장한 상반신이 받쳐주었다.

장하구나, 목소리가 들린다.

하지만, 내 머릿속에서는 역시, 나 자신의 목소리가 계속 울리고 있었다.

– 아빠.

– 어디예요, 아빠, 아빠.

– 내가 슈퍼맨이면 좋았을 텐데.

제1곡

/

만남

앗, 손을 내밀었을 때는 이미 늦었다.

곱씹으며 읽고 있던, 공책에서 찢은 종잇조각이 강한 바람에 하늘로 날아올랐다. 흰 종이는 빙글빙글 몸을 뒤집으며, 넓은 옥상을 가로지르고, 입구 문 쪽으로 날아갔다.

– 에이, 읽던 중인데.

주우러 가려고 콘크리트 바닥에 손을 대고 나서야, 지금 맨발이라는 사실을 떠올렸다. 기껏 벗은 신발을 다시 신을지, 날아가 버린 종이 회수를 단념할지, 잠깐 생각한 나는 후자를 고르기로 했다.

몇 번이고 읽어서 확인했으니까, 내용은 벌써 머리에 들어가 있었다. 한 구절 한 마디를 모두 외울 정도다. 그리고 가방 안에 넣어 둔 새 공책에도 똑바로 옮겨 적어놨으니, 초안을 잃어버린다고 해서 문제 될 일은 없었다.

양반다리 위에 펼쳐놓았던 국가고시 대비용 참고서를 탕, 하고 닫았다.

표지를 내려다본다. 적혈구와 백혈구가 커다랗게 그려져 있는 모습을 보자, 나도 모르게 쓴웃음이 나왔다. 적적할 정도로 텅텅 빈 가방을 채운다고 아무거나 집어넣었는데, 하필이면 이 책을 집어 들었다니, 잠재의식이란 참 무서운 것이구나.

벌렁, 딱딱한 콘크리트 위에 드러눕는다.

내 기분과는 정반대로, 오늘따라 하늘이 제법 푸르다. 참새가 느긋하게 옥색 하늘을 가로지르고 있다.

의학부 건물 옥상에 올라오는 건 이번이 처음이구나, 어렴풋한 생각이 든다. 평소 출입금지 구역이니 당연하다면 당연한 일이다. 하지만 이렇게 넓고 기분 좋은 공간인 줄 알았다면 더 일찍 오는 게 좋았을지도 모른다.

한참 동안 그대로 하늘을 바라보았다. 구름 한 점 없는 쾌청한 날씨구나 싶었는데, 자세히 보니 얇은 구름이 군데군데 길게 뻗치며 부드럽게 모양을 바꾸고 있었다.

"슬슬 가볼까."

온갖 생각이 멈추고, 머릿속이 텅 비었을 즈음 나는 몸을 일으키고 훌쩍 일어섰다. 그대로 정면을 향해 걸어가, 바로 눈앞 철망에 살짝 손을 대고 캠퍼스를 훑어본다. 이 9층짜리 의학부 건물은 옆의 간호학부나 다른 학부 건물보다 키가 아주 살짝 더 컸다.

매일 지하 해부실이나 1층 실험실에 틀어박혀 지냈던 1학년이나 2학년 때는 이런 장소가 같은 건물에 있으리라 상상도 못했다. 위층 대부분은 교수 연구실로 가득 차 있다. 3학년이 되어 실습실 사용허가가 날 때까지, 옥상의 존재조차 알지 못했다.

스읍, 크게 숨을 들이쉬고 대각선 위로 하늘을 올려다보았다.

"저기, 죄송한데요. 잠깐 시간 좀 내주시겠어요?"

뒤에서 목소리와 발소리가 들려와, 나는 철망을 잡은 채 뒤를 돌아보았다.

나랑 조금 떨어진 옥상 한가운데에 하늘하늘한 복숭아색 치마를 입은 여성이 서 있었다. 당황한 나는 여성을 향해 돌아섰다.

"네?"

너무 깜짝 놀라서 목소리도 이상하게 나왔다. 일부러 옥상까지 올라올 사람은 없다고 생각한 데다가, 조금 전까지도 발소리를 못 들었기 때문에, 기습을 당한 것이나 다름없었다.

"갑자기 죄송해요. 길이 어디가 어딘지 헷갈려서."

가슴께까지 내려오는 검은 머리를 찰랑거리며, 여성은 내 쪽으로 살짝 뛰어 다가왔다. 그녀가 손에 든 지도처럼 보이는 팸플릿이 옥상에 부는 강한 바람에 날려 펄럭펄럭 큰 소리를 냈다.

눈앞까지 온 여성은 생각보다 체격이 작았다. 이마에 땀이 맺혀있고, 하얀 뺨에 붉은 기가 돌고 있다. 여성은 곤란해 보이는 표정을 짓고, 바람에 날리는 지도를 내 쪽으로 내밀었다.

"교육학부 건물을 찾고 있는데요, 어디 있는지 아시나요?"

"음? 교육학부동? 거기라면 캠퍼스 반대쪽인데. 이 주변은 이과구역이라서."

간호학부동보다 한참 먼 곳을 손가락으로 가리키자, 여성이 낙담한 얼굴을 했다.

"아, 역시 저쪽이었구나. 근처까지 가기는 했는데, 어디가 어딘지 몰라서 돌아와 버렸거든요. 여기 캠퍼스 정말

넓네요.”

그녀는 이마의 땀을 손등으로 훔치며 후우, 한숨 쉬었다. 순간 여고생인가 싶었지만, 바로 그 생각을 부정했다.

9월 하순 평일 낮에 고등학생이 이런 곳에 있을 리가 없지. 가끔 수학여행을 왔나싶은 학생무리가 근방을 어슬렁거릴 때는 있지만, 만약 그렇다고 한다면 교복을 입었을 것이다.

얼굴에 앳된 모습이 남은 이목구비를 보니, 분명 나보다 어리다. 우리 학교 학생은 아닌 모양이니까, 입시희망 재수생이거나 다른 학교 연합동아리 소속 학생일까?

“혼자서 캠퍼스 견학을 하던 참이었어요. 이번에 이 대학에 지원할 생각이어서.”

내가 수상하게 여기는 것을 알아차렸는지, 그녀는 허둥지둥 눈치를 살피며 설명했다.

“정문에서 경비원 아저씨한테 캠퍼스 지도를 받기는 했는데, 제가 길치라서요.”

그녀는 부끄러운 듯 웃음을 지었다. 보는 사람 가슴 속을 간지럽게 만드는, 기죽어 보이는 미소였다.

“그래서 이 근처 건물에 들어가서 길을 아는 분이 있으면 물어보자고 생각했어요. 그런데 사람이 너무 없어서 계단을 오르고 오르다 보니까, 여기까지 와버렸네요."

"아, 여름방학 기간이라. 교수님들도 기본적으로는 연구실 안에만 계시고."

"어쩐지. 사람이 너무 없다고 생각했어요."

대학생은 9월까지 여름방학이구나, 하고 그녀는 눈을 빛냈다. 그 모습을 보아하니, 다른 대학 학생은 아닌 모양이다.

"하긴, 건물표시가 있는 곳도 있고 없는 곳도 있고 해서 찾기 힘들긴 하겠네. 특히 문과구역은 오래된 건물이 많아서. 교육학부 건물은 작은 데다가 문학부랑 법학부 건물 사이에 숨어있으니까."

어느새, 나는 그녀에게 교육학부까지 가는 길을 알려주고 있었다. 같이 지도를 보면서 하나하나 꼼꼼히 설명해주다니, 나랑은 어울리지 않는 짓이다. 그녀는 내 설명을 열심히 들었다.

"저기…… 이런 말씀 드리기는 죄송한데요."

설명을 마친 내 얼굴을 그녀는 조금 불안한 눈빛으로 올려다보았다.

"같이 가주시면 안 될까요? 교육학부까지."

"아차, 말로만 설명해서는 이해가 잘 안 됐으려나?"

"아뇨, 그게 아니라. 길은 문제 없을 것 같은데……."

그녀는 열심히 고개를 가로저었다.

"마침 현역 재학생분이랑 만났으니까, 잠깐이라도 이것저것 물어볼 기회가 있으면 좋을 것 같아서요."

보기와 다르게 적극적인 애구나, 라는 느낌을 받는다. 솔직히, 여기서 캠퍼스 반대편에 있는 교육학부까지 가는 게 귀찮기는 했다. 걸어서 갔다가 다시 돌아오면 넉넉히 20분은 걸린다.

"나는 교육학부는커녕 문과도 아닌데, 괜찮을까?"

그녀의 얼굴이 펴지더니 "물론이죠." 하고 대답했다. 거절하기도 애매한 분위기가 되고 말았다.

조금 주저한 나는 바닥에 정리해둔 짐을 향해 손을 뻗었다. 가방을 어깨에 걸고, 옆에 벗어둔 운동화를 발로 끌어당겼다.

"좋아, 가지 뭐."

"정말요! 정말 감사합니다."

그녀는 마음속 깊이 기뻐하는 표정을 지었다. 잡티 하나 없이, 구김 없는 표정이었다. 나 같은 게 같이 간다고 말만 했는데 이렇게 기뻐하다니, 이상한 애다.

앞서 걸어가자, 그녀는 아장아장 내 뒤를 따라 걸었다.

다행이다, 그녀가 중얼거리는 소리가 들렸다. 방울이 울리는 것 같은 목소리였다. 예쁜 목소리다, 나는 생각했다.

"성함, 어떻게 읽나요?"

손에 든 참고서를 가방에 넣으려 하면서 엘리베이터를 기다리는 차에 그녀가 물어왔다.

그녀는 참고서 뒤를 가리켰다. 뭐를 가리키나 자세히 보니 유성 매직펜으로 적은 내 이름이었다.

"그대로 읽으면 되는데. 도키타 슈(時田習)."

"아, '슈(習)'라고 읽나요? '나라우(習)'가 아니라?"

"그런 이름이 있을 리가 없잖아?"

"없… 으려… 나요?"

그녀는 살짝 얼굴을 붉혔다.

"보기 드문 이름이네요. 뭐랄까, 똑똑한 느낌이 드는."

그런가, 하고 대꾸하면서 나는 엘리베이터에 올라탔다. 어머니가 지어준 이름이다. 이름 때문에 다른 사람이 모범생 이미지를 품는 일은 언제나 있는 일이다.

"그쪽은?"

의례적으로 내 쪽에서도 물어보니, 그녀는 놀란 표정을 지었다. 남의 이름을 물어놓고도 자기 이름을 물어볼 것이라고는 상상도 못한 반응이었다.

세이케 사야코(清家さやこ), 그녀는 이름을 밝혔다. 맑을 청(清)에 집 가(家). 이름은 한자 없이 히라가나.

"보기 드문 이름이네."

완전히 똑같은 대사를 던지자, "그럴지도 모르겠네요." 자신 없는 목소리로 그녀가 대꾸했다.

의학부 건물을 나와 아스팔트로 포장된 도로를 걸어가기 시작하자, 사야코는 일방적으로 이야기를 시작했다.

"오늘, 사이타마 현 가스카베 시라는 데서 왔는데요, 꽤 멀거든요. 고등학교를 가와구치 시로 다녔는데, 거기까지 가는 것도 시간이 한참 걸린다고 생각했었어요. 근데 도쿄는 훨씬 더 멀더라고요. 대학생도 그렇고, 회사원도 그렇고, 이렇게 먼 곳까지 매일 다니다니 대단하구나 싶어서."

사야코는 상당히 들뜬 모양이었다. 정말로 본가를 떠나본 적이 없는 모양이다. 어딘지 모르게, 집안에서 소중하게 감추며 키운 아가씨 같은 분위기가 풍겼다.

"도쿄에 있는 대학, 동경했거든요. 아, 도키타 씨는, 어디 사시나요?"

"나? 요코하마."

"요코하마! 굉장하다!"

사야코는 한 손으로 입을 가리고 눈을 가늘게 떴다.

"그러면 여기서 멀지도 가깝지도 않은 거리인가요?"

"여기까지 오는데 전차랑 도보 합해서 50분 정도 걸리려나?"

"우와아, 우리 집에서 가와구치 가는 것보다 가깝다."

사야코는 부러운 목소리를 냈다. 사이타마 지리는 잘 모르지만, 가와구치가 가장 도쿄에 가까운 곳이고, 가스카베가 조금 더 떨어진 곳에 있는가 보다.

"사이타마라고 치면, 오오미야에 살고 있는 정도라고 할까?" 라고 설명해주니, "그렇게 비교하니 엄청 알기 쉽네요." 하고 사야코가 몇 번이고 고개를 끄덕였다.

한참 걷고 있는 사이, 사야코가 숨이 찬 것처럼 보인다는 걸 깨달은 나는 발걸음을 늦추었다. 내가 어지간히도 빨리 걷고 있었던 모양이다. 내 가슴 높이에 있는 어깨가 위아래로 움직인다.

현역 대학생과 이야기하고 싶은 내용이 고작 이건가? 나는 조금 맥이 빠졌다. 캠퍼스 견학을 왔다고 해서 수험이나 대학생활에 얽힌 질문 공세를 받을지도 모른다며 각오하고 있었는데, 그럴 생각은 없는 모양이다.

역시 특이한 애구나, 새삼스레 나란히 걷는 사야코를 슬쩍 본다. "고등학생?" 하고 묻자, 사야코는 무슨 말인지 모르겠다는 듯 두 눈을 동그랗게 떴다.

"아뇨아뇨, 전혀. 고등학교는 벌써 졸업했죠."

"그럼 재수생이구나."

"뭐랄까, 그건 또 아니고요. 지금은 집안일을 도우면서 대학입시공부를 하고 있어요. 실은 벌써 만으로 스물하나라서."

생각보다 또래에 가깝다는 사실에 놀란다. 그런 내 마음을 꿰뚫어 보았는지, 사야코는 눈길을 아래로 내리며 "아마, 도키타 씨하고 비슷하겠죠?" 하고 물어왔다.

"아니, 나는 만으로 스물셋이라, 조금 위."

"어머? 스물셋이라면-"

"의학부 5학년이라서."

짧게 대꾸하자, 사야코가 갑자기 눈을 반짝반짝 빛내며 "그렇구나, 의학부셨구나!" 하고 목소리를 높였다.

"응? 방금 들어올 때 눈치 못 챘어?"

"아까 그 건물이 의학부 건물이군요. 못 봤어요."

사야코는 수줍은 얼굴로 “의학부라니, 대단하시네요.” 하고 존경의 눈빛을 돌렸다.

뜨끔, 마음이 살짝 아프다.

“시험공부 어떻게 하셨어요?”

“어떻게, 라니?”

“역시 학원 같은 데 다니셨나요?”

드디어 예상했던 질문이 시작되었다.

“아니, 교과목마다 좋아 보이는 참고서를 사서, 죄다 통째로 외웠어. 학원을 간 적은 없고.”

“네? 우와! 대단하세요! 저도 학원에는 안 가고 공부하고 있어요. 하지만 막상 하려고 앉아도 의욕이 안 나는 때가 많아서.”

사야코가 갑자기 눈을 빛냈다.

“어떻게 하면 집에서도 공부를 할 수 있나요? 잠깐 이것저것 물어봐도 될까요?”

그 호기심으로 가득 찬 표정을 보자, 나도 모르게 마음속에 검은 그림자가 드리웠다.

솔직히 말해서, 다른 사람이 내 공부법을 따라 한다고 똑같이 잘 풀릴 리가 없다고 생각한다.

중학시험도, 대학시험도, 학원에서 모의고사만 치고,

나머지는 참고서를 사서 자습했다. 그런데도 결과가 뒤따른 이유는 어릴 때 아버지께서 알려주신 가르침이 몸에 배어있는 덕분이다.

일단 전체를 먼저 보고, 큰 순서를 이미지화해라. 그다음에는 세세한 순서를 정해라. 그리고 자기가 정한 일이라면 마지막까지 페이스를 무너뜨리지 말고, 변명도 하지 말고, 일단 해라.

아버지가 몇 번이고 되풀이한 그 말대로만 하면 어떤 과목이든 괴로워할 일이나 막힐 일도 없이 손쉽게 해결할 수 있었다. 특히 암기과목에 강했다. 전체분량을 파악하고, 세세한 구분을 나누어놓으면 남은 일은 끊임없이 공책에 적어 외우기만 하면 되는 단순작업이기 때문이다. 그래서 의학부생 대부분이 야단법석을 떠는 병 증상 암기도 거의 고생 없이 해냈다.

중학교나 고등학교 시절, 이 방법을 다른 친구들에게 가르쳐준 적이 몇 번 있었다. 하지만 매번 "이딴 짓 도키타너 말고 누가 하냐?" 하고 포기해버려서, 모든 시도가 불발로 끝났다.

그러니, 이런 일을 초등학생 아들에게 자연스럽게 학습시킨 아버지는 나보다 훨씬 머리가 좋은 사람일 거라고 생각한다.

– 아버지와 관계된 건 어렴풋이 밖에 기억이 안 나지만.

“저기, 목표로 삼은 곳은 교육학부?”

물어보니, 사야코는 “그러네요.” 하고 끄덕였다. “아직 제대로 정하지는 않았지만요.” 또다시 자신 없는 목소리로 말한다.

“어쨌든 문과기는 하겠네.”

“네.”

“그러면 문과구역 쪽까지 가서, 주변 학생을 한 명 붙잡고 물어보는 편이 좋지 않을까? 자세한 질문은 그쪽이 적당할 테니까. 문과랑 이과는 수험과목도 다르고.”

의도적으로 이야기를 끝내고, 나는 앞을 향해 걸었다. 사야코가 이상해하는 눈으로 이쪽을 보고 있다는 사실은 알고 있었지만, 일부러 모른 척했다.

사야코를 깔보고 무시하려는 건 아니다. 공부법에 대한 자세한 질문을 받으려 하니, 아버지와 살았던 기억이 뇌리에 순간 되살아나서, 생각한 것보다 먼저 거부반응이 나와 버린 탓이었다.

이래서는 캠퍼스 안내 길잡이 실격이군– 마음속으로 한숨을 내쉰다.

뿌리치듯 말해버렸으니, 사야코는 더 말을 걸지 않으리라 생각했다. 하지만 그녀는 아무래도 아직 주눅 들지 않은 모양이었다. 잠시 말없이 걷고 난 다음, 사야코는 아까와 똑같은 분위기로 질문을 던져왔다.

대학에서 가입한 동아리나, 중고등학교 때 클럽활동에 대해서 질문해왔다. 할 수 없이 대학 1학년 때 잠깐 수영 동아리에 들었지만 바로 그만둔 일이나, 고등학교 때 물리연구부에 이름만 올렸던 일을 이야기했다. 중학교 때에도 수영을 하기는 했지만, 고등학교에 들어가서까지 할 생각은 없었다.

새삼 되돌아보니, 역시 나란 놈은 어딘지 모르게 어중간한 인간인 모양이다.

"슬슬 도착해."

목적지에 다가오자, 나는 살짝 안심하면서 곁에서 걷고 있는 사야코에게 말을 걸었다. 잘 생각해보니, 다른 사람과 대화하는 것도 꽤 오랜만이다. 이제 와서 어깨가 잔뜩 긴장했다는 사실을 깨닫는다.

갑자기 사야코가 우뚝 멈춰 섰다. 나도 발을 멈추고 뒤돌아본다. 사야코는 바로 옆 중후한 건물을 올려다보고 있었다.

"여긴 무슨 건물이에요?"

"도서관."

내가 대답하자, 사야코는 활짝 밝은 얼굴로 정면에서 나를 바라보았다.

"부탁드리고 싶은 게 있는데요……. 도서관에서 공부 가르쳐주시면 안 될까요?"

"응? 공부? 지금?"

"네. 이 대학 안에서도, 무려 의학부라니, 가장 어려운 학부잖아요? 마침 이렇게 만났으니까, 잠깐이라도 좋으니 배울 수 있으면 좋겠다 싶어서요. 저, 말하기 부끄럽지만 공부 진짜 못하거든요. 그래도 어떻게든 대학에는 가고 싶고. 도키타 씨처럼 공부 잘하는 분은 어떻게 공부하시는지 꼭 알고 싶어요."

"교육학부 건물 보러 가는 거 아니었어?"

"예정변경, 입니다."

사야코는 귀여운 미소를 지으며, 갑자기 진지한 얼굴로 "부탁드려도 될까요?" 하고 이쪽을 올려다보았다.

곤란한데, 머리를 긁는다. 잠시 고민한 나는 고개를 끄덕였다.

"괜찮긴 한데, 제대로 알려줄 수 있을지는 장담 못해."

"만세! 고맙습니다."

사야코는 마음속 깊이 기쁜 얼굴로, 몸을 빙글 한 바퀴 돌렸다. 그리고는 서둘러 도서관 입구로 걸어갔다.

어쩐지 말려든 것 같은데- 책상에 턱을 괴고 앉아 중얼거렸다.

옆자리에서 공부하고 있던 남학생이 이쪽을 바라보았다. 공책과 함께 육법전서를 펼쳐둔 것으로 보아하니 법학부 학생인 모양이다. 정기시험인지 사법고시인지는 모르겠지만, 주변을 둘러보니 똑같이 법률관계 책을 쌓아올린 학생이 여럿 있다.

다행히도 내가 알고 있는 의학부 학생은 없었다. 의학부 건물에서 도서관까지는 어느 정도 거리가 있으니까 아무도 오지 않는 거겠지. 대학에서 자습을 한다고 하면, 의학부생 전용으로 완비된 실습실 쪽이 최근에 지어져서 분위기가 훨씬 좋다. 같은 이유로 나도 도서관에 들어오는 건 갓 입학했을 때 참가한 캠퍼스 투어 이후로 처음이다.

그건 그렇다 치고. 사야코는 꽤 오랫동안 책을 물색하고 있었다.

자리를 잡고 앉은 지도 벌써 20분 가까이 지났다. 일단 앉아계시겠어요? 라기에 그 말에 따라 앉아서 기다렸지만, 이 거대한 도서관 안은 나도 어디가 어딘지 잘 모를 정도라서 혹여나 사야코가 길을 잃은 것은 아닐까 걱정이 되었다.

엉덩이가 마비될 것 같은 느낌에 자리에서 일어나자, 거의 동시에 한 손으로 책을 잔뜩 안은 사야코가 책꽂이 뒤에서 모습을 드러냈다.

"기다리셨죠?"

쌓아 올린 책 위에 턱을 얹은 사야코가 방긋 미소 지었다.

그 순간 기우뚱, 책 탑이 흔들렸다.

사야코가 눈을 부릅떴다. 신기하게도, 사야코는 중심을 잡으려 하지 않고 미끄러지는 책을 선 채로 바라보기만 했다.

당황한 나는 달려가 무너져 내리는 열 몇 권의 책을 향해 손을 뻗었다. 간발의 차로 사야코의 팔에서 떨어지던 책은 모두 팔락팔락 페이지를 펼치며 내 두 팔에 안겼다.

"죄송해요."

사야코가 남은 팔을 한 손으로 안은 채 눈을 깜빡였다.

“아, 그리고, 고맙습니다.”

내 팔 안의 책은 참고서 다섯 권과 문제집이었다. 세어 보니 사야코의 손에 남은 책은 일곱 권이었다. 전부 열두 권. 남은 책 탑이 기울어지고 있었는데도 사야코는 여전히 균형을 잡으려고 하지 않았다.

나는 손 안의 책을 정리하면서 사야코가 가지고 있는 책을 세 권 더 내 쪽으로 옮겼다.

“뭘 이렇게 한 번에 옮기려고.”

나도 모르게 쓴웃음을 지었다.

“그리고 이렇게 위험하게 들고 오면 당연히 이렇게 되지. 한 손으로 옮기면 안 무거워? 오른손도 같이 쓰면 될 걸.”

“아, 안 움직여요.”

사야코는 아무렇지도 않게 말했다.

“응?”

“제 오른손, 안 움직여요. 태어날 때부터.”

듣고 보니 그러네요, 같은 수준의 가벼운 말투로 설명하더니 사야코는 테이블 쪽으로 걸어가기 시작했다.

나는 허를 찔려 그 뒷모습을 바라보기만 했다.

오른팔이 몸에 딱 붙어있었다. 손목에서부터 덜렁 늘어져 있다. 긴소매 블라우스를 입고 있어서 지금 이 순간이 되도록 여태까지 모르고 있었지만, 잘 보니 왼팔보다 오른팔 쪽이 확연히 가늘다. 그리고 아주 살짝 오른쪽 다리를 끌면서 걷고 있었다.

쿵, 가슴을 짓눌린 감각이 느껴진다.

– 태어날 때부터면 분만마비인가?

– 아냐, 오른 손발 모두면 가벼운 뇌성마비일지도 몰라.

이런 생각이, 의대생이다 보니 어쩔 수 없이 차례로 떠올랐다. 산부인과에서 병원실습을 했을 때의 기억이 되살아났다. 서둘러 기억을 머릿속에서 떨쳐낸다. 그런 생각할 때냐, 지금? 자기혐오에 빠질 지경이다.

여기는 병원이 아니야.

수업 중은 더더욱 아니고.

"그랬구나."

미안, 이라는 단어를 삼킨다. 썩어도 의대생인데 상대방이 말하기 전까지 전혀 알아차리지 못했다는 사실이 부끄러웠다. 그렇다고 해서 사과하는 것도 좀 이상하지 않나 싶었다.

왼손만으로 테이블 위에 책을 펼쳐놓는 사야코 곁에 서

서, 가져온 참고서를 그 옆에 털썩 놓았다.

“미리 말해줬으면 도와줬을 텐데.”

“제가 너무 들떠서 까불었나 봐요. 그렇지만, 흔한 기회가 아니라서 두근두근하는 바람에.”

사야코는 후후후, 소리 내어 웃더니 고개를 갸웃거리며 자기 오른팔을 바라보았다.

“저, 의학에 대해서는 자세히 아는 게 없는데, 아마 소아뇌성마비– 라고 하는 모양이에요. 도키타 씨, 잘 아세요?”

역시 소아뇌성마비인가, 마음속으로만 중얼거리며 “산부인과 수업 때 배웠어.” 라고만 대답했다. 그 병명만으로는 기본 중에서도 기본이다. 일반적으로 잘 알려진 단어기는 하다. 하지만, 사야코가 발음하니 어려운 전문용어처럼 들렸다.

“과연. 역시 머리가 좋으시군요. 혹시 도키타 씨가 그런 방면으로 의사 선생님이 되면 언젠가 제 오른팔도 움직이게끔 고쳐주세요.”

다리는 조금 걷기 어려운 정도지만, 팔은 완전마비예요– 사야코는 미소 지은 채 말을 이었다.

완전마비.

장애등급분류에 사용하는 단어다. 기능을 거의 잃어버린 상태를 가리킨다.

뜨끔, 가슴이 또 한 번 아파왔다. 아까보다 강해 헉, 놀라게 만드는 아픔이었다.

태어날 때부터 뇌성마비로 오른팔이 움직이지 않는다면, 앞으로도 나을 가능성은 쭉 제로에 가깝다. 그 사실을 머릿속에 떠올리고 말았지만, 당연히 입 밖으로 내지는 않았다.

"신경 안 쓰셔도 돼요. 왼손만으로도 조금만 신경 쓰면 평범하게 생활할 수 있거든요. 신발 끈이나 앞치마 끈 묶는 거는 조금 힘들지만요. 혹시 남자로 태어났으면 지금쯤 넥타이 매느라 엄청 고생하고 있을지도 모르죠- 그럼, 바로 공부 가르쳐주시겠어요?"

기대에 가득 찬 눈으로 올려다본다. 사야코는 어느새 테이블 위에 금속제 필통을 꺼내놓고 왼손만으로 능숙하게 뚜껑을 열었다.

사야코에게 이런 대화는 이미 익숙하겠지. 이제 와서 새삼 깨닫는다. 이 화제를 의도적으로 피하려 하지 않고, 그렇다고 굳이 강조하지도 않는다. 아마 사야코에게는 그저 일상일 뿐이리라.

그렇다면 제삼자가 과잉반응하는 게 오히려 폐를 끼치는 일이겠지. 그런 판단을 내린 나는 아무 말 없이 사야코 옆에 앉았다.

테이블 위에 펼쳐놓은 참고서는 한마디로 말해 뒤죽박죽 마음 가는대로 골라온 것이 분명했다. '알기 쉬운 고전 문법의 기초', '고교 수학 입문' 같은 무난한 초보자용 참고서부터, '제설(諸說) 서양사', '영어 관용구의 성립과정'에 이르기까지 솔직히 말해 전혀 대학입시용이 아닌 학술서까지 꺼내왔다. 과목도 난이도도 뒤죽박죽이다. 차례대로 책을 확인하며 분류하는 사이, 사야코는 눈을 반짝반짝 빛내며 얼굴을 가까이 들이댔다.

"책이 너무 많아서, 일단은 학습서 책꽂이에서 그럴듯해 보이는 걸 다 가지고 왔어요. 쓸만한 거, 있나요?"

"으음, 글쎄. 배우고 싶은 과목은 있어?"

"전부, 라고 하면 전부기는 한데요."

"그럼 잘 못 하는 과목은?"

"수학, 인 것 같아요."

"오케이."

펼쳐놓은 책 중에서 '고교수학 입문'을 꺼내 들고 다른 책은 원래대로 쌓아놓았다. 책더미 속에 숨은 우리를 주변의 법학부생들이 기이한 눈으로 쳐다봤다.

"고등학교 수학은 어느 정도 기억나?"

사야코는 왼손 손가락을 엄지부터 순서대로 굽히더니 깜짝 놀란 표정을 지었다. 그렇게 시간이 흘렀단 말이야? 하고 깜짝 놀라기라도 한 표정이었다.

"그럼 처음부터 시작해볼까?"

나는 참고서를 팔락팔락 펼쳤다.

"계산용 공책, 가지고 있어?"

"아, 없는데요."

"빌려줄게."

나는 내심 주저하면서 의자에 걸어놓은 가방에 손을 넣었다. 산 지 얼마 안 된 공책을 꺼내 뒤표지 쪽으로 신중하게 펼쳐서 한 장만 뜯어낸다. 그 종이를 사야코에게 건네준 뒤 공책 자체를 바로 가방에 집어넣었다. 테이블 위에 엎어놓은 채로 두면 기분이 진정되지 않을 것 같았다.

고맙습니다, 씩씩한 목소리로 말한 사야코는 펜을 쥔 왼손으로 종잇조각을 끌어당겼다.

"다항식 풀이부터 해볼까? 중학교 내용복습도 포함하게 될 텐데, 일단 설명부터 좀 해줄게. 그다음 예제를 몇 개 풀어볼래? 푸는 걸 먼저 보고, 연습문제나 응용문제로 넘어가자."

이렇게 남한테 가르치는 일은 처음 해보기에 제대로 이해시키고 있는지가 걱정되었지만, 사야코는 열심히 고개를 끄덕이며 내 설명을 듣고 있었다. 수학을 잘 못 하는 건 사실인 듯했는데, 보통이면 금방 외울만한 공식도 예제를 풀어가며 몇 번이고 반복해 참고서페이지를 훑어보며 외웠다.

사야코의 글자는 꼼꼼했다. 한 획 한 획, 똑바로 쓰려고 하는 그 자세는 문제를 한꺼번에 많이 풀기에는 알맞지 않아 보였다.

글자를 보면 성격을 알 수 있구나, 어렴풋한 생각이 든다. 아마 사야코는 꼼꼼하고, 진지하고, 성실한 사람일 것이다.

어쩌면 혹시, 닮았을지도 모르겠다.

나도 속기하는 편이 아니라 딱 필요한 만큼만 깨끗한 모양으로 맞춰서 쓰는 타입이다. 종이에 써서 암기하는 버릇을 들이기는 했지만, 예를 들어 같은 한자를 여러 번 반복해서 쓰며 외워야 한다면 기계적으로 열 번이 아니라, 집중해서 천천히 세 번 쓰는 식으로 학습한다. 그편이 뇌에 더 잘 새겨지는 느낌이 들기 때문이다.

사야코가 예제를 풀고 있을 때 나는 살짝 그녀의 옆얼굴을 관찰했다.

하얀 피부에 살짝 부풀어 오른 볼이 어딘가 모르게 부드러워 보였다. 꾹 다문 복숭앗빛 입술은 열심히 문제를 푸는 사야코의 태도를 그대로 표현하고 있는 듯했다. 무엇보다 마음에 와닿았던 것은 펜 끝을 똑바로 바라보는 눈이 한없이 순수하고 진심이라는 것이었다.

연습문제에 머뭇거리는 사야코에게 같은 곳을 다시 설명하거나 힌트를 주기도 하는 사이, 시간이 순식간에 지나갔다. 나는 점점 가르쳐주는 행위에 익숙해져서 어깨의 긴장이 풀렸고, 사야코 쪽도 받아들이는 속도가 올라간 듯했다.

다항식전개와 인수분해단원을 다 훑어보자, 사야코가 후우, 크게 한숨을 내쉬었다.

“이렇게 집중해서 공부한 것도 오랜만이에요. 도키타 씨, 잘 가르쳐 주시네요. 고등학교 때 선생님이 이렇게 가르쳐주셨으면 좋았을 텐데, 싶더라고요.”

사야코가 눈을 가늘게 뜨고 만족스러운 웃음을 지었다. 이렇게 가까운 거리에서 그런 표정을 봐버린 내 심장은 부끄러운 줄도 모르고 박동 소리를 냈다.

계속 왼손으로 쥐고 있던 펜을 사야코가 테이블 위에 살짝 내려놓았다. 이 소리를 신호인 양 나도 손을 뻗어 참고서페이지를 덮었다. 도중에 몇 장 정도 찢어서 준 공책 조각은 전부 계산식으로 빼곡했다.

"부탁 하나 더 해도 될까요?"

"어떤 부탁?"

되물어보자 사야코는 우물쭈물 부끄러운 표정을 지으며 똑바로 내 쪽을 올려다보았다.

"내일부터 저의 과외선생님이 되어주세요."

생각할 틈도 없이 내 입은 "좋아."라고 대답하고 있었다.

사야코의 얼굴이 느슨하게 풀어진다. 여기에 이끌려 나도 모르게 미소를 짓고 말았다.

오늘 학교에 온 게 나쁜 선택은 아니었을지도 몰라- 왠지 모르게 그런 생각이 들었다.

이틀째, 사야코의 짐은 어제보다 늘어나 있었다. 고양이캐릭터가 붙은 귀여운 공책과 고등학교시절에 쓰던 교과서를 가지고 왔다.

도서관에서 오후까지 있었고, 나왔을 때는 16시가 지나 있었다. 시간의 반은 어제 하던 수학 공부를 마저 하고, 나머지 반은 고전문법을 대강 훑어보는 데 썼다. 제대로 집에서 복습해왔는지 수학은 어제보다 훨씬 술술 풀 수 있게 되었지만, 고전문법은 구멍투성이였다. 고등학교 1학년 때 배우는 활용변화를 사야코는 책에 쓰여 있는 그대로 외우려 들었다. 실은 모두 외울 필요가 없고, 활용에는 기본적인 규칙이 존재한다는 사실을 알려주자 "교과서만 봐서는 절대 몰랐을 거예요." 하고 기뻐했다.

"도키타 씨랑 공부하고 있으니까 저까지 머리가 좋아지는 기분이에요. 머릿속에 뿌옇게 낀 안개가 점점 맑아지고 깔끔해진 느낌이에요. 평상시에는 눈앞이 보이지 않을 정도라서 금방 바위에 부딪히고 마는데, 지금은 멀리까지 선명하게 보이는 것 같아요."

사야코가 독특한 표현을 썼다.

"도키타 씨는 문제를 보면 바로 풀이가 떠오르세요?"

"뭐, 대강은. 머리에 지식을 한 번 넣어두면."

"그거 굉장한 거 같아요. 어쩌면 이 대학에는 그런 분이 많을지도 모르겠지만, 제가 지금까지 살면서 주변에 본 사람 가운데 그런 사람은 한 사람도 없었거든요. 세상은 넓은 거 같아요."

거창한 이야기를 하면서 정문으로 향하는 길을 걷는다.

그건 나도 마찬가지야- 수학이나 고전문법 기초를 해설해 준 것뿐인데 이렇게까지 감동해주는 사람이 있으리라고는 지금까지 한 번도 생각해 본 적이 없었다.

"그건 그렇고. 어쩌다 마주친 나한테 과외선생님을 부탁하다니, 정말 괜찮겠어?"

"괜찮아요. 의대생인 분이랑 어쩌다 마주치다니, 오히려 행운이죠."

"하지만 딱히 의사가 되고 싶은 건 아니잖아?"

"그건 그렇죠."

"대학을 나와서 뭐가 되고 싶은데?"

그 질문에는 "학교 선생님이요."라는 대답이 돌아왔다. 역시 의학이랑은 전혀 관계가 없다. 조금 맥이 빠졌다.

갈림길로 꺾어 들어가 정문이 보이기 시작할 때쯤 사야코가 우뚝 발을 멈추었다.

"응? 이 소리."

사야코가 왼쪽 귀에 손을 갖다 대고, 몸을 살짝 기울인다.

"피아노예요?"

나도 귀를 기울여보았다. 처음에 들려온 소리는 높은 바이올린 소리였다. 그 외에도, 이름 모를 현악기의 저음이나 경쾌한 트럼펫의 음색이 따로따로 울리고 있었다. 여러 명이 한꺼번에 연습하고 있는 그 가운데 피아노 소리가 들어있는지 없는지, 내게는 판단이 서지 않았다.

"피아노 소리- 들렸어?"

"네. 좋은 소리였어요."

사야코는 황홀한 표정을 지었다.

"어느 건물에서 들려오는 걸까요?"

"제2부실동일 걸? 3층에 음악동아리가 돌아가면서 쓰는 공동연습실이 있거든. 악기를 자유롭게 가져와서 연습할 수 있도록. 대부분 관현악부 사람들일 거야. 개인이 취미로 가져와서 연습하는 사람도 있기는 하지만."

"그거 혹시, 우리가 가도 들어갈 수 있나요?"

사야코가 갑자기 눈을 빛내며 내 쪽을 돌아보았다. 나는 그 기세에 압도되어 "될 거야."하고 고개를 끄덕였다.

"가보고 싶어요."

아주 살짝 오른쪽 다리를 끌면서, 사야코가 다급히 소리가 나는 방향으로 걷기 시작했다. 나는 어리둥절하며 즐거워 보이는 뒷모습을 쫓아갔다.

소리만을 쫓아 건물 뒤쪽으로 돌아가려는 사야코를 불러 세우고 제2부실동 정면 현관으로 들어갔다.

캠퍼스 안에 드문드문 있는 부실동은 모두 다섯 동이고, 오래된 순으로 번호가 붙어있다. 주로 음악이나 댄스 관련 동아리가 사용하는 제2부실동은 오래되고 중후한 벽돌 건축물로, 3층은 나름 괜찮은 연습용 홀이다. 딱 한 번 캠퍼스 투어 때 구경한 적이 있었다. 그때 보았던 홀은 벽에 붙어있는 커다란 거울 앞에서 댄스서클이 대열을 짜서 연습하고 있고, 그 반대쪽에는 악기를 든 학생들이 제각각 소리를 내는 혼란스럽기 그지없는 공간이었다.

낡은 건물이라 엘리베이터는 물론이고 에스컬레이터도 없다. 하지만, 내 걱정이 무색하게 사야코는 성큼성큼 나선계단을 올랐다. 위로 올라가면서 점점 울려 퍼지는 악기 소리가 커져간다.

3층에 도착하자마자 공동연습실로 통하는 커다란 문을 활짝 연 사야코는 와아, 환성을 지르며 얼굴 전체로 함박웃음을 지었다.

"그랜드피아노다!"

분명 널찍한 연습용 홀 가장 구석 쪽에 검은 그랜드피아노가 자리 잡고 있었다. 주변을 둘러볼 생각도 없이 사야코는 연습하고 있는 학생들 사이를 뚫고 홀 안쪽으로 달려갔다. 학생들도 자기 연습에만 정신이 팔려있는 것은 별반 다르지 않아서, 다들 보면대만 내려다보며 한눈파는 일 없이 악기를 연주하고 있었다. 신나서 난리가 난 사야코를 주목하는 사람은 아무도 없었다.

사야코가 다가가자, 피아노 앞에 앉아있던 남학생이 자리에서 일어나 자리를 양보했다. 사야코는 겸연쩍은 듯 고개를 가로저었지만, 남학생은 피아노 바로 옆벽에 붙은 종이를 손가락질하며 악보를 정리해 바로 자리를 떴다. 뒤늦게 도착한 내가 벽에 붙은 종이의 내용을 확인해 보니 '피아노는 20분마다 교대하는 게 원칙입니다.'라는 주의사항이 적혀있었다. 충분히 연습했으니까 괜찮아요, 그런 뜻으로 손가락질을 한 것인가 보다.

사야코는 허를 찔린 모양으로, 방금까지 여기서 연습하고 있던 남학생의 뒷모습을 바라보았다.

– 하긴 그렇겠지.

그야, 사야코는 손이– .

마지막까지 생각하지 않으려 하는 사이 사야코가 의자에 앉았다. 옆으로 긴 피아노 의자를 오른쪽으로 당겨놓고는 의자에서도 가장 오른쪽 끝에 앉았다. 무릎까지 오는 하얀 스커트 아래로 보이는 왼 다리가 가운데 쪽으로 뻗으며 겨우 닿을 만큼 떨어진 페달을 건드렸다.

뭘 하려는 거지, 나는 눈을 동그랗게 뜨고 그녀를 지켜보았다.

페달의 위치를 몇 번이고 확인한 후 사야코는 왼손을 살짝 건반 위에 얹고 몸 앞에 있는 검은 건반을 엄지손가락으로 통, 두들겼다.

시끌시끌하던 공간이 갑자기 조용해진 느낌이다. 그 한가운데에 홀로, 사야코가 연주한 단음만이 퍼져나간다.

그리고 다음 순간, 소리가 멈추고, 사야코의 손가락이 왼쪽으로 훌쩍 뛰어나간다.

이번에는 여러 음이 연이어 울렸다.

가운데의 하얀 건반을 새끼손가락으로 강하게 누르고, 직후에 같은 리듬으로 높은 건반을 연달아 누른다. 높은 음을 연주하는 것은 엄지 쪽 손가락 세 개였다. 그리고 이번에는 다시 다른 저음으로 돌아간다. 온몸을 흔드는 것처럼 사야코가 페달을 밟자, 새끼손가락으로 눌렀던 음만이 신기할 정도로 쭉 뻗으며 다른 소리를 감싼다.

왼손을 좌우로 왔다 갔다 하면서 같은 작은악절을 여덟 번 되풀이하자 이번에는 사야코의 손이 더욱 높이 도약했다.

처음에 확인해 두었던 검은 건반에 사야코의 엄지가 닿는다. 그 음이 부드럽게 울린 순간, 나는 어디서 들어본 적 있는 이 악절이 어느 음악인지를 기억해냈다.

– 캐논이다.

음악을 잘 모르는 나라도 당연히 알고 있는 멜로디. 그 멜로디가 오직 한 손으로만 흘러나오더니, 서서히 음이 풍성해진다.

이건 분명 '연주'였다.

음이 두터워지고, 서로 조화를 이루며 퍼져나간다. 그러는 도중에 곡 전체가 부드러운 사 분의 사 박자로 모습을 바꾸었다. 조용히 시작한 도입부의 분위기는 계속해서 남겨둔 채로 어디까지나 자연스럽게 사야코가 엮어가는 음색이 주변을 물들여간다.

사야코의 엄지손가락이 점점 높은 곳까지 솟아올랐다. 위로 향하는가 하면 곧바로 저음을 받치러 돌아가고, 다시 높게 솟아오르는가 싶으면 어느새 침착한 음으로 돌아간다. 그녀가 고음을 연주하는 찰나의 순간에도 그 직전에 새끼손가락과 약지가 왼쪽으로 크게 뛰어올라 연주한 음색은 특별한 피아노를 쓰고 있는 게 아닌가 착각하게 할 정도로 길고 풍부한 소리를 남겼다.

건반 중앙에서 사야코의 엄지와 검지가 섬세한 작은악절을 만들어내기 시작했다. 곡 전체가 고조되면서 왼손이 도약하는 폭도 따라서 점점 넓어진다. 변함없이 음은 봄날의 햇살처럼 부드러운데도 사야코의 다섯 손가락은 각각 따로따로, 때로는 동시에, 현기증이 날 정도로 역할을 바꾸어가며 건반 위를 종횡무진 누비고 다녔다.

– 소리가 파도 같아.

단조롭게 왔다가 금세 떠나가는 지루한 파도 따위가 아니고, 바람 부는 날의 거친 파도도 아니다. 안심하고 몸을 맡기고 싶어지는 커다란 소리의 파도다.

한층 더 존재감을 뿜어내는 높은 화음 네 개가, 갑자기, 내 품으로 뛰어 들어왔다.

다음 순간, 곡은 가장 유명한 메인파트로 돌입했다. 믿을 수 없을 정도로 빠르게, 사야코는 손가락 다섯 개와 발 하나만으로 많은 음을 드라마틱하게 펼쳐나간다.

사야코의 몸은 전후좌우로 흔들리고 있었다. 소리와 소리 사이에 재빠르게 페달을 바꾸어 밟는다. 그럴 때마다 탁해질 것 같았던 소리가 절묘한 타이밍에 뒤로 감춰지고, 새로운 소리가 그 여운 위를 뒤덮었다.

– 나 지금, 엄청난 걸 보고 있는 게 아닐까?

사야코의 옆얼굴에 처음으로 눈길이 갔다. 이렇게 격렬히 움직이고 있는데 그녀의 표정은 처음 피아노를 만진 아이처럼 상쾌하게 빛나고 있었다.

눈을 감는다.

문득, 예전에 보았던 광경을 떠올렸다.

어딘지 익숙한 공원. 아주 멀리까지 이어지는 완만한 푸른 언덕. 원반 장난감을 던지며 노는 가족, 드러누워 하늘을 올려다보는 젊은 남녀, 또래로 보이는 소년소녀들이 마음껏 내달리며 놀고 있는 모습.

멀리서 파도 소리가 들려온다. 하늘은 파랗다.

기분 좋은 가을바람이 내 뺨을 스쳐 지나간다.

바로 옆에 앉아있는 부모님이 미소 지으며 날씨 좋네, 하고 내 머리카락이 뒤엉킬 정도로 쓰다듬어준다.

나는 부모님을 향해 느낌을 솔직하게 전한다.

– 있죠, 나, 이렇게 기분 좋은 곳은 처음 와 봐요.

소리가 귀로 들어와 문득 정신을 차렸다.

눈을 떠보니 사야코는 반쯤 일어설 정도로 고음부 화음을 있는 힘껏 연주하고 있었다.

음이 몇 개나 동시에 울리고 있는 걸까. 그 커다란 규모에 빠져들고 만 나는, 사야코가 왼쪽으로 몸을 크게 기울이며 지금까지 들어본 음 중에 가장 박력 있는 저음부를 때리고, 섬세하게 타이밍을 빗겨내며 장대한 마지막 화음을 뽑아낼 때까지, 곡이 이미 후반부에 들어선 지 오래라는 사실을 알아차리지 못했다.

둥실, 사야코의 왼손이 건반을 떠났다.

나는 한동안 연주가 끝난 그녀의 왼손을 멍하니 바라보았다.

"엄청나네."

겨우 목소리가 나왔다. 이렇게 뻔한 형용사로는 제대로 표현할 수 없는 기분이 들었지만, 달리 방법이 없었다.

문득 뒤를 돌아보며, 연습용 홀 가운데 언저리를 훑어본다. 관현악부 사람들은 아까랑 다름없이 각자 보면대 앞에서 악기 연습을 계속하고 있었다. 아마, 사야코가 왼손만으로 캐논을 끝까지 연주했다는 사실을 아무도 알아차리지 못한 눈치다.

하긴, 너무 자연스러웠으니까- 연주를 떠올리면서 나는 다시 한번 피아노 쪽으로 몸을 돌렸다.

"옛날부터 취미였어요."

사야코가 웃으면서 왼손을 살짝 볼에 갖다 댔다.

"언제부터 했어?"

"유치원 때부터요."

"엄청난데."

또 말하고 말았다.

"그럼, 피아노학원 같은 데 다닌 거야?"

"초등학교 저학년 때까지는 다녔어요. 그 뒤로는 독학으로."

도키타 씨가 공부한 과정이랑 비슷한 느낌이네요- 그녀가 활짝 웃었다.

"이렇게 연주하기란 보통 노력으로 되는 게 아닐 텐데. 게다가 배우지도 않고 이 정도 수준까지 올라가다니."

나는 살짝 흥분하고 있었다. 정확히 말하자면 이제야 최면에서 깨어나 방금 목격한 현상이 지닌 객관적인 예술성을 비로소 이해하기 시작했다.

내 말을 들은 사야코는 "에이, 아니에요."하고 고개를 가로저었다.

"배우지 않았다기보다, 배우지 못한 것뿐이에요. 왼손만 써서 피아노 연주하는 걸 전문으로 가르쳐주는 선생님은 없고, 또 음악교실에 있는 곡은 다 양손으로 치는 곡뿐이니까요. 어느 정도 숙달되고 나면 다음은 자기 혼자 마음대로 어레인지하거나 개량하는 수밖에 없었어요."

"그럼 방금 친 캐논은 그러니까– 세이케 씨가 편곡한 곡?"

"사야코, 라고 해도 돼요."

"그럼…… 사야코 씨."

"편하게 불러도 돼요. 나이도 제가 더 어리고."

사야코가 재미있다는 듯 미소 지었다.

아주 살짝 허둥지둥 댔다. "알았어." 하고 고개를 끄덕이자, 사야코는 아무 일도 없었다는 듯 화제를 돌렸다.

"그래요. 왼손만으로 연주할 수 있도록 조금씩 저음이랑 고음의 리듬을 엇나가게 하고 있어요."

"진짜 대단해. 도중에 잠깐 눈을 감았는데, 프로 피아니스트가 양손으로 연주하는 것 같았어."

"와아, 고마워요."

"직접 편곡한 곡, 또 있어?"

"엄청 많아요. 예를 들면– "

사야코는 다시 건반에 왼손을 얹고 경쾌한 멜로디를 연주하기 시작했다.

어디서 들어본 적 있는 작은악절인데, 라는 생각이 들어 열심히 귀를 기울인다.

– 뭐였더라?

잘 생각이 나지 않아서 머릿속을 뒤져본다. 몇 초 뒤 겨우 떠올라서 나도 모르게 손뼉을 쳤다.

"아, '모리 홈' 광고음악?"

피아노 어레인지를 하니 분위기가 꽤 달라진다. 원래는 트럼펫 연주곡이다.

"맞췄어요."

아까처럼 격렬하게 좌우로 도약하지 않고 손가락을 건반 위로 가볍게 미끄러뜨리면서, 사야코는 활짝 웃으며 답했다.

"그럼 이건요?"

익살맞은 음빛깔의 멜로디가 점점 느리게 변하더니, 어느 화음을 계기로 완전히 다른 곡으로 바뀌어 연주되기 시작했다. 오래되어 그리운, 차분한 곡조. 이번에는 바로 곡명이 떠오른다. 작년에 히트한 극장판 애니메이션 주제가다.

"알았다. '종이비행기'구나."

"어머, 금방 알았네요. 그럼 도키타 씨가 알만한 곡이 또 없나– "

사야코는 갑자기 왼손을 쭉 끌어당기며 높은음 건반 언저리에서 다섯 손가락을 움직이기 시작했다.

너무나 많은 음이 고속으로 가득 차올라서 처음에는 어떤 노래인지 전혀 판별이 안 됐다. 그래도 꼼꼼히 들으며, 네 박자 리듬의 첫 박에 치는 음만을 연결해보니 거의 모든 아이가 한 번은 불러본 적이 있을 어느 곡이 머릿속에 떠올랐다.

"아아, '반짝반짝 작은 별'이구나!"

"맞아요. 재밌죠?"

내가 놀란 게 즐거운 모양인지 사야코는 만족스럽게 건반에서 손을 떼고 내 쪽으로 몸을 돌렸다.

"정통파 클래식이면 함부로 어레인지하기도 좀 그렇고 그래서 어렵지만요. 대중음악이나 동요라면 어떻게 치든 상관없기도 하고, 취미로 치기에는 딱 좋아요."

"우와— 눈앞에서 보고 있는데도 도대체 어떻게 한 건지 전혀 모르겠는데."

나는 사야코의 왼손을 빤히 쳐다보았다. 사이즈가 크지도 않다. 하얗고 부드러워 보이는 평범한 여성의 손이다. 내 손보다 한참 작아 보이는 이 왼손만으로 어떻게 그렇게 풍부한 음악을 연주할 수 있는 것일까?

"요령이 있어요. 도키타 씨, 피아노 배운 적 있어요?"

"아주 조금이긴 한데. 초등학교 2학년 때부터 5학년 때까지. 중학교 수험공부를 하느라 더 하지는 못했어."

– 실은 핑계고, 사실은 처음부터 그만두고 싶어서 안달이 나 있었다.

내겐 센스가 없었다. 음을 내 손가락으로 연주하는 데 흥미를 갖지 못했고, 또 아무리 노력해도 실력이 늘지 못했다.

"양손으로 연주하는 피아노는, 특히 초보자인 경우, 왼손은 어디까지나 반주만 한다거나, 저음 하나만 연주하거나, 그런 식으로밖에 사용하지 않잖아요? 오른손이 멜로디고, 왼손은 거들뿐. 그런 느낌이라고 생각해요. 예를 들어 파헬벨의 캐논이면– "

사야코는 건반 중앙으로 손을 뻗어– 레, 라, 시, 파, 솔, 레, 솔, 라– 캐논의 베이스를 이루는 음을 천천히 연주했다. 이 정도 속도라면 누르고 있는 건반이 보이기 때문에 나라도 음을 식별할 수 있다.

"캐논의 처음 부분은 보통 악보라면 왼손은 이 정도밖에 연주 안 해요. 하지만 곡을 전부 왼손으로만 치려고 하면 전혀 달라져서– "

사야코는 건반에서 손을 떼고, 하얀 손을 내 눈앞에서 활짝 펼쳤다.

"– 대체로 새끼손가락이랑 약지로 저음이나 화음을 쳐요. 남은 세 손가락은 멜로디를 치고요. 하지만 말이 쉽지, 웬만해선 항상 이렇게 치기가 쉽지 않아서 치고 싶은 음의 균형을 잡아가며 손가락이 엉키는 건 바꿔줘요. 기본적으로는 높은음과 낮은음 사이를 교대로 계속 왔다 갔다 하면서 점프 뛰는 거예요."

사야코는 다섯 손가락을 따로따로, 훌륭할 정도로 능숙하고 매끄럽게 움직이는 시범을 보였다.

"새끼손가락으로 치는 베이스음은 강하게 치고, 가운뎃손가락으로 치는 화음은 약하게 눌러서, 엄지와 검지 언저리에서 치는 멜로디는 또 강하게 치고, 같은 느낌이에요. 이 균형이 처음에는 좀 하기가 어렵기는 한데요, 익숙해지면 재밌어요."

그야말로 엄청난 기술이구나, 나는 깊이 탄복했다.

그저 상상일 뿐이지만 프로 피아니스트라도 오른손 왼손이라는 큰 단위가 아니라 손가락 하나하나에 각각 담당하는 역할을 나눠서 의식하는 사람은 얼마나 될까? 그냥 생각해봐도 엄청 어려울 테니까.

하지만 태어날 때부터 오른팔을 못 쓰는 사야코 입장에서는 이게 자연스러운 연주방법일 것이고, 모두 기본적으로 해야 하는 일인 것이 분명하다.

“페달, 보통은 오른발로 밟지 않아? 그렇다는 말은 사야코가 의자를 오른쪽으로 당겨놓은 것도, 페달을 밟을 때 왼쪽 다리를 쓰는 것도 피아노 칠 때 왼손이 움직이는 범위를 넓히려는 궁리 끝에 생각해냈다는 건가?”

“맞아요. 한 번 봤는데도 금방 알아차리시네요.”

“그리고, 가운데 페달도 밟았던 것 같은데, 어떤 의미가 있는 거야?”

“아아, 이건 소스테누토 페달이라고 하는데요–”

사야코가 즐거운 듯 왼발을 뻗어 가운데 페달을 가볍게 두들겼다.

“페달을 밟았을 때 연주한 음만 길게 늘여줘요. 왼손으로만 피아노를 칠 때 없어서는 안 되는 존재죠.”

오른쪽 댐퍼 페달과 가운데 소스테누토 페달 두 개를 적절하게 사용하면서 연주하는 거예요, 사야코는 설명했다. 일반적으로는 울리는 소리 모두를 길게 늘이는 역할의 댐퍼 페달을 주로 쓰지만, 거의 계속 밟고 있어야 하기 때문에 왼손으로만 치는 피아노에는 잘 맞지 않는다고 한다.

“필요할 때만 밟는다기보다는 발을 떼는 타이밍을 잘 찾아낸다, 같은 느낌이려나요.”

사야코는 두 페달을 차례로 밟으면서 명랑하게 말했다.

"아니, 정말 깜짝 놀랐어. 이런 특기를 감추고 있을 줄이야."

"감추고 있지는 않았어요."

그렇게 말하면서도 사야코는 부끄러워하는 얼굴을 했다.

"피아니스트가 될 수 있을 것 같은데?"

"에이, 아뇨. 힘들 거예요. 무리."

사야코가 고개를 붕붕 저었다.

"방금 전에도 말했지만, 클래식 음악은 어레인지가 원칙적으로 금지예요. 게다가 두 손을 다 쓴다고 해도 제 기량으로는 절대 불가능해요."

"그럼 작곡가라든가 편곡가… 아니면 싱어송라이터?"

"노래는 자신이 없네요. 아니면 도키타 씨가 대신 불러주실래요?"

"말도 안 돼. 어지간하면 노래방도 안 가려고 하는 걸."

나도 모르게 한 사실적시에 사야코가 소리 높여 웃었다.

"칭찬해주셔서 고맙기는 하지만, 피아노는 그냥 취미일 뿐이에요. 장래희망은 학교 선생님이니까요. 그러려고 도키타 씨에게 공부를 가르쳐달라고 한 것이기도 하고요."

사야코는 피아노 의자에서 일어나 바닥에 놓아둔 연한

하늘색 에코백을 손에 들었다.

손목시계를 보니 도서관을 나온 지 30분 정도 시간이 지나있었다. 기분 내키는 대로 연주하는 듯 보였지만 사야코는 정확히 20분 교대라는 규칙을 의식한 모양이다.

"어릴 때부터 틈만 나면 피아노 앞에 항상 앉아있었어요. 연습을 너무 많이 한다고 못 하게 해도 싫어, 계속 있을 거야, 하고 떼쓰고 항상 연주하곤 했어요. 왼손 밖에 못 쓰는 애가 피아노를 치고 싶어 하다니, 지금 생각해 보면 이상한 아이로 보였을 수도 있겠다 싶어요. 하지만, 전혀 이상하지 않아요. 바이올린이나 플루트는 한 손으로는 연주할 수 없지만, 피아노라면 가능해요."

사랑스러운 듯 그랜드피아노를 쓰다듬는 사야코를 바라보며 나는 나 자신의 과거를 떠올렸다.

초등학교 때 왠지 모르게 옥편을 읽는 게 좋았다. 앉아서 옥편만 보지 말고 나가서 친구들이랑 뛰어놀았으면 좋겠다고 어머니는 생각하신 모양이지만, 내게는 한자 하나하나가 어떻게 만들어졌는지를 아는 게, 아직 학교에서 배우지 않은 또 다른 여러 가지 읽는 법을 배우거나 하는 게, 한도 끝도 없이 옥편 페이지를 들여다보게 할 만큼 재미있고 두근두근하는 일이었다.

어린 시절 사야코에게 피아노란 그런 존재였을지도 모른다.

물론 옥편과 피아노를 비교하는 건 아무래도 실례되는 소리고, 그렇게 비교하는 것 자체가 내 위주로 생각한 것이겠지만– 나도 모르게, 그리고 아주 약간, 그녀와의 거리가 좁혀진 게 아닐까 하는 느낌이 들었다.

"정말 대단한 걸 본 거 같아."

제2부실동에서 나와 정문으로 걸어가는 길에 나는 여전히 감탄하고 있었다.

"칭찬이 과하세요. 부끄럽게."

"과하기는. 오히려 아직도 부족한데. 충분히 칭찬받을만한 연주였어."

내가 주장하자, 사야코가 미소 지었다.

"뭐예요, '충분히 칭찬받을만한'이라니. 너무 호들갑 아니에요?"

"그 정도로 충격을 받았다는 거지. 피아노라는 악기에 대한 개념이 산산이 부서진 기분이 들 정도야. 페달을 어떻게 밟느냐에 따라 달라지는 소리 하며, 의자나 몸의 위치하며."

"개념이, 말이죠."

사야코는 갑자기 심각한 얼굴로 검지를 턱에 갖다 댔다.

"도키타 씨. 팔이 세 개 있는 사람이 피아노를 친다면 어떤 음악이 될 것 같으세요?"

"세 개?"

"네. 물론 예를 들면 그렇다는 거지만요."

"세 개라."

머릿속으로 상상해 보았다. 조금 무서운 광경이다.

"손가락이 열다섯 개 있으니까 엄청나게 음이 많아지지 않으려나? 고음부, 중음부, 저음부를 동시에 연주한다거나."

"그렇겠죠? 음이 두텁고, 압도하는 연주가 가능할지도 모른다는 생각이 들어요. 그러면, 만약 세상 사람이 모두 팔이 세 개인 세상이고 모두가 손가락 열다섯 개로 피아노를 친다면 어떨까요?"

"으음."

그런 생각은 여태까지 해본 적이 없었다.

"팔 두 개, 손가락 열 개로 치는 피아노는 '음이 적은데'

같은 인상을 받지 않을까요?"

"아마 그렇겠지?"

"그렇지만, 당연한 소리기는 하지만요, 팔 두 개로 연주하는 피아노라는 거, 제대로 음악으로 성립하고 있어요. 그러니까, 팔 하나라도 똑같지 않을까요? 세상에서 말하는 '보통'이랑 비교하면 음이 조금 적을지도 모르지만, 그 자체만 보고 평가한다면 한쪽 팔로 연주하는 피아노도 훌륭한 음악이라고 생각해요. 손가락 열다섯 개냐, 열 개냐, 다섯 개냐. 차이라고 해봤자 겨우 이 정도에요."

사야코의 말투는 뜨거웠다. 말을 마치고나서 사야코는 스스로의 행동에 깜짝 놀라 손으로 입을 가리고, 우물쭈물했다.

"- 뭐랄까, 너무 거창한 소리를 했네요. 그냥, 그 정도로 피아노를 좋아한다는 말이었어요."

"정말 열의가 뜨겁네."

정문을 나와 왼쪽으로 꺾는다. 이 길을 쭉 직진하면 전철역이 나온다. 걸어서 십 분 정도 걸린다.

길을 따라가는 동안 왼쪽에 보이는 광대한 부지를 차지하고 있는 건물이 대학부속 병원이었다. 사야코를 신경쓰면서도 아주 조금 발걸음을 서두르지 않을 수 없었다.

한참 걷다가, 대학병원 정면 현관 앞을 지나친다. 슬쩍, 건물 방향 쪽을 훔쳐봤다.

안 좋은 예감이 적중하고 말았다.

정문 현관에서 흰색 분리형 실습복을 입은 세 명이 나타났다. 그중 한 명과 눈이 딱 마주친다. 황급히 눈을 피했지만, 상대는 나를 알아보고 말았다. 몇 개월 전에 같은 병원 현장실습조였던 동기 남자는 꽤 놀란 얼굴을 하고 있었다. 도키타가 왜 여기 있는 거야, 하고 수상하게 여겼을 테지.

껄끄러운 기분을 억누르고, 나는 그대로 걸음을 재촉해 직진했다.

"병원 분들이 이쪽을 보시는데요. 아는 분들이세요?"

사야코가 이상해하는 얼굴로 우뚝 섰다. 나는 "으응." 하고 나도 모르게 신음하듯 말했다.

"일단, 가자."

하고 걸음을 옮기자, 사야코가 한 박자 늦게 뒤에서 따라왔다.

"괜찮으세요? 세 사람 모두 계속 도키타 씨를 보고 있는데요?"

"응. 의학부 동기야."

"네? 그래요? 병원 분들이 아니구나."

"- 병원 현장실습 중이거든. 의학부 5학년생이 되면 일 년 동안 대부분 대학에 등교하지 않고 저렇게 실제 병원에 수습을 하러 다녀. 그래야 6학년으로 진학할 수 있어."

나는 간단하게 줄여서 이야기했다.

"……난 안 갔지만. 실습."

네? 사야코가 자기도 모르게 말했다.

"나는 현재 의대 5학년이기는 하지만, 내년에 6학년으로는 못 올라가게 되었어. 저번 달에 추가 보충 현장실습에 소집되기는 했는데, 그것도 안 가서 유급이 확정되었거든. 다른 5학년이 저렇게 바쁜데 이렇게 느긋하게 있을 수 있는 건 그래서야."

담담하게 말한다. 아마 차갑게 들렸겠지, 라는 생각이 들었다.

"왜- 그러셨는데요?"

사야코가 눈치를 보며 물어보았다.

"농담 같은 소리인데."

나는 작게 한숨을 쉬었다.

"피를 못 보거든."

"피를?"

"응. 물론 사진이나 영상으로는 볼 수 있어. 그런 건 의대 입학해서 4학년 될 때까지 쭉 강의 때 잔뜩 보았으니까. 그로테스크한 상처 사진을 보기만 해도 졸도하는 학생도 있기는 한데, 나는 조금 기분 나쁜 정도였어. 그런데- "

옛날에 보았던 광경이 갑자기 되살아날 것 같아, 다급히 억눌렀다.

"- 현장의 실감, 이라고 해야 할까? 그게 도저히 못 견디겠더라고. 수술이나 긴급후송으로 현실에서 보는 피라는 걸 도저히 참을 수 없었어. 눈앞에서 죽어가는 사람도 있고, 큰 후유증이 남는 사람도 있어. 그걸 보고 견딜 수 없어서 시작부터 포기하고 말았어. 정말 한심한 소리지. 막 입학했을 때라면 모를까, 5학년이나 되어서 그걸 깨닫다니 말이야. 4년이라는 시간을 공부에 쏟아부었는데, 멍청한 짓 한 거지."

나는 자조적으로 웃어 보였다.

"이제 의사가 되겠다는 꿈은 꾸지 않기로 했어."

사야코가 진지한 눈으로 내 쪽을 바라보고 있어서인지, 이런 진심을 툭, 내놓고 말았다.

구체적인 일을 하나도 이야기하지 않은 데다가 이런 말만 단편적으로 늘어놓았으니, 사야코도 무척 곤란해하고 있겠지. 말없이 걷는 사야코의 옆얼굴을 살짝 훔쳐보며 나는 아주 약간 반성했다.

역으로 향하는 남은 길을 한마디 대화도 없이 걸었다.

전철역 입구를 둘이서 통과하여 개찰구에 도착했을 때, 사야코가 "저기." 하고 입을 열었다.

"죄송해요. 도키타 씨가 의사가 되면 오른팔을 고쳐달라고 눈치 없는 말을 해서."

갑자기 허를 찔려서 "엉?"하고 멍청한 소리를 내고 말았다.

사야코를 탓하려는 마음은 한 점도 없었다. 그렇게 말하고 싶었는데, 내 말을 가로막듯 사야코가 말을 이었다.

"내일, 가고 싶은 곳이 있는데요."

– 내일? 나랑 같이?

이미 이틀 연속으로 만나고 있는데, 내일도 만나고 싶다는 말일까?

그녀의 적극성에 살짝 놀라면서도 아주 약간 가슴이 두근거렸다. 나는 꾸물거리며 되물어보았다.

"가고 싶은 곳?"

"네. 좋은 곳이 있어요. 거기서 공부를 가르쳐주실 수 있나요? 조금 멀기는 한데, 제가 가장 마음에 들어 하는 장소라, 도키타 씨한테도 알려드리고 싶어서."

어느 때보다도 더욱더 상대방이 뭐라 말하기 어렵게 만드는 곧은 말투였다. 내가 주춤주춤하며 고개를 끄덕이자, 사야코가 활짝 밝은 얼굴로 변한다.

"그럼 내일, 오후 한 시에 가스카베 역에서 봬요."

"응? 가스카베?"

"기대하고 있을게요!"

사야코가 왼손을 크게 흔들면서 개찰구 안으로 뛰어 들어갔다. 그 왼손으로 가방 앞주머니에서 통행권 케이스를 능숙하게 꺼내 스르륵 개찰구를 빠져나간 뒤, 홈으로 향하는 계단으로 사라져갔다. 그런 사야코의 뒷모습을 나는 멀뚱히 서서 보이지 않을 때까지 멍하니 바라보았다.

요코하마에서 가스카베까지 가는 길은 전철로 1시간 40분이 걸렸다. JR선으로 북쪽으로 가서, 긴시쵸에서 한죠몬선으로 갈아탔다. 갈아탄 전철은 오시아게 역을 지나며 어느새 도부 스카이트리라인이라는 이름이 되어있었다.

혹시라도 지나칠까 싶어 처음에는 긴장하고 있었는데,

창문을 통해 들어온 햇살이 내 어깨와 목덜미를 적당한 온도로 데워주는 바람에, 도중에 어느새 꾸벅꾸벅 졸고 말았다. 일어났을 때는 이미 가스카베 역까지 두 정거장 남은 상황이었다. 창밖에는 끝없이 주택가가 이어지고 있다.

사야코는 바로 개찰구 정면에서 기다리고 있었다. 내 얼굴을 발견하자, 곧바로 표정을 빛내며 이쪽을 향해 왼손을 크게 흔들었다.

내가 오기를 이렇게 기다리고 있었다니, 역시 이상한 사람이구나, 하고 생각했다. 하지만 기분이 나쁘지는 않다.

다가가자 사야코는 왼손으로 로터리 방향을 가리켰다.

“버스 벌써 왔어요. 빨리빨리!”

그러곤 조금 뻣뻣한 동작으로 달려간다. 당황한 나도 뒤를 쫓아 역 앞에 선 노선버스에 올라탔다.

“아아, 버스 타고 가야 하는 데구나.”

2인용좌석에 앉아 버스가 출발할 때쯤 옆에 앉은 사야코에게 말을 걸었다. 버스 좌석은 넉넉한 편이 아니어서 노란색 블라우스 긴소매 속 사야코의 오른팔이 내 몸에 계속 붙어있었다. 나는 안절부절못했지만 사야코는 신경도 쓰지 않는 눈치였다. 어쩌면 오른팔이 나와 맞닿아있다는 사실을 알아차리지 못한 것인지도 모른다.

"역에서 버스로 25분 정도 걸려요. 멀죠? 우리 집."

버스 소요시간보다, 사야코가 말한 마지막 단어에 가슴이 철렁 내려앉은 나는 뒤집어질 뻔했다.

"어? 지금 집에 가는 거야?"

처음 듣는 말이었다. 동네라서 지리를 잘 아는가보다 정도로만 생각했는데, 설마 사야코의 집으로 간다는 말은 듣지 못했으니까.

"아, 아니요. 가고 싶은 곳이 우리 집에서 걸어서 금방 가는 곳이라서요."

"아, 그렇구나. 아하. 깜짝 놀랐네."

가슴을 쓸어내리자 사야코가 재미있다는 듯 웃었다.

"지금 가는 데는 되게 좋은 가게라서요. 분명 마음에 드실 거라고 생각해요. 배는 안 고프세요?"

"엄청 고파. 전철 타는 사이에 점심시간이 지났거든."

"그럼 잘됐네요. 사장님이 만든 오므라이스, 명품이거든요."

아무래도 목적지는 요식업 쪽 가게인 모양이었다. 사장님이라는 호칭도 그렇고 거기서 공부를 가르쳐달라고 한 의뢰내용도 그렇고, 아무래도 개인이 경영하는 카페일 것이다.

그리고 내 예상은 딱 맞아떨어진 듯했다. 소소한 잡담을 나누며 20분 정도 버스에 몸을 맡기고 있으니, 논밭과 주택이 국도를 따라 차례로 늘어서 있어 어딘가 모르게 편안한 기분으로 만들어주는 풍경이 이어졌다. 사야코가 도중에 하차 벨을 눌렀고, 버스정류장에 내려서 2분 정도를 걸었다. 그러자 그곳에는 세련된 통나무집이 있었다.

자그마한 커피숍의 문을 사야코가 크게 열었다.

"사장님! 저 왔어요! 손님도 같이."

"생각보다 늦게 왔네."

안쪽에서 생각한 것보다 젊은 목소리가 들려왔다.

"할 수 없죠. 역까지 버스로 왕복했단 말이에요."

사야코가 입을 삐죽였다.

가게 안에는 넓은 카운터 테이블이 안쪽에 있었고 그 앞쪽에는 4인용 테이블이 세 개 늘어서 있었다. 다른 손님은 없었다. 우드패턴이 그려진 테이블에는 와인색 플레이스매트가 깔려있고, 각설탕이 든 우아하고 작은 유리병이 놓여있었다.

그리고 가게 한구석에는 검게 빛나는 업라이트 피아노가 있었다. 피아노 위에는 나무로 만든 둥근 간판이 세워져 있었는데 '카페 피아니시모'라는 영문이 새겨져 있었다.

갈색 앞치마를 입은 점원이 카운터 너머에서 나타났다. 삼십 대 후반 아니면 사십 대 초반으로 보이는, 커다란 눈이 인상적인 남성이었다. 검은 수염을 기르고 있었고, 머리도 좌우로 가르마를 타서 깨끗하게 정돈했다. 중년층 주부에게 인기 있을 만한 외모로군, 직감적으로 생각했다.

"사장님, 여기는 도키타 슈 씨에요."

사야코가 왼손으로 내 쪽을 가리켰다.

"저보다 두 살 위고, 의학부 5학년. 요코하마에서 도쿄에 있는 대학으로 통학하시는 모양이에요."

사야코는 다음으로 점원 쪽을 가리켰다.

"도키타 씨, 이쪽은 일명 사장님– 어, 그러니까– "

"가도사와야. 이 카페 점장이기는 한데, 어차피 혼자 하는 카페라서."

그렇게 말한 사장님은 "야, 이름 까먹지 마." 하고 사야코에게 웃으며 핀잔을 주었다.

"그치만, 평소에는 이름을 안 부르잖아요. 애초에 사장님이 '앞으로 날 사장님이라고 불러라'하고 알려줘 놓고."

"그건 네가 초등학생일 때라서 그런 거지. 설마 어른이 되어서도 계속 그렇게 부를 거라고는 생각도 못 했다."

그 말에 사야코가 반짝반짝 웃었다. 두 사람은 오래전부터 아는 사이인 모양이다.

"도키타 군, 멀리서 이런 먼 곳까지 와줘서 고마워. 사야코한테 이야기는 들었어. 과외선생님을 해주고 있다면서? 캠퍼스 견학을 갔다가 의대생을 붙잡아오다니, 오오, 사야코도 보통이 아닌데?"

사장님의 말투는 친근하고 밝았다.

"게다가 말이야, 아직 만난 지 3일밖에 안 됐다면서? 강제로 끌려와서 불편하지는 않아? 사야코는 혼자 폭주해서 다른 사람이 휩쓸리는 일이 자주 있거든."

"사장님, 잠깐만요. 이상한 말 하지 마요."

사장님의 말을 가로막은 사야코가 볼을 부풀리며 골을 냈다.

"급했단 말이에요. 가을 모의고사가 다가오는데 공부해도 실력이 안 붙어서 어쩌면 좋을지 초조해서 엄청 고민했는데. 그런데 마침 그때 도키타 씨가 나타났어요. 오버하는 건지도 모르지만, 구세주나 히어로같이 보여서 그만– "

"네에, 네에, 변명 잘 들었습니다. 도키타 군이 질려서 피하지 않게 조심해라."

사장님은 큰소리로 웃은 뒤 가게 안을 가리켰다.

"얼른 아무 데나 마음에 드는 곳에 앉아. 공부할 거면 테이블 자리가 낫겠지? 넓은 자리가 책 펼치기 좋을 테니까."

사장님이 이끄는 대로 한가운데 테이블에 앉았다. 사야코가 익숙한 모습으로 물건 담는 바구니를 가져와 하늘색 에코백을 안에 놓았다.

"주문은? 오므라이스 괜찮아?"

사장님이 물어왔다. 아무래도 자타공인 추천메뉴인 모양이다.

"부탁드립니다."

나는 고개를 숙이고 블랙커피도 같이 주문했다.

"사야코도 먹을 거지?"

"네. 오므라이스랑 애플 티로."

"오냐아, 접수."

사장님이 카운터 안으로 사라지자, 테이블 위에 놓인 메뉴판을 집어 들었다. 식사메뉴는 오므라이스 말고도 파스타와 피자가 몇 개 있을 뿐이었는데, 음료 종류는 풍부했다. 커피에도 홍차에도 깊은 조예가 느껴지는 가게라는 느낌이 들었다. 이런 줄 알았다면 미리 메뉴를 쭉 보고 고를 걸 그랬나, 약간 후회됐다.

"느낌이 좋은 가게네. 자주 와?"

"그렇죠? 시간 날 때는 매일같이 와요."

"매일?"

조금 놀랐다.

"대단한데?"

"집이 바로 옆이라서, 옛날부터 사장님이 놀러 와도 좋다고 해주셨어요. 이 가게, 보기보다 의외로 오래돼서. 올해로 오픈 20주년이라고요."

"그럼 사야코는– "

머릿속으로 역산해 본다.

"– 초등학교 3학년 때부터 이 가게를 다녔다는 말이야?"

하고 묻자, 사야코는 왼손을 가슴에 대고 천장을 올려보았다. 팔짱을 끼는 몸짓과 비슷한 의미를 지닌 동작인 듯했다.

"그러게요, 그 정도인가? 물론 당시에는 카페에 돈을 내지 못하니까 피아노만 치게 해주세요, 했지만요."

사야코가 추억을 떠올리고 후후, 웃었다.

"사장님 있죠, 엄청 상냥한 분이에요. 피아노도 제대로 못 치는 초등학생이 자기가 좋아하는 곡을 연주하는 것뿐인데도, '알바비'라면서 오렌지주스 주실 때도 있었고."

"옛날이나 지금이나 사야코는 우리 가게 간판 피아노 연주자거든."

카운터 너머로 목소리가 날아들었다.

"– 그렇다곤 해도 말만 그렇지, 보수는 옛날이나 지금이나 똑같지만."

"덕분에 여러 홍차를 맛볼 수 있었으니까 괜찮아요."

손님이 있는 앞에서 피아노를 연주하면 알바비라고 해서 음료수를 공짜로 주셨어요, 사야코가 설명했다.

"물론 연주하는 날이 아닐 땐 제대로 돈 내고 있다구요."

덧붙은 사야코의 변명에 "그야 당연하지, 무조건 공짜로 해주면 우리 같은 작은 가게는 바로 망해."하고 사장님이 웃었다.

"뭐, 그래도 최근에는 나보다도 사야코 연주를 듣고 싶어서 찾아오는 손님들도 많아. 돈도 안 받고 초등학생한테 피아노를 가르쳐준 보람이 있다고 할까?"

내 가게인데 좀 분한 기분이 들지만 말이지, 라는 소리가 들린 직후 딱딱, 가스레인지에 불을 붙이는 소리가 났다. 갑자기 배가 고파졌다. 그러고 보니 오늘은 아침도 안 먹었고.

"가도사와 씨도, 피아노 치셔?"

귓속말로 사야코에게 질문했다. 아무리 그래도 갑자기 사장님라고 부르기는 좀 켕겨서 성으로 불러보기는 했는데, 오히려 기분이 더 이상했다. 내 사소한 갈등을 알아차렸는지, 사야코는 "사장님라고 불러도 괜찮아요." 하고 발랄하게 말했다.

"여기, 보시다시피 피아노 카페예요. 요리를 제공하거나 커피를 내리거나 할 때 말고는 사장님이 손님을 위해 피아노를 연주해요. 저랑은 비교하는 게 죄송할 정도로 엄청 잘 치세요. 음대 피아노과 출신이시거든요."

"에이, 별거 아니야. 음대라고 해도 명문도 아니니까."

카운터 안쪽에서 사장님이 이야기에 참여해왔다.

"대학을 졸업하고 나서는 몇 년 동안이나 발버둥 쳤어. 하지만 아쉽게도 연주가로 먹고 살만큼은 실력이 따라주지 않는다는 사실을 깨닫고 말았지. 그래서 고향으로 내려와서 내 나름대로 이상적인 가게를 차린 거야. 처음 시작할 때는 반쯤 에라 모르겠다 하고 만든 거지만, 이런 단골손님도 붙어주기 시작해서 어떻게든 가늘고 길게 가고 있는 거지. 뭐, 돈 내고 먹기 시작한 건 최근부터지만."

사장님은 사야코 쪽을 손가락으로 가리키고는 바로 요

리를 하러 돌아갔다. 어느새 계란 익히는 좋은 향기가 풍겨왔다.

"괜히 저런 말씀을 하시지만, 옛날부터 제가 피아노 치는 법으로 고민하고 막힐 때마다 친절하게 조언해주시고는 했어요. 피아노는 학원에 다니지 않고 독학으로 공부했다고 했었는데, 사실은 여기서 배운 거나 다름없죠."

사야코가 입가에 미소를 띠며 업라이트 피아노 쪽을 바라보았다.

"저 의자도, 사장님이 저 때문에 일부러 만들어주신 의자예요."

피아노 의자를 주목한다. 아하, 나는 무릎을 쳤다. 나무로 만든 피아노 의자는 이상할 정도로 좌우로 길어 벤치 같은 형태를 하고 있다.

"사야코가 연주할 때 몸을 여러 곳으로 이동하기 편하도록?"

"맞아요."

저렇게 길면 칠 때도 일부러 의자를 이동하지 않아도 오른쪽 끝에 앉을 수 있다. 그것뿐만 아니라, 곡조의 변화에 맞춰 연주 중에 몸의 위치를 바꾸며 부담이 적은 자세를 취하는 것도 가능했다. 이 특별한 의자 생김새에는 한 손으로 피아노를 치는 사야코를 위한 배려가 숨어있었다.

"여기가 연습 장소라는 말은, 사야코네 집에는 피아노가 없는 거야?"

아까 전부터 신경 쓰이던 점을 물어보니 사야코는 "없어요."하고 슬픈 표정을 지었다.

"1층이 가게라서 피아노를 못 둬요. 오래된 목조건물이라서 2층에 둘 수도 없고."

"가게? 어떤 가게?"

"화과자 가게에요."

"얼레? 혹시 아까 지나쳤던?"

여기에 오는 도중 화과자 가게로 보이는 가게 앞을 지나온 기억이 있었다.

"아, 맞아요."

사야코는 간단히 대답했다.

"화과자, 좋아하세요? 가실 때 좀 드릴까요?"

"아냐 아냐, 미안하게."

점점, 사야코의 일상생활이 명확해지기 시작했다. 평소에는 본가의 화과자 가게 일을 돕고, 비는 시간에는 이 카페에 피아노를 치러 온다. 거기에 교사가 되기 위한 대학 입시공부까지 하고 있다니, 좀 무리하고 있는 건 아닐까.

얼마 뒤, 사장님이 오므라이스를 커다란 두 접시에 담아서 가지고 왔다. 나도 모르게 탄성을 지르고 말았다. 접시에서 쏟아져 내릴 것만 같은 걸쭉하고 커다란 계란이 치킨라이스 위를 뒤덮고 있고, 위에는 드미글라스소스와 화이트소스가 반반씩 뿌려져 있었다. 이게 650엔밖에 안 하니 간판메뉴가 될 만하네— 나는 보는 순간 바로 이해했다.

곧바로 블랙커피와 애플 티도 나왔다. 사장님은 카운터 뒤로 돌아가 설거지를 시작하신 모양이었다. 기분 좋은 물줄기 소리가 들렸다.

스푼을 들고 먹기 시작했다. 공복인 데다가 풍겨오는 향기가 식욕을 돋워주었기에 나는 단숨에 오므라이스를 먹어치워 버렸다. 그 사이 사야코와 나눈 대화는 '맛있네', '그죠?' 정도가 고작이었다. 사야코의 오므라이스는 아직 반이나 남아있는데, 나 혼자 다 먹어버려서 할 일 없이 따분해지고 말았다.

"오호, 그렇게 맛있어? 점장으로서 과분한 영광인데?"

사장님이 카운터 밖으로 나와 수제 피아노 의자에 걸터앉았다.

"네, 아주 맛있네요."

이렇게 식욕이 솟아오른 게 얼마 만인지. 아직 더 먹을 수 있을 정도였다. 평소에 소식하던 버릇 때문에 오늘 먹은 오므라이스를 곱빼기로 시키지 않은 것을 후회했다.

"오므라이스 말이지, 한 15년 전에 사귀었던 여자친구가 좋아한다고 해서 엄청 연습했거든. 그런데 하다 보니까 만드는 법을 연구하는 것 자체가 훨씬 재미있더라고. 어느새 나한테 질린 여자친구는 떠나버렸고 내 곁에는 오므라이스 특제 레시피만이 남았다는 그런 스토리."

옛이야기를 털어놓은 사장님은 벤치를 넘어가 피아노 쪽을 향해 앉았다.

음악 하는 사람은 모두가 이렇게 독특한 아우라를 풍기는 걸까— 사야코와 사장님을 살짝 번갈아 보며 생각했다.

사장님은 조용히 피아노를 연주하기 시작했다. 들어본 적 있는 선율이었는데, 곡명은 기억나지 않았다.

"어떤 노래죠?"

"드뷔시의 '아마빛 머리의 처녀'예요."

아, 이 노래가 그 노래구나, 고개를 끄덕인다. 사장님이 연주한 피아노 소리는 앤티크 풍 가구가 놓여있는 실내에 풍부하게 울렸다. 조용한데도 힘차다. 소리가 두터워 작은악절 하나하나마다 가슴을 때린다.

어떤 의미로는 사야코의 피아노 연주와 대조적이지 않

을까?

이 곡을 사야코가 친다면 어떻게 될까– 상상을 펼치면서 사야코가 한 입 남은 오므라이스를 입으로 가져가는 모습을 바라보았다.

그렇게 짧은 곡 연주가 끝나고, 사장님은 내가 모르는 곡을 연주하기 시작했다. 나와 사야코가 신경 쓰여서인지, 음량을 억눌러 연주하는 듯했다.

오므라이스를 다 먹은 사야코가 에코백에 손을 뻗어 교과서와 공책을 꺼내기 시작했다. 오늘은 영어를 공부할 생각인 모양이다. 고등학교 때 쓴 것 같은 영어단어장이나 문법책이 차례로 나온다.

사야코가 한쪽 팔만으로 그 책들을 껴안고 내 왼쪽 자리에 앉으려 했다. 하지만 그 눈은 살짝살짝 사장님이 연주하는 피아노 쪽으로 향했다.

– 이렇게 유혹으로 가득 찬 장소에서 공부가 되겠나.

아무튼, 제대로 집중 안 되는 과외를 시작했다. 사야코는 내 설명 하나하나에 일일이 고개를 끄덕였다.

하지만 초반에만 그럴 뿐이었다.

"여기는 동사가 hope니까, 그 뒤에는 you가 아니라"

– 사야코가 고개를 끄덕인다.

"이 경우에는 that절이 좋을 것 같은데. 여기까지 모르는 부분은 없어?"

– 사야코가 한 박자 늦게 고개를 끄덕인다.

"현재형인지 미래형인지 헷갈릴지도 모르지만, 명확하게 미래 일을 이야기하고 있으니까."

– 사야코는 내 쪽을 보지도 않았고 자기가 무엇을 배우고 있는지도 잊어버리기 시작했다. 어느새 머릿속에서는, 지금 연주하고 있는 사장님의 선율에, 어제 제2부실동에서 들었던 사야코의 음악이 겹쳐지고 있었다.

한참이 지나자, 사야코는 "앗, 죄송해요." 하고 허둥대며 허리를 쭉 폈다. 왼손의 샤프를 고쳐 쥐고 몸 둘 바를 모르는 얼굴로 나를 똑바로 올려보았다.

나는 쓴웃음을 지으며 피아노 쪽을 가리켰다.

"괜찮으니까, 연주하고 와."

"네? 그래도……."

"아냐, 나도 좀 들어보고 싶다는 생각이 들었거든."

그러자, 사야코의 얼굴에 빛이 났다.

"정말요?"

즐거움에 목소리를 높여 큰소리로 사장님에게 말을 걸었다.

"사장님, 잠깐 연주해도 괜찮아요?"

"물론이지. 근질근질할 때가 됐다고 생각했어."

"어머, 알면서 일부러 도발하려고 연주하신 거예요?"

사장님이 의미심장한 웃음을 띠며 자리에서 일어섰다.

"피아노가 있는 장소에서 네가 공부를 하겠다고 생각한 게 애초부터 글러 먹은 거겠지."

"그 정도로 꿰뚫어 보셨으면 미리 충고라도 해주셨음 얼마나 좋아요!"

"에이, 무슨 소리야? 과외선생님을 데려온다고 나한테 보고한 게 방금 전이잖아. 충고할 틈도 안 줘놓고, 무슨."

가벼운 말투로 잡담을 나누며 사장님은 카운터 안으로 돌아갔고, 사야코가 긴 의자 오른쪽 끝에 앉았다. 나는 의자에서 일어나 사야코의 등 뒤로 다가갔다.

그렇다고 말하긴 했지만, 사야코는 정말로 공부와는 별로 안 친한 모양이었다. 피아노에 흥미를 보이는 모습과는 전혀 다르다. 나와는 정반대지만, 오히려 그래서 내게 있어 사야코는 흥미로웠고 매력적이었다.

곡 도입부에서는 거의 별다른 느낌이 없었다.

살포시, 그녀가 왼손을 건반 위에 얹는다.

매끄러운 선율이 귀로 흘러들어오자, 내 눈꺼풀 안에서

는 세탁물들이 봄바람에 펄럭이는 풍경이 펼쳐진다.

어떤 곡일까, 하고 생각한다. 느긋하고 상냥하게 이어지는 음. 그 선율을 미루어 생각해보면 아마도 클래식 곡이다. 그 곡을 다섯 손가락으로 가능한 한 충실하게 재현하려고, 어레인지 한 곡. 어렴풋이 들어본 적이 있는 것 같으니 유명한 곡이겠지. 레스토랑 같은 곳의 BGM으로 자주 들었던 것 같은 기분이 든다.

클래식이라는 것은 적어도 백수십 년에서 삼백 년 정도 전에 만들어진 곡이다. 클래식에는 장대한 시간의 흐름이 녹아있기에, 그래서 한없이 먼, 나와는 아무 관계없는 제삼자의 무언가라는 느낌이 드는 것이라 생각했다.

그런데도 피부로 직접 만지는 것 같은 이 일상적인 느낌은 도대체 뭘까?

잘난 척하려 들지 않고, 억지로 고양시키려 하지도 않는 부드러운 음과, 그 음과 음 사이의 정적이 내 마음에 쉴 곳을 찾아 스르륵 들어왔다.

사야코의 손가락은 끊임없이 좌우로 도약하기를 반복하고 있음에도 언제나 이완되어 보였다. 스륵스륵 건반 위를 움직이며 아주 자연스러운 움직임으로 건반을 눌러 음을 만들어내고 있다. 그렇기 때문에 더더욱 강하게 힘을 담는 부분이 선명하게 드러났다. 아니, 어쩌면 그럴 때조차도 손가락에 힘이 안 들어가 있는지도 모른다. 섬세한 자세의 차이나 팔의 각도로 세밀한 높낮이를 만들어내고 있다. 그것도 그러려고 의도한 것이 아닌, 어디까지나 자연스러운 흐름 안에서 높낮이를 표현하고 있었다.

당연한 듯 뽑아내는 음악에 귀를 기울이고 있자니, 눈앞에 들어오는 사야코의 손이 딱 하나뿐이라는 사실에 문득 깜짝 놀라는 순간이 몇 번이나 있었다. 알고 있는데도 바로 머릿속에서 사라져버린다. 그리고 또, 현실로서 눈앞에 떠오른다.

– '보통'이랑 비교하면 음이 조금 적을지도 모르지만,

– 한쪽 팔로 연주하는 피아노도 훌륭한 음악이라고 생각해요.

– 손가락 열다섯 개냐, 열 개냐, 다섯 개냐. 차이라고 해봤자 겨우 이 정도에요.

얼마 전 사야코가 열심히 토로한 말을 떠올린다.

사야코가 한 말이 옳아, 나는 생각했다.

그 뒤로도, 사야코는 몇 곡을 연달아 연주했다. 대부분은 음악을 잘 모르는 나라도 멜로디를 들어본 적 있는 유명 곡이였다. 예를 들면 드뷔시의 '달빛'. 조금 전에 사장

님이 연주한 곡과 같은 드뷔시의 곡인데도 사야코의 드뷔시 연주는 더욱 섬세했고, 소녀가 목소리를 떨면서 부르는 듯한 음색이 들어있었다.

영화의 주제가가 되기도 했고, 대중음악과 클래식 사이에 있는 듯한 곡이 되기도 했다. 사야코는 나를 즐겁게 해주려고 나라도 알 정도로 유명한 노래만 모아서 즉흥으로 어레인지해 메들리로 연주하는 듯했다.

"클래식은 평소에 연주를 잘 안 해요. 악보에 충실하지 않으면 안 돼서 지치거든요. 쉬운 부분이라면 어느 정도 재현이 되지만, 쇼팽의 '연습곡 Op. 10, 3번', 일명 '이별의 노래' 도 드뷔시의 '달빛'도 딱 중반부쯤이 상당히 어려워서 원곡이랑은 완전히 다른 곡이 되어버려요."

어느 정도 연주를 해서 만족스러워 보이는 사야코가 매우 아쉽다는 듯 말했다.

"도입부만 듣고 이미지를 떠올린 뒤 '될 것 같은데?'하고 도전해보면 대부분 고생하다 끝나요."

"듣기만 했을 때는 전혀 그런 줄 몰랐는데."

솔직한 감상이었다.

"뭐, 내가 원곡이 어떤지 지식이 없어서 그런지도 모르지만."

"그럴지도 몰라요. 그럴듯하게 들리게끔 노력은 하고 있으니까요. 하지만 상당히, 반칙에 가깝죠. 하긴, 피아노를 막 배우기 시작한 어린아이들도 어레인지 버전을 연주하기도 하니까, 그런 느낌으로 다른 사람들이 봐주면 괜찮을지도 몰라, 하는 생각에- "

"사야코는 지금 이대로 하면 돼."

사장님이 대화에 끼어 들어왔다.

"프로 콩쿠르에서도 편곡하는 사람은 있어. 방금 전 '3번'만 해도 예를 들어 프로그램에 끼워 넣는다고 하면 『작곡 : 쇼팽 / 세이케 사야코』가 될 거고. 엄청 멋있지 않아?"

"그건 좀 너무 나간 것 같지 않아요?"

사야코가 고개를 갸웃거리며 쓴웃음을 지었다. 나는 사장님 이야기를 듣고 의문이 들어 바로 여쭈어보았다.

"편곡이 가능하다면, 사야코도 나갈 수 있지 않나요, 콩쿠르?"

"그게 쉽지 않아요."

사야코가 가벼운 말투로 말했다.

"콩쿠르라고 하면 대부분 과제 곡이 있어요. 예를 들면- 아, 사장님. 사이타마 클래식 콩쿠르는 어떤 느낌이었어요? 작년에 참가하셨잖아요."

"예선 탈락했지만. 아마, 쇼팽의 에튀드 가운데 한 곡, 모차르트 소나타 제1악장 가운데 어떤 거 한 곡이었어."

"— 이런 느낌으로, 딱 정해져 있는 경우가 많아요. 그 외에도 바로크에서 한 곡, 낭만주의 시대에서 한 곡, 근현대에서 한 곡, 같은 식으로 대략적인 연대가 정해져 있어서 거기에 맞춰서 곡을 골라야 하는 패턴도 있어요. 그렇게 되면 저는 어떻게 대처할 방법이 없어요. 예선, 본선 모두 자유곡으로 괜찮은 콩쿠르는 거의 없으니까요."

"있기는 하지."

사장님은 말을 이었다.

"'전쿠르'라던가."

"그건 레벨이 너무 높아요. 제 실력으론 절대 무리에요."

사야코가 살랑살랑 왼손을 좌우로 흔들었다.

사장님이 어디서 가져왔는지 팸플릿 같은 것을 꺼내 들고 와서 카운터 위에 놓았다. 다가가서 손에 들어보니, 표지에는 '제27회 전국 클래식피아노 콩쿠르 참가조건'이라는 글씨가 적혀있었다. 전쿠르라는 건 아무래도 이 콩쿠르의 약칭인 모양이다.

"전쿠르는 국내에서 가장 수준 높은 피아노 콩쿠르 중

하나거든. 자유곡만 허용하는 콩쿠르 중에서는 단연 톱이라고 해도 좋아. 초중학생이나 일반부라면 몰라도, 고등부나 대학부는 특히 치열한 전투야. 전국대회에서 우승하면 거의 확실하게 피아니스트로서의 미래가 보장되는 거지."

이해하지 못해 멍하니 있는 나를 신경 써준 것인지, 사장님은 팸플릿을 손가락으로 가리키며 친절하게 설명해주었다.

"이 콩쿠르가 좋은 게 DVD심사나 서류심사가 없어서, 누구라도 예선에 나갈 수 있다는 점이야. 일단 지역 예선이 있고, 그다음엔 현마다 본선을 봐. 여기서 차례로 통과하면 전국대회. 전국대회는 아카사카에 있는 유명한 홀에서 매년 크리스마스에 연주회 형식으로 거행되지. 피아노 치는 사람이라면 누구나 한 번쯤은 서보고 싶은 꿈의 무대야."

"참고로 사장님은 본선 단골이에요."

사야코가 왼손을 입가로 가져가며 속삭이듯 말했다.

"올해도 사이타마 현 본선에 남았어요. 대단하죠?"

"우와, 진짜예요?"

놀라서 카운터 너머에 선 사장님에게 물었다. 사장님은

만족한 얼굴로 일부러 폼을 잡으며 한쪽 눈을 감아 보였다.

"올해 사이타마 현 본선은 일반 남성부가 10월 25일, 일반 여성부가 10월 16일. 회장은 전국대회와 비교도 안 되기는 하지만 일단은 연주회 형식이니까, 꼭 들으러 오라고. 티켓은 내가 구해줄 테니까."

"아, 고맙습니다."

나도 모르게 감사한 마음에 꾸벅, 고개를 숙였다.

"그렇다면- 과제 곡이 없어서 모든 곡을 마음대로 고를 수 있다면, 어째서 사야코가 출전하는 게 어려운 거죠?"

방금 여기서 두 사람의 피아노 연주를 각각 들었지만, 사장님만이 본선에 진출하고, 사야코가 안 된다는 이유를 나로서는 이해하기 어려웠다. 사야코의 피아노 연주는 사장님과 비슷한 수준으로 혹은 그 이상으로 내 마음을 붙잡고 놓아주지 않았다. 문외한이니까 정확한 판단은 못한다 하더라도, 적어도 콩쿠르에 나갈 정도는 되지 않을까 싶었다.

"그게, 내 입으로 이야기하기도 좀 그렇긴 한데…… 허들이 엄청 높은 게 사실이기는 하거든."

사장님이 팔짱을 끼고 끙끙댔다.

"전곡을 모두 한 손으로 연주하는 건 적어도 전쿠르 역사상 전대미문이고, 그걸 양손으로 연주하는 사람이랑 비교해서 평가해줄지 여부도, 솔직히 의문이 남아. 그리고 피아노 콩쿠르라는 게 누구 문하생이라든가, 과거 콩쿠르 입상경력이 어떻다 같은 눈에 보이지 않는 것에도 영향을 받거든. 나 같이 썩어도 음대 나온 사람이라면 그나마 나은 편이지만, 어디 선생님 밑에서 사사한 적도 없다면, 상당히 어렵지."

아아, 작게 탄식했다. 그런 문제라면 이해는 간다.

나는 나 자신의 무지가 부끄러웠다. 피아노의 세계라는 것도 엄격한 룰과 관습이 있어서 위로 올라가려면 다양한 허들을 넘지 않으면 안 되는 모양이었다.

"도키타 씨, 저, 어제도 말한 것 같은데…… 피아노는 정말 좋아서 하는 것일 뿐이에요. 그래서 콩쿠르라든가, 연주회라든가, 그런 것과는 연도 없고, 별로 흥미도 없어요. 음악을 전문적으로 공부하는 분들과 비교하면 차원이 완전, 와-안전히 차이나거든요."

사야코는 살짝 아래를 내려다보며 얼굴을 붉혔다.

"하지만 동네 아이들 앞에서 피아노 연주를 들려주는 건 아주 좋아해서, 학교 선생님이 되어 학생들이 부르는 노래에 맞춰서 반주를 해줄 수 있다면 참 멋진 일이겠지-그런 생각을 했어요."

그 말을 통해 사야코가 피아노에 품은 순수한 마음이 전해져왔다. 이쪽을 올려다보는 사야코와 잠시 눈을 마주친 채 바라본 뒤 나는 살짝 고개를 끄덕였다.

"그 꿈, 응원할게."

"고맙습니다. ……앗."

사야코가 눈을 번쩍 뜨고 큰 목소리로 말했다.

"큰일 났다. 공부, 하나도 안 했네요."

"하고 싶어?"

"으으음."

사야코는 아직 피아노를 더 치고 싶은 모양이었다. 나도 더 듣고 싶었다.

결국 그 뒤로도 청량한 피아노 연주를 듣기만 했다. 내가 음악을 신청하면 사야코가 어떤 곡이든 어레인지해서 연주해주었다. 모르는 곡이 있으면 사장님과 바통 터치했다. 한 곡이 끝나면 다시 사야코가 피아노를 부드럽게 연주하기 시작했다.

피아노 카페라는 편안한 공간에서 오후의 햇살이 들어오는 가운데 우아하고 자유로운 피아노 연주에 귀를 기울인다.

이렇게 느긋하게 시간을 보낸 게 도대체 얼마 만일까? 이런 생각을 해보긴 했지만, 그런 적이 있었는지는 전혀 기억나지 않았다. 그만큼 오랜만에 느끼는 감각이었다.

또 와라, 사장님에게 활기찬 목소리로 배웅을 받으며 피아노 카페를 뒤로했다.

벌써 밖은 어둑어둑해졌다. 공기도 선선하다. 낮에는 아직 여름 같았는데 해가 지자 갑자기 가을다운 향기가 퍼지기 시작한다. 길 너머에서 불어오는 바람이 부드럽게 사야코의 앞머리를 흔들었다.

"꽤 오래 있었네요."

"응, 재밌었어."

"아아, 다행이에요."

사야코가 가슴에 손을 댔다.

"멀리까지 오시라고 했는데, 만약에 도키타 씨가 지루해하시면 제 책임이니까, 두근두근했었거든요."

"너무 생각이 많았던 거 아니야?"

그렇게 대답하긴 했지만, 살짝 입가에서 힘이 빠져버렸다. 사야코는 자각 없이 나를 휘말리게 한 게 아니라, 제대로 생각하고 내게 권해준 모양이었다.

"그치만, 결국 공부는 하나도 안 했고…… 정말 죄송해요. 처음에는 제대로 공부할 생각이었어요. 이건 정말이에요."

"괜찮아. 오히려 내가 미안할 정도인걸."

과외선생님으로 불려왔다는 감각은 이 몇 시간 동안 매우 옅어졌다. 이걸로 된 걸까 싶은 생각도 들지만, 그렇다고 해서 이 상황에 일부러 내가 먼저 의문을 드러내고 싶지도 않았다.

가능하다면 최대한 오래 이 느긋함 속에 파묻히고 싶다. 물론 내가 이곳에 있는 건 우연이 겹치고 겹친 결과라는 사실도 잘 알고 있다.

사야코의 옆얼굴을 바라본다. 맞바람에 눈을 가늘게 뜨고 행복한 표정을 짓고 있었다.

가슴 언저리가 술렁술렁 떨려온다.

"아, 화과자 가게 한다는 본가가 저기?"

안절부절못하는 기분을 진정시키려고, 아까부터 길 반대편에 보이던 작은 목조건물을 가리켰다. 1층에는 깔끔

한 분홍색 포렴이 걸려 있었고, 2층 베란다에는 세탁물을 널어두었다.

"맞아요."

사야코는 생긋 미소 지으며 "아." 하고 큰소리를 냈다.

"선물, 드리기로 약속했었죠? 잠깐만 기다리세요."

훌쩍, 몸을 돌린 사야코가 좌우를 확인하더니 길을 건넜다. 일단은 버스가 다니는 길이라서 가끔 차가 다닌다. 익숙한 눈치였지만 사야코의 발을 생각하면 조금 오싹했다. 그래도 걱정할 필요는 없겠지. 사야코의 오른쪽 다리는 움직임이 조금 어색할 뿐이지 그렇게 상태가 나쁘지는 않아 보이니.

심각한 것은 역시 오른팔이다. 애초에 움직이는 왼팔과 움직이지 않는 오른팔로는 신체의 균형을 잡기가 어렵다. 달릴 때 사야코의 어깨가 좌우로 흔들리는 이유는 오른발 때문이 아니라 분명 팔 때문이다.

체육수업은 거의 불가능했겠지, 라는 생각이 들었다. 스케이트나 평균대 같은 것은 도전 자체를 금지당했으리라. 사야코가 얼마나 불편함을 안고 생활하고 있을지, 상상으로 구체적인 불편함을 모두 떠올려보려 했으나 내 머리로는 아무리 생각해도 절대 답이 나오지 않을 것 같은 기분이 들었다.

– 사야코에게 만약 양팔이 있었다면 어떤 피아노 연주를 했을까?

이런 생각들을 하느라 약간 감상적이 된 기분을 안고서 사야코가 사라진 가게 입구를 바라보았다.

강한 사람이구나, 하고 생각했다.

이번 사흘 간, 그런 사야코와 계속 함께 있었던 덕분에 내 기분도 꽤 밝아지고 있었다.

길 한쪽에 멀뚱히 선 채로 가게 쪽을 응시한다. 분홍색 포렴 위로 '아야노야'라는 상호가 하얀 글자로 적혀있었다.

조금 더 시간이 지나자 사야코가 흰 꾸러미를 들고 가게에서 나왔다. 길을 건너 돌아와 "여기요."하고 내게 꾸러미를 건넨다.

"고구마 양갱이랑 밤팥 도라야키예요. 오늘 아침에 제가 만들었어요. 아직 수습이라 부모님이 도와주시기는 했지만요."

"고, 고마워."

수제 화과자를 선물 받다니, 당연하지만 태어나서 처음 겪는 일이었다. 빨간 단풍잎이 흐드러진 디자인의 포장지가 눈길을 끌었다. 꾸러미를 받아들자 왠지 모르게 따뜻한 손길이 느껴진다.

“가을이니까, 단풍인 거야?”

하고 묻자, 사야코가 고개를 가로저었다.

“1년 내내예요. 어머니가 좋아하는 모양인가 봐요. 아무리 그래도 봄여름에는 잎 색깔을 바꾸기는 하지만요.”

그리곤 내 품 안의 꾸러미를 보며 웃는다.

갑자기, 옆에서 타박타박 발소리가 들려왔다. 소리가 난 방향을 보니, 어린 여자아이 세 명이 이쪽을 향해 달려오고 있었다.

“어! 아야 언니다!”

그중 한 명이 새된 목소리로 소리쳤다.

“어머, 안녕.”

사야코가 상냥한 미소를 지으며 세 명을 향해 살랑살랑 손을 흔들었다. 초등학교 저학년으로 보였는데, 키가 작은 소녀 3인조는 천진난만하게 사야코에게 달려가 안겼다. 그리고는 사야코가 입고 있는 블라우스의 옷자락이며 소맷자락에 매달려 “이 사람 누구?” 하고 물으며 내 얼굴을 올려보았다.

“친구. 오늘 일부러 요코하마에서 여기까지 오셨어. 요코하마 어디인지 알아?”

"으음…… 도쿄?"

"가나가와 아니야?"

다른 아이가 말하자, "정답! 대단하네?" 하고 사야코가 엄지를 치켜들었다.

"뭐 하고 놀았어? 어디서? 여기?"

"피아노 카페서. 사장님이랑 언니 피아노 연주 들어주셨어."

"와아! 아야 언니 피아노, 모에도 듣고 싶어!"

세 번째 아이 모에가 손을 들자, 나머지 두 아이도 "미이도!", "유우도!" 하고 차례로 자기 이름을 외치며 손을 들었다.

"다음에 꼭 들려줄게."

"에이."

"오늘은 슬슬 저녁 먹을 시간이잖아? 언제가 좋을까, 그래, 일요일 점심때쯤?"

"응! 약속!"

세 명이 기쁨의 소리를 지르며 바이바이, 하고 외친 뒤 타닥타닥, 또 발소리를 내며 달려가 사라졌다.

우리도 다시 정류장을 향해 걸어갔다. 거의 다 왔다.

"아까 아이들이 뭐라고 부른 거야? '아야 언니'?"

걸어가면서 물어보자 “맞아요.” 하고 사야코가 웃으며 대답했다.

“원래는 ‘사야 언니’라고 해야 맞겠지만 가게 이름이랑 섞여버렸나 봐요. 우리 집 화과자 가게 이름이 ‘아야노야’거든요.”

“아하, 그래서구나.”

“네. 처음에 저를 부르는 아이가 실수로 그렇게 부르고는 그 뒤로 계속 그렇게 불려요. 어린애들은 시옷 발음을 하기 어려워한다고 하더라고요. 뭐, 실제로 ‘아야노야에서 일하는 언니’는 맞으니까요.”

“그렇구나, 그 법칙대로 간다면 사야코네 부모님은 ‘아야 아빠’, ‘아야 엄마’?”

“어머, 재밌네요. 굳이 따지면 이제 슬슬 ‘아야 할배’, ‘아야 할매’일까요?”

이 대답에 나도 모르게 웃음이 터져 나왔다.

“사야코는 의외로 막말도 하는구나.”

“에이, 아녜요. 사실인걸요. 벌써 환갑이 다 되어가요.”

사야코에게도 이런 장난기가 있구나, 따뜻한 마음이 든다. 이런 모습으로 미루어볼 때 부모님과는 사이가 좋은 모양이다. 이런 아이를 키우신 부모님은 어떤 분일까, 한

번 보고 싶어졌다.

"실은 말이지, 버스 탔을 때는 집으로 끌려가는 게 아닌가 하는 생각도 했었어. 깜짝 놀랐지 뭐야."

화제를 되돌린다. 하지만 사야코는 "우리 집 와 봤자, 피아노도 없고, 재미도 없어요." 하고, 평소와 다름없는 말투로 겸손하게 대답하고 말았다. 올라탄 버스에서 사야코네 집으로 가는 줄 알고 착각했을 때 느꼈던 동요는 어디로 갔는지, 지금은 조금 아쉬운 기분이 든다.

얼마 안 되어 버스정류장에 도착했다. 타이밍 좋게 5분 뒤에 버스가 오는 모양이다. 사야코가 아무렇지도 않은 척 몰래 시간을 재면서 배웅을 나와 준 덕분일 것이다.

"그러고 보니 말이야, 사야코는 선생님이 되고 싶다고 했지만, 구체적으로는 어느 선생님이 되고 싶어?"

"으음, 음악 선생님이요."

"호오."

나는 조금 고개를 갸웃거렸다.

"중고등학교?"

"음악 전문으로 선생님을 하고 싶으면 그렇게 되겠지만요. 하지만 초등학교 선생님도 멋지구나, 싶어서. 왜 있잖아요- 아까 전 아이들 셋도 초등학생이에요. 자주 피아노

들으러 찾아와 주는 아이들이에요. 저렇게 귀엽고 순수한 아이들이 조금이라도 음악을 즐겁게 느꼈으면 좋을 것 같고, 저도 기쁘고요."

"- 그렇다고 하면, 선생님이 되고 싶다고 정하기는 했지만 실제로는 어느 과목이나 어느 학교인지는 정하지 않은 상태인 거네."

"네. 대학에 들어간 다음 천천히 정해도 좋지 않을까 싶어서요. 4년이나 시간은 있고, 그 외에도 시간은 충분히 있을 테니까요."

사야코는 왼손을 얼굴 앞으로 들어 올려 주먹을 쥐었다 폈다 하기를 반복했다. 나는 말없이 그 모습을 지그시 바라보았다.

"곧 오겠네요, 버스."

"응."

"역까지, 저도 같이 타고 갈까요?"

"아냐, 괜찮아. 머니까, 이 시간에 왕복시킬 수는 없지."

"그래요? 그럼 여기서 배웅할까나."

사야코는 살짝 뒤를 돌아보았다. 사야코의 집인 화과자 가게는 버스정류장에서도 잘 보였다. 그러고 보니 삼일이나 연속으로 낮에 외출한 셈인데, 집안일도 슬슬 돕지 않으면 안 되는 것인지도 모른다. 연하이기도 하고, 수험생이기도 하지만, 사야코는 사회인이다. 유급이 확정된 한가한 학생과는 입장이 전혀 다르다.

길 너머에 버스 전조등 불빛이 보이기 시작했다. 불빛이 가까이 다가오는 것을 바라보면서, 나는 몰래 초조해했다.

오늘의 사야코는 언제 다시 만나자는 약속을 아직 하지 않았다.

앞으로도 계속 나를 과외선생님으로 불러낼까? 이 관계를 이어가도 괜찮은 걸까? 사야코의 음악을 들을 기회는 다시 올까-?

그런 마음의 목소리가 어느새 입 밖으로 나오고 말았다.

"가까운 시일 내에 다시 와도 괜찮을까?"

그리 말하자마자, 황급히 "오늘, 결국 공부 못하기도 했으니까." 라고 덧붙였다.

사야코는 놀란 표정을 짓더니, 그 뒤로 활짝 얼굴을 빛냈다.

"물론이죠. 언제든 와주세요. 기다리고 있을게요."

"고마워. 또 연락할게."

그녀의 뺨은 처음 옥상에서 만났을 때처럼 살짝 붉게 상기된 것처럼 보였다. 내 얼굴은 더욱더 붉게 달아올라 있겠지, 갑자기 부끄러워졌다.

도착한 버스에 혼자 올라탄다. 버스가 바로 출발했다. 밖을 보니 사야코가 손을 흔들고 있다. 사야코는 계속, 내 모습이 보이지 않을 때까지 이쪽을 향해 열심히 왼손을 흔들고 있었다.

제2곡

내 왼손

이불속에서 눈을 뜬 순간 상쾌한 기분이 들다니, 얼마만에 맛보는 일인지 모르겠다.

평소처럼 꾸물거리다 다시 잠들어버려서 몽유병 같은 상태로 떠돌아다니는 일도 없이 바로 일어났다. 어젯밤 제대로 다려놓은 셔츠를 옷장에서 꺼내 들고 외출하기 위한 몸단장을 했다.

요새 들어 쓰는 일이 없던 왁스를 책상 서랍에서 꺼내 들 뻔했는데, 왠지 모르게 웃음이 터져 나왔다. 나 같은 사람에게 '신이 나서 들뜬다.' 같은 말이 어울릴 만한 상황이 찾아오다니. 어째서 그런 생각이 들었는지는 몰라도 새로운 발견을 한 느낌이 들었다.

그저께, 용기를 내서 휴대전화로 전화를 걸어보았다.

"일요일이라면 분명 요전에 본 아이들이 놀러 올 거예요."

사야코는 신이 난 목소리로 말했다. 아이들이 있으나없

으나 내게는 상관없는 일이지만 사야코가 훨씬 더 즐거워하는 모습을 볼 수 있다면 주변이 시끌벅적한 편이 좋을지도 모른다. 그런 생각이 들어, 일요일 낮에 보자고 약속을 잡았다.

사야코와의 전화통화를 끊고 나서, 나는 오늘 오후 1시를 고대하며 시간을 보냈다. 어떻게 하면 시간을 더 빨리 흐르게 할 수 있을까 고민할 정도로 시간이 남아돌았다.

사야코와 만나기 전까지 무언가 해둘 만한 일이 없을까 싶어서, 컴퓨터 앞에 앉아 한 손만 사용하는 피아니스트에 대해 검색해보자고 마음을 먹었다.

전 세계적으로 보면, 의외로 과거에 몇 명 더 비슷한 사람이 있었던 모양이다. 한 손용으로 작곡한 피아노곡도 몇십 곡 정도 존재하는 것 같았다. 이런저런 조사를 하는 와중에 가장 흥미를 끈 것은 제1차 세계대전으로 오른손을 잃은 파울 비트겐슈타인이라는 오스트리아 피아니스트가 부잣집 자식인 덕에 저명한 작곡가에게 의뢰해 왼손전용 곡의 작곡을 의뢰했다는 이야기였다. 현존하는 왼손용 피아노곡의 반 정도는 비트겐슈타인 덕분에 만든 곡이라고 하니 그 영향력이 대단했다.

그중 하나를 시험 삼아 동영상 공유사이트에서 시청해

보았다. 라벨이라는 작곡가의 '왼손을 위한 피아노 협주곡'이라는 이름의 곡이었다. 오케스트라와 함께 연주하는 형식으로, 왼손 곡 가운데선 가장 유명한 곡인 모양이다. 다만, 왠지 모르게 괜히 저음을 울려대는 부분이 많아, 위압적이고 중후한 느낌만이 귀에 남았다.

사야코랑은 전혀 어울리지 않는 곡이네- 라는 생각이 들어 바로 브라우저를 꺼버렸다. 나는 사야코가 영화나 광고 음악을 자유로이 어레인지해서 산뜻하고 신나게 연주하는 모습이 좋았다. 이런 클래식 음악과는 이미지가 달랐다. 도매금으로 같은 피아노라고 묶을 수는 있어도, 여러 가지 종류가 있는 것 같았다.

하지만, 한 손으로 연주하는 피아노라는 것에 커다란 가능성이 잠들어있다는 사실은 음악을 자세히 모르는 나라도 깊게 이해할 수 있었다. 그것이야말로 사야코와 떨어져 지낸 사흘 간 얻어낸 수확이었다.

왁스 통을 꺼내 들고 서랍을 닫은 뒤 그대로 내 방에서 나왔다. 계단을 내려가자 어머니가 부엌에서 요리하는 소리가 들려왔다.

웬일이지, 하는 동시에, 기분 나쁜 예감이 들었다. 월요일부터 토요일까지 일하느라 시간이 없는 어머니는 휴일인 일요일에도 가사는 거의 하지 않으신다. 빨래나 청소는 각자, 식사는 따로따로 하며 주로 도시락 배달이나 인스턴트식품으로 때우는 게 나와 어머니 사이에 정해진 암묵적인 규칙이었다. 즉, 어머니가 일부러 요리하고 있다는 말은 나와 얼굴을 마주 보고 할 이야기가 있으시다는 말이다.

고등학교 3학년에 진로 선택할 때도 그랬지- 기억이 떠오른다.

애초에 일요일에는 최대한 어머니와 얼굴을 마주하지 않으려고 점심나절이 지날 때까지 내 방에서 잘 때가 많았는데, 오늘만은 어쩔 수가 없다. 화장실에서 세안을 하고 머리를 만진 뒤 나는 거실로 발을 내디뎠다.

"안녕히 주무셨어요."

작은 목소리로 속삭이듯 말한다. 고양되었던 기분이 순식간에 현실에 붙잡혀 끌려내려온다.

몇 개월 전부터 어머니의 얼굴을 똑바로 보지 못하고 있었다.

"잘 잤니? 이리 와. 아침밥 만들었으니까, 먹고 가."

어머니는 이미 식탁에 앉아계셨다. 내 발소리에 집중하고 있으셨겠지. 그 목소리는 평소 이상으로 차가웠다.

– 하아, 결국.

대강 느낌이 왔다. 어머니와 마주 보고 자리에 앉아 어디까지나 별일 없다는 모습을 가장하며 된장국 그릇을 앞으로 가져왔다.

"슈야. 실습 학점, 낙제했니?"

– 역시.

"어제 대학에서 통지가 날아왔는데. 몰랐는데, 이런 때는 보호자 앞으로 편지가 오는구나?"

어머니가 젓가락을 쥔 채로 꼼짝도 하지 않으셨다.

"정말 유급이니? 확정?"

"응."

"더 이상 손쓸 방법은 없고?"

"응."

"실습이란 게, 장기결석 정도가 아니면 어지간해서 낙제는 안 되지 않나? 도대체 언제부터 안 나간 거니?"

"……5월."

"뭐래니, 지금? 넉 달을 안 나갔다고? 아무 말 없이?"

안 물어봤으니까, 마음속으로 중얼거린다.

"학비 문제도 있으니까, 일단 엄마한테 보고해야 맞는 거겠지?"

“미안해요.”

“점심때 나간다더니 실습 나가는 것처럼 엄마 속이려고 한 거구나?”

“응.”

“대체 왜? 지금까지 계속 성적도 좋았고, 시험도 낙제한 적은 단 한 번도 없었잖니. 해부도 실험도 전부 열심히 잘 했고. 갑자기 왜 그러는 건데?”

피가 거꾸로 솟아 머리끝까지 오른 어머니는 겉으로 보기에는 냉정한 말투로 심문하는데, 옛날부터 아무리 노력해도 받아들이기 힘들다.

– 아빠라면 이런 식으로는 말하지 않았을 텐데.

아버지에게라면, 본심을 꺼내놓을지도 모른다. 아버지는 언제나 일단 내 이야기를 들어주셨다. 그러면 내 기분이 풀어지고 안심이 된다는 것을 어린 마음에도 잘 알았다. 반면에 어머니는 자기주장만 먼저 늘어놓는다. 논리적으로 말하는 것 같아도, 실은 감정적이다. 내가 무슨 말이든 해봤자, 최종적으로는 자기 생각대로 다 정리해버린다.

“갑자기 다 하기 싫어졌어요.”

“싫어졌다? 그딴 이유로 넉 달이나 부모한테 아무 말도 안 하고 빈둥빈둥 놀았다는 거니?”

"의대는 길어서 지쳤거든요."

"엄마도 아빠도 6년 동안 스트레이트로 졸업했어. 다른 애들도 다 그러지 않니? 공부를 못 따라가서 시험에서 떨어지는 애는 있을지 몰라도, 이 점에 있어서, 슈한테는 아무 문제도 없었잖아. 아니, 공부야 옛날부터 특기 중의 특기니까. 그런데, 설마, 병원실습에 결석해서 유급이라니."

이게 말이나 되니, 어머니는 한숨을 내쉬었다.

나라고 설마 일이 이렇게 될 줄 상상이나 했을 줄 아나. 생화학이나 법의학을 교실에서 배울 때는 고생도 없었고, 지식을 머리에 채워 넣는 것도 괴롭지 않았다. 오히려, 세포 레벨에서 우리 인간의 몸이 이러한 구조로 되어있다고 해독하는 과정에서는 즐거움마저 느낄 정도였다.

의사라는 직업과 적성이 맞을지도 몰라. 진로선택 때는 고민도 했고, 이대로 가도 괜찮나 몇 번이나 자문자답했지만, 결국 어머니가 권하는 대로 의대로 가길 잘한 것 같아.

진심으로 이렇게 생각했었다.

생각을 바꾸게 만든 것은, 바로 그-

눈앞에 되살아나려는 끔찍한 광경을 뿌리치고, 나는 된장국 그릇을 들어 급하게 국을 들이켰다. 서두르는 바람에 국물이 조금 넘쳐서 2인용 식탁을 적셨다.

"언제까지 엄마 혼자서 아빠 몫까지 떠넘길 셈이니? 전부터 몇 번이고 말했지만, 간호사나 사무원을 고용하면서까지 아빠가 개업한 병원을 계속 이어온 건, 다 슈한테 물려주려고 그런 거란 말이야. 그게 아빠의 유지기도 하고, 엄마도 슈가 안정된 삶을 살았으면 하는 마음이 있으니까 그런 거고."

네, 네, 나는 고개 숙인 채 끄덕였다.

"엄마 혼자라면 어디든 큰 병원에 혼자 가서 일하는 편이 훨씬 편해. 그래도 슈는 예전부터 공부도 잘해서 우수했고, 장래에는 아빠처럼 의사가 되고 싶다고 말했었잖아. 그래서 이렇게 슈를 위해서 엄마가 이 고생을 하고- "

정말로 내 장래희망이 의사였던 걸까? 우주비행사나, 대학교수님이나, 풀꽃 박사님이나, 아주 많은 꿈 가운데 하나는 아니었을까?

어머니가 내게 기대를 걸고 있는 것은 알고 있다. 아버지가 돌아가시고 나서 어머니가 한 고생이 얼마나 많은지도 알고 있다. 아버지가 개업한 작은 병원을 혼자 운영하면서 초등학생이었던 나를 질타하며 공부시키고, 명문이라 불리는 중고등학교 통합학교에 입학시키고, 그리고, 사립대학 의학부에까지 입학시켰다. 장학금도 전혀 받지 않고 학비를 모두 어머니가 충당했다. 이제 괜찮다, 자식 다 키웠다, 안심하고 있던 게 분명하다.

마음에도 없는 맞장구만 치는 내게 완전히 질려버렸는지 어머니는 어깨를 축 늘어뜨렸다.

"됐다. 그렇게 지쳤으면 올해는 묵은 피로 푸는 데에만 전념하렴. 그리고 내년에 다시 제대로 하는 거야. 사립대 의대 학비가 보통 많이 드는 게 아니니까."

이제 드디어 2년 남았다고 생각했더니만- 어머니가 분해하며 중얼거렸다.

내가 대학을 그만두고 싶어 한다는 생각은 어머니 머리에는 없나 보다.

한동안 조용히 아침밥을 먹었다. 된장국을 다 마시고, 생선에 젓가락을 댄다. 어머니도 겨우 식사를 시작했지만, 바로 젓가락을 내려놓고 말았다. 어머니의 시선을 느끼면서 나는 얼마 안 되는 아침 식사를 위장 속으로 밀어 넣었다.

"잘 먹었습니다."

남은 녹미채를 들이마시고 자리에서 일어났을 때, 어머니가 "아." 하고 소리를 냈다.

"항상 오는 그 편지, 또 왔어. 아라키 씨한테."

깜짝 놀라 벽에 걸린 달력을 봤다. 늘어선 숫자 30개 가운데 날짜 하나가 눈으로 슥 날아 들어온다.

두근, 심장이 커다란 소리를 냈다.

– 오늘이구나?

시야 안으로 의자에서 일어선 어머니 모습이 들어온다. 작은 황록색무늬가 은은하게 들어간 화지 봉투를 내 쪽을 향하도록 내민다. 보낸 사람이 적혀있는 면이 보인다. 어른스럽고 세련된 필체로 쓴 '아라키 후지코'라는 글씨가 보인다.

하얀 고급편지지에 또박또박 깨끗하고 꼼꼼하게 적어 내린 편지.

– 12년 전 나에게 보내는 감사의 말.

"됐어요."

나는 곧바로 어머니 손에 든 봉투를 밀쳐냈다.

"더 이상 읽고 싶지 않다고 했었죠. 안 보냈으면 좋겠다고 했고. 아라키 씨한테 제대로 전달한 거 맞아요?"

"한참 전에 했고말고. '슈는 더 이상 기억하고 싶지 않다고 그러니까, 이제 편지는 안 읽네요.' 하고, 에둘러서. 그래도 계속해서 매년 엄마 앞으로 보내오지 뭐니. 아라키 씨는 말이지, 슈한테 너무너무 감사하는 모양이야. 이번 편지도 남편분이나 따님 근황 보고 같은 게 적혀 있는데– ”

“어머니 앞으로 온 거면 굳이 안 보여줘도 되잖아. 그 사람 이야기는 이제 하지 마요.”

“아무리 그래도……. 안 그래도 오늘 텔레비전 틀어보니까, 계속 그 뉴스만 나오다 보니.”

“텔레비전 안 본 지 오래거든요.”

못 참고 방을 뛰쳐나갔다. 자기가 먹은 그릇은 자기가 설거지하는 게 규칙이었지만, 그대로 식탁에 방치했다.

“얘, 슈야!”

어머니 목소리가 뒤에서 들려온다.

방금 본 달력 날짜가 깜빡깜빡 머릿속에서 점멸하고 있었다. 계단을 올라가다가 갑자기 가슴이 답답해지는 것을 느꼈다. 점점 눈앞이 빨갛게 흐려진다.

– 밖으로 나가고 싶지 않아.

오늘은, 무리다. 잊고 있었다. 정보를 귀에 넣고 싶지 않다. 타인과 접촉하지 않고, 방 안에 틀어박히고 싶었다.

내 방으로 들어가자마자 바로, 주머니에서 전화를 꺼내 들었다. 사야코와 주고받았던 페이지를 열고 ‘미안, 오늘은 못 갈 것 같아’ 하고 문자메시지를 써서 아무 생각 없이 송신했다.

휴대전화를 바닥에 내던지고 드러누워, 이불속으로 파고들어 갔다. 생각을 차단해버렸지만, 다시 잠들 것 같지는 않았다. 왁스를 막 바른 머리를 엉망이 될 정도로 헝클어뜨리고, 답답한 셔츠를 몸에서 뜯어내 버렸다.

방 안을 둘러보니, 물건을 정리할 생각으로 옷장에서 꺼내놓은 텔레비전 콘솔 게임기가 눈에 들어왔다.

– 어차피 안 나갈 거면, 어디에든 몰두하고 있는 편이 낫지.

나는 게임기를 끌어당겼다. 방구석에 있는 텔레비전 수상기와 연결해 전원을 켜고 예전에 다 깬 적이 있는 게임을 아무 의미 없이 또 시작한다.

내게 있어서 1년 중 가장 마음이 아픈 날.

불운하게도 아직 시곗바늘은 오전 8시를 가리키고 있었다.

⋄♪⋄

진동음이 들린 것 같은 기분이 들어서 게임을 일시 정지했다. 멍해진 머리로 소리가 나는 방향을 보니 땅바닥에 뒹굴고 있는 휴대전화 화면이 빛나고 있다.

몸을 질질 끌면서 기어가 표시된 문자를 읽는다. '세이케 사야코'라고 떠 있다.

순간 정신을 차리고 진동하는 휴대전화를 손에 들었다. 벽의 시계를 보자 이미 시각은 오후 두 시를 넘었다.

"……여보세요."

통화버튼을 누르고, 주춤주춤 목소리를 낸다. 잠시 뒤, '저기, 도키타 씨.' 라는 탄식이 섞인 가느다란 목소리가 들려왔다.

'몇 번이나 메시지 보냈어요. 전화도 세 번째예요.'

사야코의 목소리가 떨리고 있다. 화나게 만든 모양이었다.

미안, 나는 작은 목소리로 중얼거렸다. 그렇게 연락하고 있었을 줄은 모르고 있었다.

'지금- 밖은 아니신 모양이네요. 집이세요?'

"응."

작은 한숨이 전화 너머로 미세하게 들려왔다.

'오늘, 날씨 정말 좋아요. 기분 좋은 일요일이에요. 외출 안 하실래요?'

"그건, 좀."

'몸이 안 좋으신 건가요?'

"그런 건 아니긴 한데."

'그럼, 잠깐 나오지 않으실래요? 저, 오늘 도키타 씨 오

신다고 엄청 기대하고 있었거든요?'

사야코가 슬픈 목소리로 말했다. 한참 대꾸하지 않자, '안되나요?' 하고 눈치를 살피는 목소리가 다시 들려왔다.

괜한 짓을 해버렸네, 내 잘못을 반성했다. 당일에 고작 문자메시지 한 줄로 약속을 취소해버렸으니, 나라도 화가 났을 것이다. 게다가 몇 시간 동안 연락도 없고, 이유도 설명하지 않았다. 분명 황당하고 어이없을 게 분명해, 이제 와서 가슴이 욱신욱신 아팠다.

전화 너머로 남자 목소리가 들려왔다. 먹먹한 안내방송. 그 뒤로는 인파 한가운데에 있는 것 같은 잡음이 끊임없이 들려왔다.

"어라?"

신경이 쓰여서 물어보았다.

"사야코, 지금 어디야?"

'요코하마 역이에요.'

"뭐? 요코하마?"

'어느 출구로 나가면 좋을까요? 도키타 씨, 여기 사시는 거 맞죠?'

"잠깐, 잠깐."

나는 당황해서 벌떡 일어섰다.

"요코하마 역 근처에 사는 건 아니야. 시내에 살고 있을 뿐이지."

네? 이번에는 사야코가 목소리를 높였다. 요코하마 시가 얼마나 넓은지 잘 모르는 게 분명했다. 같은 시내라고 해도 우리 집에서 요코하마 역까지는 전철로 약 20분 정도가 걸렸다.

'그럼, 여기서 어떤 전철을 타야 되나요?'

"아니, 일단- " 하고 말하면서 머리를 굴린다. "거기서 기다리고 있어. 내가 그리로 갈게."

가스카베에서 멀고 먼 요코하마 역까지 찾아와버렸으니, 더는 거절할 방법이 없다. 요코하마 역까지 와버린 사야코를 그대로 사이타마로 쫓아내는 일은 아무리 내 기분이 이래도 못 할 짓이었다.

사야코에게서 현재 위치정보를 물은 뒤 전화를 끊었다. 내던진 셔츠를 입고 급히 방을 뛰쳐나갔다.

요코하마 역 JR 개찰구 옆에 살짝 움츠러든 모습으로 서 있는 사야코를 발견했다. 이름을 부르며 다가가자, 사야코가 바로 고개를 들었다. 그 얼굴에 평소 같은 미소는 보이지 않았다.

“오늘 아침, 갑자기 그런 메시지 보내서, 미안.”

우선 사과 한마디를 전했다. 그러자 “저야말로, 갑자기 찾아와서 죄송해요.” 라는 작은 목소리가 돌아왔다.

“이렇게 도키타 씨를 집에서 끌어내는 건 너무 억지였죠. 기분 상하셨을 거예요.”

“그렇지 않아.”

“도키타 씨가 절, 만나고 싶지 않으셨을 수도 있는데.”

“아냐. 그건 절대 아니야.”

사야코는 평소처럼 블라우스에 치마를 맞춰 입은 모습이 아니라 실루엣이 가느다란 군청색 원피스를 입고 있었다. 손목에 하트 모양을 한 은색 팔찌가 빛나고 있다. 이건 내가 제멋대로 생각해서 심하게 착각하고 있는 걸지도 모르지만, 어쩌면 오늘 나랑 만난다고 일부러 꾸미고 와 준 걸지도 모른다.

나란 놈은 왜 이렇게 제멋대로일까. 평소와 달리 웃는 모습을 보이지 않는 사야코를 앞에 두고 이제야 죄악감이 솟구쳐 올랐다.

“오늘, 이대로 잠깐 저랑 시간 보내주시지 않을래요? 기껏 여기까지 왔는데, 요코하마나 도내 어디든 가보고 싶어요."

"미안해, 오늘은 내가 가스카베로 가기로 했었는데."

"사과 안 하셔도 돼요. 카페도 사장님도 도망가거나 하지는 않을 테니까, 나중에 또 들르기로 해요."

도내도 요코하마도 지리를 잘 모르니 장소를 선정해줬으면 좋겠다, 사야코는 내게 부탁했다. 나라고 잘 아는 편도 아니지만 기껏 받은 부탁이니 머리를 짜내서 궁리하는 수밖에 없었다.

"어디 보자, 랜드마크 타워 전망대는?"

"으음……."

"그럼, 미나토 미라이 쪽 바닷가는?"

"으음……."

"스카이트리? 도쿄타워?"

"으음……. 그 근처는 흥미가 잘 안 가네요."

그렇게 대답한 뒤 사야코는 입술을 한일자로 꾹 다물었다. 역시, 나한테 화가 난 모양이다.

에노시마라든가, 핫케이지마 시 파라다이스 같은 다른 장소도 후보로 올려보았다. 하지만, 어째서인지 전부 기각되고 말았다. 사야코의 기분이 점점 더 안 좋아지고 있다는 사실을 알아차렸다.

초조함이 존재감을 부풀려가는 순간, 내 머릿속에서는 어느 장소의 이름이 떠올랐다.

– 그래, 거기로 하자.

그렇게 결정한 순간, 내 마음의 불안함은 사라졌다.

"소요다이 역은 어때?"

생각한 장소를 입 밖으로 꺼내자, 사야코가 깜짝 놀란 얼굴을 하고 나를 올려다본다.

"소요다이 역이라면 오늘– "

사야코는 검지를 입술에 대고, 눈썹 끝을 늘어뜨렸다.

텔레비전이나 신문 같은 데서 봤겠지. 오늘이 어떤 날이고 그 역 이름이 무엇을 의미하는지를, 상식 수준으로는 알고 있는 것 같았다.

"왜, 거기를?"

"가보고 싶으니까."

사야코와 함께라면 갈 수 있을 것 같은 기분이 들었다. 오히려 오늘을 놓쳐버리면, 나는 평생 다시 그 장소를 찾아가지 못할지도 모른다. 그런 예감이 들었다.

잠시 동안 사야코는 곤혹스러운 얼굴을 하며 나를 바라보았다. 내 표정에서 무언가를 읽어낸 모양이었다.

"좋아요."

그녀가 고개를 끄덕였다.

♪

역사 생김새가 그때와는 많이 달라져 있었다.

플랫폼은 연한 베이지색 포석으로 깨끗하게 포장되어 있었고, 유리 벽으로 된 대기실이 한가운데에 서있었다. 안에는 최신식 터치스크린 자동판매기가 늘어서 있었고, 그 옆에는 기품 있는 하얀 벤치가 갖추어져 있었다. 같은 노선의 다른 역은 낡은 회색 아스팔트에 노란색 점자블록이 깔린 풍경이었는데, 이 역을 소유한 철도회사는 어떤 이유로 이 역만 세련된 분위기를 풍기게끔 만들었다. 그리고 그것은 오히려 의도와 정반대로 역효과를 내어, 그날 있었던 일에서 아직도 벗어나지 못하고 있는 것처럼 보이게 만들고 있었다.

그 뒤로 12년의 세월이 흘렀다. 그날을 아직도 잊지 못하는 사람이 나 혼자만은 아닌 모양이다. 플랫폼 한쪽 구석에는 많은 꽃다발이 놓여있었고, 텔레비전 방송 카메라를 짊어진 카메라맨이나 마이크를 든 기자가 몇 명 그 주변을 어슬렁거리고 있었다.

"저기, 오늘 아침 뉴스에서 봤었는데요……. 여기서 예전에 탈선 사고가 있었죠? 한 12년 전쯤에."

사야코가 불안한 얼굴로 물어보았다.

"왜 여기로 오고 싶다고 하신 거예요?"

"그 사고가 났을 때 사야코는 몇 살이었어?"

질문에 질문으로 대답하자, 사야코는 플랫폼의 천장을 올려다보았다.

"초등학교 3학년, 이었던 것 같아요."

"그럼 기억이 날지 안 날지 미묘하긴 하네. 전철이 역 플랫폼을 들이받으면서 전복해 30명이 죽은 사건인데."

"기억나요. 뉴스에 엄청 많이 나왔으니까."

"……타고 있었어, 그 전철에."

나는 그 시절의 모습이 완전히 사라진 플랫폼을 바라보며 말했다.

여기에 오는 도중 어느 정도 눈치를 챘을지도 모른다. 사야코는 아무 말 없이 내 얼굴을 올려다보았다.

"소요다이역, 이라는 이름조차 몰랐었어."

나는 가능한 한 담담하게 말했다.

"급행 전철 말고는 안 탔으니까 말이지. 근처에 사는 주민 말고는 이용하는 사람도 적은 이런, 완행전철밖에 서지 않는 역, 평생 내릴 일 없었을 수도 있었는데."

나는 플랫폼을 빙 둘러보았다. 정말로 흔적이 완전히 사라진 모양이다. 하지만 가까운 거리에 있는 집 여러 곳이 늘어선 주변 풍경은 변한 구석이 없다. 그렇게 먼 풍경을 바라보고 있자니, 역시 여기는 그 사고가 터졌던 곳이 맞구나, 확신할 수 있었다.

"종점 역 근처에 넓은 운동공원이 있어. 초등학생 때 아버지가 쉬는 날에는 자주 그 공원에 둘이 가서 놀고는 했어. 그날도 평소처럼 원반 장난감이랑 공을 들고 요코하마역에서 전철을 갈아탔어. 그리고 20분 뒤- 과속한 급행전철은 커브 바로 앞에 있던 이 역을 그대로 들이받았어."

영상이 플래시백 될 것 같은 느낌이 들었다. 나도 모르게 눈을 굳게 감았다.

운전사가 지병으로 발작을 일으킨 게 원인인가, 단순한 부주의가 원인인가, 사람을 대량으로 끌어들여 죽이면서 함께 자살하려는 엽기적인 사건은 아니었는가? 여러 가지 설이 소문으로 돌았지만, 진상은 더는 알 방법이 없었다. 당사자인 운전사가 즉사했기 때문이다. 그 외에도 29명이 희생되었다. 희생자 대부분이 플랫폼에서 옆으로 넘어진 선두차량 탑승객이었다.

"나는 선두차량에 타고 있었어. 내가 살아남을 수 있었던 건 열차가 역사에 격돌하는 순간, 함께 있었던 아버지가 곧바로 내 몸을 안아서 보호해주셨기 때문이야. 덕분에 치명적인 부상은 입지 않았어. 하지만, 아버지는 죽었어. 벽에 부딪힌 충격으로, 내장이 파열된 탓이었어."

으, 사야코가 신음을 내며, 왼손으로 입을 가렸다. 견디기 어려운 기분이 들게 했는지도 모른다. 사야코의 눈이 젖어 들었다.

"나도 충돌 순간에 기절했지만, 잠시 뒤에 의식을 되찾았어. 눈을 뜨지 않는 게 좋았을 텐데, 하고 생각할 정도로 처참한 풍경이었어. 바닥에서 떨어져 나간 좌석이나, 철제 선반이 부러져서 겹쳐있었고, 그 사이에 사람이 피를 흘리며 쓰러져있었어."

옆구리로 난간이 뚫고 나온 사람도 있었고, 찌부러진 차체와 지면 사이에 몸이 끼어버려 움직이지 못하는 사람도 있었다. 대부분의 사람이 의식을 잃고 축 늘어져 있었지만, 고통으로 신음하는 어른의 목소리나, 어린아이의 울음소리도 들려왔다.

절망적인 좁은 공간 안에서, 한없이 죽음에 가까운 상태로, 삶과 죽음이 공존하고 있었다.

뒤를 돌아보니, 내 몸 아래에 아버지가 흰자위를 드러낸 채로 쓰러져있었다. 깜짝 놀라 일어난 나는 아버지를 몇 번 흔들어 깨우려 했지만, 대답하지 않았다. 이마에서 대량의 출혈이 흘러내리고 있었다. 주변에서는 피비린내가 풍겨오고 있었다.

바로 다음에, 구급차나 경찰차 소리가 들려왔고, 주변이 시끌시끌해졌다. 구급대원이 밖에서 부르는 소리가 들리고, 차 안에서도 "살려주세요!"나 "꺼내주세요!"하는 소리가 터져 나오기 시작했다. 하지만 구급대원들은 바로 들어올 수 있는 상황이 아닌 모양이었다. 찌부러져 작아진 전동차 안에는 초등학교 5학년인 나 혼자가 겨우 움직일 만큼의 공간밖에 남아 있지 않았다.

밖에서 긴박한 외침이 들려왔다. 자력으로 나갈 상황이 되는 분은 이쪽으로 와주세요, 같은 말을 누군가가 몇 번이고 외쳤다.

나는 정신없이 행동했다. 내가 구하지 않으면 안 된다, 라고 생각했다.

파편이나 사람 위를 이동하며 조금이라도 움직일 수 있는 사람을 발견하면 혼신의 힘을 다해 잡아당겼다. 쓰러진 유모차 안에서 정신을 놓고 멍한 상태로 있는 갓난아기. 머리를 감싸 안고 웅크린 채 몸을 떨고 있는 노인. 좌석과 좌석 사이에서 빠져나오려고 버둥거리는 중년 여성. 피투성이 남녀 아래에 깔려 눈물 젖은 얼굴로 나를 바라보는 여자아이.

중년 여성은 조금 떨어진 곳에 쓰러져있는 내 또래로 보이는 자기 아들에게 손을 뻗고 있었다. 몸의 반이 젊은 남녀에게 깔려있던 어린 여자아이는 그 자리에서 버티며 어지간히도 나오려고 하지 않았다. 하지만, 나로서는 이미 늦은 것으로 보이는 일행에게 신경 쓸 겨를이 없었다. 그들을 파편이나 사람 더미에서 끌어내어 목소리가 들리는 쪽으로 끌고 가, 어떻게든 구급대원에게 전달했다. 대원이 지시하는 대로 안에서 문을 여는데 협력했다.

"나 자신도 나중에 병원에 가서 진찰을 받고 갈비뼈가 부러져 있었다는 사실을 알았어. 하지만 그때는 감각이 마비되어 있었는지, 통증은 못 느꼈어. 망가진 전동차 안에서 자유롭게 움직일 수 있었던 게 나 혼자뿐이었으니까, 온 힘을 다해 주변 사람들을 구했어. 그때 내가 구한 사람들이나 그 가족분들은 나더러 영웅이라며 지금도 감사의 편지나 물건을 일방적으로 보내고 있지."

오늘 아침 어머니가 보여준 편지를 떠올린다.

그런 감사의 마음을 솔직히 받아들이지 못하는 것은 그 사고로 아버지가 돌아가셨기 때문이었다.

게다가, 아버지가 그냥 돌아가신 것도 아니었다.

"구급대원이 전동차 안에 들어간 다음 나는 바로 구조됐어. 그리고 근처 병원으로 이송됐지. 잠시 뒤, 집에서 어머니가 달려오셨어. 그때 처음으로 아버지가 돌아가셨다는 이야기를 들었지."

"그런…… 많이 힘드셨군요."

사야코가 떨리는 목소리로 말한다.

"실은 진짜 충격은 그 뒤에 받았지만."

"네?"

"내가 아버지의 죽음을 들었을 때, 어머니는 이렇게 말했어. '아빠, 방금 전, 응급차 안에서 돌아가셨단다. 더 빨리 병원으로 이송됐으면 제대로 치료받아서 돌아가시지 않았을지도 모르는데.' 라고."

사야코가 흡, 숨을 들이쉬는 소리가 들렸다. 그때 내가 받은 충격을 재현하기라도 하듯.

"그 말을 듣고, 눈앞이 새까맣게 변했어. 그때 나는 전철 안에서 피투성이로 쓰러진 아버지를 발견했을 때 이미 돌아가셨다고 착각하고 말았던 거야. 그래서 다른 사람을 먼저 구한 거야. 그런데 사실 아버지는 그때 살아계셨어. 즉 나는, 아직 살아날 가능성이 있었던 아버지의 구조보다 다른 사람들을 먼저 구하고 말았던 거지. 그때 내가 아버지를 가장 먼저 운반했더라면, 아버지는 지금도 살아계실지도 몰라. 그런 생각을 하면, 분하고, 어쩔 줄을 모르겠어서– ”

“그건 모르는 일이에요.”

사야코가 강한 어조로 말했다.

“도키타 씨 잘못이 아니에요. 누구 탓도 아니에요.”

그 말을 들은 나는 문득 정신을 차렸다.

12년 전 사고가 있었던 날로 타임슬립 했던 내 머릿속이 플랫폼에 꽃다발이 놓여있는 현실로 돌아왔다.

“그랬구나. 그래서였구나.”

바람에 흔들리는 꽃다발 더미를 바라보며, 사야코가 조용히 속삭였다.

“피를 못 보신다고 한 이유는 그 사건이 원인이었군요.”

“응. 현장실습을 막 시작한 4월경에 구급차 동승 실습이 있었는데……. 운 나쁘게도 하필이면 내가 탄 날 관내 역에서 투신자살이 발생해버렸어.”

“투신…….”

"응. 그래서, 더 이상은 못하겠더라고."

– 거짓말처럼, 순식간에.

응급차가 막 도착했을 때는 아직 미세하게 심장이 뛰고 있었다. 그래서 급히 구급차에 태웠다. 하지만 결국, 자살을 시도했던 남성은 과다출혈로 인해 내 눈앞에서 죽어갔다.

하필이면 12년 전 아버지와 비슷한 연령대에 체격이나 생김새도 닮은 남성이었다.

역, 전철, 피, 신음.

냄새, 맛, 감촉, 색.

심장 깊은 곳에 봉인해두었던 그 공포와 긴박함, 그리고 '죽어가는 기척'을, 나는 그 순간 떠올리고 만 것이다.

"아무리 그래도 의대를 4년이나 다녔는데 괜찮겠지 하고 생각하고 있었지만. 어느새 정신을 차려보니 검사하려고 혈액 채혈하는 것조차 못하겠더라고."

– 이런 식으로 다른 사람에게 이야기를 꺼낸 건 처음인 것 같은데.

누군가에게 이 체험을 이야기하고 싶다고 생각한 것 자체가 신기한 일이었다. 지금까지 탈선사고에 관한 기억은 항상 마음 깊은 곳 바닥에 봉인해두었고, 일부러 꺼내오는 일은 단 한 번도 없었는데.

나는 꽃다발 앞으로 걸어가, 플랫폼 바닥에 무릎을 꿇었다.

잠깐만 기다리세요– 사야코의 목소리가 들렸고, 발걸음이 뚜벅뚜벅 멀어져갔다. 홀로 남은 나는 12년 만에 방문한 역 플랫폼에서 그저 눈을 꾹 감고 합장하며 추모할 뿐이었다.

잠시 시간이 흘렀다. 다시 발소리가 다가와, 내 옆에서 멈췄다. 올려다보니 군청색 원피스를 입은 사야코가 왼팔에 커다란 꽃다발을 안고 서있었다.

"역 건너편에 꽃집이 보여서, 사 왔어요."

사야코는 빙긋 미소 지었다. 눈꼬리에는 작은 눈물 한 방울이 매달려 있었다.

"여기에 같이 놓아요."

사야코가 몸을 틀듯이 왼팔로 안은 꽃다발을 내밀었다. 나는 다급히 일어나 핑크색 꽃다발에 두 손을 가져갔다. 그리고 둘이서 조용히 꿇어앉아, 꽃다발을 플랫폼 바닥 위에 놓았다.

플랫폼에 두 무릎을 댄 사야코가 왼손을 가슴에 대고 기도하듯 눈을 감았다.

그 옆모습이, 아름다웠다.

사야코는 움직이지 않고 그 자세로 가만히 있었다. 나는 그 모습을 잠시 지켜본 뒤 다시 꽃다발 더미를 마주했다.

천천히 합장한다.

그리고 눈을 감고, 깊이 고개를 숙였다.

♪

"미안해."

돌아가는 전철 안, 문득 입에서 사과의 말이 흘러나왔다.

"이런 부담스러운 이야기를 들려줘 버려서. 나한테도 다시는 떠올리기 싫은 이야기였고, 더 이상 이야기를 꺼내는 일은 없을 거야."

사야코는 "으으응"소리를 내며 아무 일도 아니라는 듯 고개를 가로저었다. 그 일상적인 태도에 나는 구원받아, 편안한 기분이 되었다.

시간이 애매해서인지, 요코하마 역으로 향하는 완행전철 안은 사람이 얼마 없었다. 같은 전동차 안에는 시끌벅적 수다를 떠는 중년 여성 삼인조와 아무 말 없이 창밖을 바라보는 노부부 말고는 아무도 없었다. 사실 도중에 급행으로 갈아타는 편이 빠르지만, 되도록 조용한 곳에서 마음을 침착하게 가라앉히고 싶었기에 흔들리는 완행열차에 계속 몸을 맡기기로 했다.

소요다이 역에서 보낸 시간은 20분도 채 되지 않았지만, 그 짧은 시간은 생각 외로 고통과는 거리가 멀었고, 오히려 편안함마저 느껴지는 시간이었다. 지금까지는 사고 이야기를 꺼내거나 관련된 정보를 접하거나 듣는 것 자체도 피해왔었는데, 새롭게 지어진 그 역에 내려서서 이야기를 풀어내는 동안, 내 마음은 신기할 정도로 맑아지고 있었다.

어쩌면 사야코가 옆에 앉아서 오히려 내 쪽이 빨려 들어갈 정도로 진심으로 진지하게 이야기를 들어주었기 때문일지도 모른다. 12년의 세월이 흘러 그 역에 다시 가볼까 하는 생각이 든 것 자체만으로도 내게는 아주 큰 사건이었다.

"한 가지 생각한 게 있는데요."

"응?"

"도키타 씨가 의사 선생님이 되고 싶다고 생각한 건, 사고랑 연관이 있지 않을까요? 많은 분들이 돌아가신 현장을 보았으니 그런 때에 다친 사람들을 구할 수 있는 직업을 가지고 싶다- 같은."

"그러네. 음."

아버지가 개업한 병원의 뒤를 이어받아야만 한다는 게 가장 큰 이유였지만, 나 스스로를 납득시키기 위해 사야코가 말한 생각도 안 한 건 아니었다.

"결과적으로, 그 사고 때문에 의사가 되는 길이 끊겨버린 셈이니, 생각이 짧았다는 말이 되기도 하지만."

바보 같다니까, 새삼 반성한다. 4년 동안 억지로 참아온 끝에 5년 차가 되자마자 결정적인 벽에 부딪혀버리다니.

18세부터 23세. 쉽게 되돌릴 수 없는, 방대한 시간이 이미 다 흘러가 버렸다.

"저기, 있잖아요."

사야코가 궁리에 궁리를 거듭한 끝에 말했다.

"도키타 씨랑 저랑, 좀 겹쳐서 보고 있었어요."

"응?"

– 전혀, 다르지 않나?

항상 마음가짐이 긍정적이고, 어떤 사람을 대하더라도 밝고 명랑한 모습을 보이는 사야코와 대학에서 꼴사납게 좌절하고 혼자서 빈둥빈둥 의미 없이 시간을 낭비하는 나. 도대체 어디가 닮았다는 말이지?

그런 내 생각과는 반대로, 사야코는 마음이 담긴 목소리로 이야기하기 시작했다.

"저, 태어날 때부터 한 손을 못 쓰잖아요? 피아노를 치기에는 처음부터 결함이 있는 거죠. 왜 하필 피아노 따위를 치고 있는 걸까, 어차피 손가락 수가 다른 사람 반밖에 안 되는데 뭐하러 이렇게 열심히 하는 걸까, 하고 기분이 새까맣게 변해버린 적이 셀 수도 없이 많아요. 오른손만 움직이면 이런 고생은 안 할 텐데- 하고."

움직이지 않는 오른손 쪽으로 고개를 기울인 사야코가 번쩍 시선을 내 쪽으로 되돌렸다. 왼손을 살짝 앞으로 내밀고 천천히 펼쳐 보였다.

"하지만 그럴 때는 일부러 이렇게 생각하려고 해요. 하느님은 내 오른손을 쓰지 못하게 하신 게 아니라, 왼손만이라도 남겨주신 거다, 라고. 왜냐면 이 왼손만으로도 여러 가지 일을 할 수 있으니까요. 다섯 손가락만으로도 음을 많이 연주할 수 있으니까요. 일상생활도 아무 문제 없이 할 수 있으니까요. 피아노를 치는 데 있어서, 움직일 수 있는 손이 왼손이라는 것도 행운이었어요. 사실 오른손을 위해 쓴 작품은 예시가 거의 존재하지 않거든요. 힘이 강한 엄지로 음이 높은 멜로디 부분을 칠 수 있는 것도 왼손이니까 가능한 것이죠. 그러니까- 저, 이 왼손은 하느님이 저를 위해 남겨주신 거라고 생각해요."

사야코는 가슴 앞으로 뻗은 왼손으로 주먹을 쥐더니 뜨거운 눈으로 이쪽을 올려다보았다.

"도키타 씨의 탈선사고도, 의사 선생님이 되겠다는 꿈도, 똑같은 이야기라는 생각 안 드세요? 탈선사고가 '오른손'이고, 의사선생님이 되겠다는 꿈이 '피아노'인 거죠. 탈선사고 경험은 분명 괴롭고 부담스럽지만, 환자분과 같은 만큼, 어쩌면 그 이상으로 힘든 경험을 했기 때문에 오히려 마음속 깊이 공감하거나, 공포로부터 해방시켜주고 싶다고 깊게 염원하거나- 그런 환자에게 다가가는 따뜻한 마음이 분명 도키타 씨에게는 이미 갖추어져 있지 않을까 하고 생각해요. 저 같은 만난 지 얼마 되지도 않는 아무 상관 없는 남에게도 이렇게 친절하게 대해주시는 분, 정말 흔하지 않거든요. 그래서 알아요. 그 따스함이 도키타 씨에게 있어서 '왼손'이라고."

"내게 있어 왼손……이라."

나도 모르게 내 왼손과 사야코의 왼손을 견주듯 바라본다.

"네."

사야코가 빙긋 미소 지었다.

"물론 양손으로 더 다양한 음을 내고, 꾸미고, 어떤 악보라도 완벽하게 연주할 수 있는 점은 부럽기도 하고 동경하기도 해요. 하지만 아마, 오른손을 잃었기 때문에 이해할 수 있는 왼손만의 좋은 점도 있다고 생각해요. 손가락 개수가 반밖에 없어서 그런 건지 모르겠지만, 왼손만으로 피아노를 치면- 본질, 이라고 할까요? 핵심, 이라고 할까요- 그런 중요한 부분에 더 가까이 다가갈 수 있는 게 아닌가, 그런 생각이 들기도 하고요. 그래서 그, 그런 걸 좀 더 충실하게 챙겨가면서, 기술을 갈고닦아 벽을 넘어서다 보면, 정말 멋진 장소를 걷는 기분이…… 들지 않을까요?"

사야코의 이야기라고만 생각하며 듣고 있었는데, 기습적인 질문에 당황하고 말았다. 그런 내 반응을 보고, 사야코가 아주 살짝 불안한 얼굴이 되었다.

"너무, 억지로 갖다 붙였나요?"

"에이, 아니야."

"하지만 정말 그렇게 생각하는걸요. 딱히, 주변 사람과 똑같을 필요는 없다고 생각해요. 의사 선생님 중에도 정신과라든가, 내과라든가, 큰 부상이나 수술과는 관계가 없는 사람도 있지 않나요? 그런 곳이 내가 있을 곳이라고 아예 정해버리면, 기분도 좀 편해지지 않을까 하는 생각이 들어요. 물론, 도키타씨가 꼭 그 길을 가야 한다는 건 아니고요, 여차하면 또 그만두고 돌아와도 되고요. 하지만, 나만의 장소는 분명히 있어요. 어디를 선택하든지 간에."

사야코가 힘찬 목소리로 단언했다. 나한테 이야기하고 있다기보다는 스스로에게 들려주는 말 같았다.

"저도 마찬가지예요. 두 손을 쓰는 분야에서는 손쓸 방법이 없지만, 왼손만 쓰는 피아노 연주라는 범주 안에서라면 절대로 지지 않아요. 왼손 피아니스트로서는, 저, 분명 세계 최고니까요."

가슴을 펴고 당당하게 말하고 난 뒤, 사야코가 "아차, 아니에요." 하고 입에 손을 가져다 댔다.

"너무 말이 지나쳤네요. 일본에서 최고겠네요. 아니다. 사이타마– 아냐, 가스카베인가?"

"갑자기 자신감이 너무 줄어드는 거 아니야?"

나도 모르게 웃으면서 대꾸하자, 사야코도 부끄러워하는 미소를 대답 대신 지어 보였다.

사야코의 말에는 피아노를 향한 마음이 내 가슴이 아플 정도로 가득 담겨있었다. 이야기를 듣는 사이에 내 볼이 점점 뜨겁게 달아올랐다.

– 태어날 때부터 핸디캡을 짊어져야 했던 사야코가 이

렇게 온 힘과 온 마음을 다해 피아노에 몰두하고 있는데, 나란 놈은.

– 이렇게 눈부시게 보이는 사야코가 나 같은 인간을 자신과 똑같다고 말해주고 있는데, 나란 놈은.

왠지 모르게 갑자기, 사야코의 머리카락을 만져보고 싶어졌다.

은근한 충동이 어느새 내 오른손을 들어 올렸다.

살짝 손을 내밀어 사야코의 얼굴 윤곽을 따라 쓰다듬었다. 부드럽고 가는 머리칼이 스르륵 내 손 위로 늘어졌다.

사야코의 입이 놀란 듯 살짝 열린다. 붉게 물든 사야코의 얼굴로부터 눈길을 피하며 나는 머리칼을 만지던 손을 내렸다. 그리고 군청색 원피스 옷자락 언저리에 놓인 그녀의 하얀 왼손을 잡고, 미끄러지듯 손가락 사이를 내 손가락으로 채웠다.

그녀의 왼손이 내 오른손 안에 꿈틀 떨렸다.

"고마워."

하고, 짧게 말한 뒤 오른손에 살짝 힘을 넣었다.

앞을 바라본 채로 창밖 풍경을 한없이 눈으로 좇으려 했다. 그러는 사이, 사야코가 내 옆얼굴을 지그시 바라보는 게 느껴졌다.

다행이다— 목소리가 들렸다. 사야코의 왼손이 내 오른손에게 모든 것을 맡기기라도 하듯 완전히 힘이 빠졌다.

"저기 있지."

"네."

"놀라지 않고 들었으면 하는데."

"뭐가요?"

"좋아해. 아주 많이."

툭, 말이 튀어나왔다.

목 언저리가 훅 뜨거워졌다. 동시에, 사야코가 당황하며 고개를 숙이는 모습이 시야 한쪽 구석에 비쳤다.

몇 초가 지난 뒤, 사야코가 내 오른손을 꽉 쥐었다.

저도요, 라는 작은 목소리가 들렸다.

먼저 이야기를 꺼낸 주제에, 그 대답이 믿어지지 않은 나는 사야코 쪽으로 나도 모르게 고쳐 앉았다. 확인하듯 사야코의 얼굴을 바라본다.

"부끄러우니까, 그렇게 빤히 쳐다보지 마세요."

빨갛게 달아오른 사야코가 고개를 돌리고 말았다.

그런 옆얼굴을 바라보면서 말없이 기다렸다. 잠시 뒤, 견디지 못했는지 사야코가 휙, 내 쪽을 향해 고개를 돌렸다.

"앞으로."

사야코가 힘차게 말했다.

"잘 부탁해요."

"응."

대답하고 고개를 끄덕이자, 사야코가 활짝 웃었다.

아, 이거구나- 라고 생각했다. 사야코는 눈치채지 못한 모양이지만, 사야코의 이 미소가 나를 구원해준 거야.

완행열차는 점점 속도를 늦추었다, 멈추었다, 속도를 올렸다를 반복하며 점점 도회지를 향해 가고 있었다.

그 시간은 말하기 부끄럽지만, 더할 나위 없이 사랑스러운 시간이었다.

Interlude

/

간주곡

내가 슈퍼맨이었으면 얼마나 좋을까, 라는 생각을 한다.

벽에 끼어버린 사람을 괴력으로 끌어낸다. 부러진 금속봉을 순식간에 붙잡아 멈춘다. 괴로워하는 부상자를 단숨에 날아올라 병원까지 데려간다.

그런 히어로였다면.

그 광경을 목격한 날 이후로 생명이라는 것의 이미지가 한없이 가볍게 느껴지고 만다. 영화 속 한 장면 같이, 언제나 머릿속에서 반복된다. 단 한 번의 충격으로 이렇게 쉽게 사람이 망가지는 광경이.

그러니까—

제3곡

전주곡

"브람스라는 작곡가, 알아?"

사장님이 카운터 너머로 물어왔다. 들어 본 적은 있는 이름이라서 "네." 하고 고개를 끄덕였다.

"바흐는?"

"아는 것 같아요."

"그럼, 슈만은?"

"들어 본 적 있어요."

정확히는 중학교 음악 교과서에서 읽은 적이 있다. 대학 수업 때 공부한 세계사 중 문화사에서도 살짝 나왔다.

"클라라 슈만은 어때? 설마 부인까지 알지는 못할걸? 이분도 피아니스트 겸 작곡가이시긴 한데."

"으음, 처음 들어봤어요."

내게 음악적 지식이 없는 점을 놀리려고 이러나 싶었는데, 그게 아닌 모양이었다. 일단 죽 질문을 내게 던지고 나자 사장님은 진지하기 그지없는 얼굴로 설명하기 시작했다.

"바흐가 만든 곡 중에 샤콘느라는 무반주 바이올린 작품이 있는데 말이지. 클라라 슈만이 오른손을 다쳐서 일시적으로 피아노를 양손으로 칠 수 없게 되었을 때, 브람스가 이 곡을 왼손 피아노용으로 편곡해주었거든. 그때 브람스는 한 가지 사실을 깨달은 거야. 브람스는 이렇게 말했어- '샤콘느는 본래 바이올린 하나로 연주하는 곡의 형식이기에, 왼손 하나만 사용해 연주하는 것이 오히려 곡의 본질에 다가가게 해 주었다.' 라고. 양손 피아노 판은 옛날부터 연주해 오던 작품이지만, 왼손으로만 치기 때문에 더 큰 의미가 있다고, 위대한 작곡가가 인정한 거지."

사장님이 얼굴을 옆으로 돌리고 피아노를 치는 사야코 쪽을 바라본다.

지금, 왼손 손가락을 경쾌하게 움직이며 사야코가 즐겁게 연주하고 있는 곡은 나 같은 문외한도 알고 있을 정도로 몇 년 전 크게 유행한 아이돌 노래의 멜로디였다. 새끼손가락으로 두들기는 통통 튀는 것 같은 베이스음 위에 엄지나 검지로 울리는 주선율을 화려하게 덮으며, 세 명밖에 없는 카페를 활기찬 분위기로 가득 채우고 있었다.

"그래서 그런가 싶은 게- 사야코에게는 곡의 '심'이 어디에 있는지 알아차리는 힘이 있어. 절대 빠뜨려서는 안 되는 부분을 제대로 챙기고 있지. 그래서 음을 조금 적게 어레인지 하더라도 스케일이 작아지지 않고, 곡의 인상도 바뀌지 않아."

사흘 전, 소요다이 역에서 돌아오는 기차 안에서, 사야코가 전하고자 했던 말을 떠올린다. 한 손으로 연주하기 때문에 '본질'이나 '핵심'에 다가갈 수 있다, 사야코가 설명했었다. 어쩌면 그 사실은 자기 스스로 실감했다기보다는 사장님이 지적해주었기 때문에 느끼게 된 걸지도 모른다. 사야코가 이 만큼이나 피아노를 잘 치게 될 때까지는 이 사장님이라는 분의 영향이 상당히 컸으리라.

"그런 재능은 아주 중요하거든. 콩쿠르에서도 마찬가지지만, 피아노의 연주를 평가할 때는 크게 두 가지 평가 축으로 나누어서 봐. 첫 번째는 테크닉. 두 번째는 음악성."

사장님은 내 눈앞으로 손을 내밀고 손가락을 두 개 펼쳤다.

"테크닉은 세세한 음표를 놓치지 않고 제대로 치는가, 화음을 이해하고 음악적으로 구성하고 있는가, 즉 피아니스트로서 갖추어야 마땅한 기술을 말하지. 음악성은 그 곡의 주관적인 해석. 클래식 곡이라면 그 작곡가가 살았던 배경이나 곡에 담은 의미를 제대로 이해하고, 제대로 음악 안에서 표현하고 있는가 못하고 있는가."

"뭐랄까, 어려워 보이네요."

"응. 그냥 잘 친다고 다가 아니라서, 음악의 세계가 어려운 거야. 그 점에 있어서, 사야코는 테크닉에 아직 부족한 부분이 있기는 하지만, 음악성에서는 믿을 수 없을 만큼 뛰어나지. 예를 들면 지금 치고 있는 것 같은 대중음악곡 같으면 가수 각각의 목소리나 가사까지 같이 들리는 기분이 들 정도거든. 안 그래?"

듣고 보니 정말 그렇다. 사야코가 지금 치고 있는 5인조 아이돌 그룹의 노래에는 본래 각 멤버마다 솔로파트가 있다. 조금 허스키한 목소리, 부드러운 목소리, 뚜렷하게 툭 튀어나온 것 같은 목소리, 감정이 풍부한 목소리- 그런 세세한 차이까지 사야코는 충실히 구분해서 연주하고 있었다. 다섯 명이 함께 부르는 후렴구파트 직전 한 소절에서부터는 음이 한층 더 크고 두터워져서 드라마틱하게 분위기를 고조시키기까지 했다. 마치 사야코 자신이 곡 안에 들어가 관객들 앞에서 노래를 선보이는 것만 같다.

"아까워 죽겠다니까."

사장님이 작은 목소리로 말하고는 후우 한숨을 흘렸다.

"……저 애가 오른손까지 제대로 쓸 수 있었다면 얼마나 좋을까. 그렇지?"

"아뇨, 전 그렇게 생각 안 해요."

내가 바로 부정하자, 사장님이 놀란 얼굴로 나를 봤다.

"그야말로 왼손만 쓰기 때문에, 그 장점이 드러나는 거라고 생각합니다. 손이나 손가락 개수가 반이라는 핸디캡이 있기 때문에 그만큼 한 손만으로 풍부한 음색을 내려고 노력하다 보니 자기도 모르게 그런 쪽으로도 시행착오를 거듭하게 된 게 아닐까요? 사야코랑 만나고 나서, 저도 생각을 조금 고쳐먹었어요- 피아노라는 악기를 꼭 두 손을 사용해서 연주해야만 한다는 생각 자체도 근거도 없이 그렇게 믿고 있었을 뿐인 건 아닐까 하고요."

반은 사야코가 한 말을 그대로 반복했을 뿐이었다. 하지만, 나 스스로가 사야코의 생각에 마음속 깊이 공감하고 있기도 했다.

사장님은 잠시 팔짱을 끼고 신음하며 고민하더니, "그

릴 수도 있겠구나." 하고 중얼거렸다. 하지만, 그 목소리에는 여전히 분한 기색이 남아있었다.

오늘 피아노 카페에서 만나자고, 사야코가 먼저 제안했다. 전철을 갈아타고 가스카베 역에 도착하여 이번에는 혼자서 버스를 탔다. 화과자 집 옆 버스정류장에서 하차하자, 그곳에는 오프화이트 니트 원피스에 베레모를 쓴 모습의 사야코가 기다리고 있었다.

카페까지 걸어가 나무문 입구를 열자 사장님이 만면의 미소로 맞이해주셨다. 사야코와 내 사이의 관계에 진전이 있었다는 사실을 아는지 모르는지, 사장님은 전에 만났을 때 이상으로 즐거워하며 서둘러 우리를 테이블 자리로 안내했다.

평일 오후 2시. 오늘도 사장님의 카페에는 다른 손님이 없었다. "매번 이렇게 전세 내도 괜찮아요?" 하고 묻자, "누군 뭐 좋아서 전세 내는 줄 아냐?" 하고, 짓궂은 말투로 대답이 돌아왔다. 참고로 토요일과 일요일 주말에는 근처 젊은이들이 찾아와 가끔은 자리가 다 차는 때도 있었고, 평일에는 런치타임과 바 타임에 어느 정도 손님이 들어오는 모양이다. 아무래도 항상 파리만 날리지는 않는 것 같았다.

오므라이스를 먹으면서, 1시간 정도 수학을 가르쳐주었다. '논리와 집합' 파트나 '경우의 수' 파트에 대해서 가능한 한 간단하게 설명을 한다고 하기는 했는데, 사야코는 이해하는 데 꽤나 고생하는 눈치였다. 결국, 사야코는 일찌감치 포기하며 교과서를 내던져버리고, "공부 사이사이에 숨도 돌려야 하니까." 하고 주장하며, 피아노 쪽으로 빨려 들어가듯 가버리고 말았다.

– 뭐 어때, 이젠 평범한 과외선생님이 아닌 몸이 되었으니까, 이 정도가 딱 좋지.

과외선생님의 입장만 있었다면 그냥 둘 수 없는 일이지만, 나는 사야코의 연인으로서도 여기에 있는 것이다. 그렇게 나 스스로에게 말했다. 아직도 머릿속에서는 둥실둥실 실감이 나지 않았다.

"저기, 아까부터 두 분 뭘 그렇게 비밀이야기를 해요?"

갑자기 피아노 소리가 멈추고, 사야코가 말을 걸어왔다. 너비가 긴 전용 벤치에서 일어나 빨간 펠트 천을 건반 위에 펼치기 시작한다. 꽤 오랜 시간 연주하고 있었으니 슬슬 그만 쳐야겠다고 생각한 모양이다.

"사야코의 피아노 연주가 보이는 음악성에 내가 반했다, 라는 이야기했어."

사장님이 익살맞게 말하자, “으음, 기쁘기는 한데, 전혀 아니에요.” 하고 사야코가 힘없이 고개를 좌우로 저었다.

“사장님이 치면, 굉장히 힘찬 음이 울리잖아요? 그렇게 피아노가 온몸을 떨 만큼 크게 연주하고 싶어요. 엄청 부러워요.”

“그건 어쩔 수 없잖아. 난 남자고, 사야코는 여자니까. 체격 차야.”

“그래도, 오토이 교코(音井響子)씨는 피아노를 커다랗게 울리잖아요.”

“오토이 씨는 키가 170 정도 되잖아. 손도 엄청 커 보이고. 거기에 비하면 사야코는— ”

사장님은 일부러 자리에서 일어나 사야코의 몸을 아래위로 훑어보았다.

“한 150 정도 되나?”

“그 말투, 왠지 짜증 나!”

사야코가 잔뜩 부은 얼굴로 사장님에게서 휙 고개를 돌리더니, “아, 오토이 씨라는 분은요, 북유럽 중심으로 활동하시는 세계적인 피아니스트야.” 하고, 나를 위해 주석을 달아주었다.

아까부터 사야코는 내게 존댓말을 쓰지 않으려고 노력

하는 모양이었다. 존댓말과 반말이 섞인 말투가 왠지 모르게 너무 귀여워 보인다.

"연주하는 동영상, 볼래?"

사야코가 다가와 내 옆 카운터 자리에 앉았다. 어느새 손에는 태블릿 컴퓨터가 들려있다. 구석에 'CAFE PIANISSIMO'라고 적힌 스티커가 붙어있는 것으로 보아, 가게 비품인 모양이다.

사야코가 익숙한 자세로 즐겨찾기에서 동영상 사이트를 찾았다. 표시된 페이지에는 '오토이 교코의 검색결과'라는 글자가 위쪽에 보이고, 피아노를 치는 여성의 동영상이 죽 늘어서 있다. 일일이 검색하지 않도록 북마크 등록을 해놓은 것으로 보아, 그만큼 좋아하는 피아니스트인 모양이다.

"오토이 교코(편집자 주 : 우리나라식으로 음악가의 이름이 '김연주'나 '소음향'인 것 같은 뉘앙스)……라고? 본명?"

"응? 아니. 본명은 아마 이구치 교코(井口響子)였나 그랬어."

"역시 그러네. 직업이 피아니스트인데 이름이 오토이 교코라니 아무리 그래도 좀 우연이 지나치니까."

나는 태블릿 화면을 바라보았다. 새빨간 드레스를 입은 늘씬한 여성이 모든 동영상 섬네일에 나타나고 있었다.

"피아니스트도 예명을 짓거나 하는구나. 나는 또 작가나 연예인만 그러는 줄 알았는데."

"거의 대부분 본명이기는 한데요, 가끔씩 있어요. 피아니스트라면 '연주명'이라고 부르기도 해요."

"호오, 연주명이라."

사야코가 고개를 작게 끄덕이고 왼손을 태블릿으로 뻗어 가장 위에 표시된 동영상을 검지로 건드렸다. 잠시 후 태블릿에서 유려한 피아노 음이 들려오기 시작했다.

깜짝 놀랄 정도로 음이 많은 곡이었다. 낮은 주선율 위에 옥타브를 넘나드는 것 같은 고음이 엄청난 속도로 뿌려져 간다. 템포 자체는 그다지 빠르지 않았는데, 굳이 따지자면 멜로디도 슬프고 느릿하게 흐르는 느낌이 드는데도, 순간순간 쏟아지는 세세한 음의 수가 장난이 아니었다. 그리고 그 음의 수가 곡이 진행되는 동안 점점 더 불어났다.

"리스트의 '라 캄파넬라'예요."

사야코가 귓가에서 속삭였다.

"들어본 적 있어?"

"아니, 아마 처음 들을걸?"

동영상 제목을 읽는다. '리스트: 파가니니에 의한 대연습곡 제3번 「라 캄파넬라」다.

부끄럽게도 곡명조차 몰랐다.

“초절기교라고 해서, 엄청 어려운 곡이에요. 그런데 오토이 씨의 경우에는 기술이 워낙 완성의 경지라서 뭐랄까 전체적으로 느긋하고 부드러운 곡조로 들릴 정도예요. 저, 오토이 씨 피아노 연주가 옛날부터 정말로 좋아서.”

“그렇구나.”

조금 의외였다. 완전히 클래식이니까 사야코가 평소에 치는 곡이랑은 계통이 완전히 다르다. 어쩌면 자기가 할 수 없는 것이라서 오히려 더욱 동경하게 되는 심리 때문일지도 모른다.

“오토이 교코 말고도 연주명으로 활동하는 피아니스트가 또 있던가?”

사장님이 커피콩 자루를 열면서 고개를 갸웃거렸다.

“아, 노노무라 미즈키가 있구나. 그 자식, 옛날에는 노노무라 쇼타로라는 본명으로 콩쿠르에 출전했었는데, 프로가 되자마자 남자인지 여자인지 모를 이름이 좋다면서 개명했어.”

“사장님이랑 같은 피아노 교실 다녔던 분 아니에요?”

“응응응. 그 녀석, 집이 가난해서 음대에도 못 나갔고,

유명한 선생님에게서 사사하지도 못했는데, 콩쿠르 입상 경력 하나로 지명도를 올려서 프로가 된 거 있지? 무지막지한 놈이라니까."

"정말, 대단하네요?"

"그치? 그 자식에 비하면 나는……."

갑자기 머리를 감싸 쥐기 시작한 사장님을 사야코가 "에이, 신경 쓰지 마세요." 하고 위로한다. 그런 사야코에게 나는 문득 떠오른 질문을 던졌다.

"만약 스스로에게 연주명을 붙인다고 한다면, 사야코는 어떤 거로 지을 거야?"

"응?"

사야코는 깜짝 놀란 얼굴이 되었다.

"그러게, 뭐가 좋으려나."

사야코는 턱에 손을 대고 생각에 잠긴 몸짓을 보였다.

"으음……. 딱히 생각이 안 나는데. 생각해 본 적도 없어요. 그냥 이대로 '세이케 사야코'도 나쁘지 않을 것 같은데요? 아니 애초에, 저 목표가 초등학교 선생님인데요?"

"아, 맞다. 그럼 슬슬 공부 다시 시작할까? 계속 피아노만 쳤다가는 붙을 시험도 떨어질지 모르잖아."

놀리듯 말하자, 사야코가 두 눈썹을 축 늘어뜨렸다.

"그치만, 경우의 수도 집합도 너무 어렵단 말이야……. 너무해. 이대로라면 공부해봤자, 어차피 대학 떨어질 것 같은데……."

"그럼 학교 선생님 못 되는데?"

"그냥 하는 말이거든요."

사야코는 웃으며 일어나 천장을 향해 왼손을 들어 올리고, "지금 이 순간부터 다시 공부 시작!" 하고, 선언했다. 그대로 교과서와 공책을 펼쳐놓은 테이블 자리로 돌아간다.

사야코가 약한 소리를 하다니, 웬일이지- 문득 생각이 들었다. 적어도, 나랑 함께 있는 시간 동안에는 보여준 적이 없었던 모습이었다.

나는 오토이 교코의 연주 동영상을 정지하고, 사야코 뒤를 쫓아갔다.

"어! 이거, 가져왔었어요?"

깜짝 놀란 목소리가 들렸다. 보니, 사야코가 내 가방 속을 들여다보고 있다. 사야코가 손가락질한 곳에는 두꺼운 의사 국가시험 대비용 참고서가 있었다.

"아, 응. 혹시 시간 남으면 사야코가 문제 푸는 동안 나도 옆에서 공부나 해볼까, 하고."

사야코가 잠시 동안 기쁨의 미소를 지은 채로 내 가방

속을 지그시 바라보고 있었다. 이렇게 주목해서 보는 모습을 보니 괜히 부끄러웠다.

"뭐지? 갑자기 의욕 충전!"

사야코가 밝은 목소리로 말하고는 서둘러 자리로 돌아와 의자에 앉았다.

"같이 공부해요! 백지장도 맞들면 낫다고, 그러니까, 공부도 같이하면 훨씬 덜 힘들 거예요."

나도 사야코 곁에 앉았다. 바닥에 놓은 가방에 손을 뻗어 순환기 참고서를 꺼내 든다. 얼마 전 사야코와 의대 건물 옥상에서 만난 날 가방에 넣었던 책은 혈액학 책이었다. 오늘은 혹시 몰라 다른 책을 가져왔다. 직접적으로 과거의 상처를 건드리는 일은 아직은 너무 이른 일이다.

"아아, 부러워 죽겠네에. 나도 저렇게 청춘 좀 만끽하고 싶다아."

카운터 너머에서 사장님이 팔짱을 끼고 몸을 좌우로 흔들면서 뒤틀었다.

"지금 나는 전쿠르 사이타마 본선을 목표로 연습해야 하는데 말이지. 그래서 스트레스로 위가 욱신욱신 쑤신단 말이야. 그런데 너희들이 둘이서 '꽁냥꽁냥'하는 모습을 이렇게 가까운 곳에서 자랑해버리면, 위가 괜히 더 쑤신다고."

"위장약, 사 올까요?"

"아니, 그게 아니라."

사야코가 괜히 모른 척 묻자, 사장님이 웃으면서 주먹을 휘둘렀다.

"위장약 하니까 말이지."

흥겨운 대화 판에 나도 끼어 들어본다.

"보통 위장 그림이 포장에 그려져 있잖아. 그거, 죽은 사람 위장 모양이거든. 살아있는 사람 장기는 사람마다 다 모양이 달라서, 그렇게 위장이 전형적인 모양인 사람은 한 사람도 없어."

"오, 정말이요? 그거 죽은 사람 위장이라고 하니까 좀 기분 나쁘네요."

사야코는 그렇게 말하고 난 뒤 내가 펼쳐놓은 참고서를 넘어다보았다.

"의학도 왠지 재미있어 보이네요. 적어도 수학보다는."

"이봐요 사야코 씨! 현실 도피하면 안 됩니다."

내가 웃으며 놀리자, 사야코가 "네에에." 하고 불만 섞인 대답을 남기고, 수학 교과서를 손에 들었다.

다섯 시가 지나, 사장님과 작별하고 카페를 나섰다. 하늘은 벌써 붉게 물들어, 우리 두 사람의 얼굴을 똑같은 색으로 비추었다. 벌써 10월에 접어들어서인지 최근 급격히 일몰 시간이 빨라지는 느낌이다.

"방금 쳤던 곡 말야, 띠로링, 하는 부분. 느낌 있던데."

"띠로링?"

사야코는 살짝 고개를 갸웃거리더니, "아하." 하고 고개를 끄덕였다.

"전주에 있는 꾸밈음표 말이죠? 의식적으로 넣어봤어요. 원곡은 자잘하게 종이 울리는 소리가 들어가거든요, 그래서 피아노로 표현해보면 어떨까 하고."

"꾸밈음표라고 하는구나. 확실히 꾸며주는 것 같기는 하더라고."

띠로링, 사야코가 즐겁게 중얼거리며 말했다.

"뭐랄까, 귀엽다."

"놀리는 거야?"

"천만에요. 무슨 그런 말씀을."

사야코가 붕붕 고개를 저으며, "그냥 따라 해 본 것뿐이에요." 하고 부끄러워하며 웃었다.

버스정류장에 도착했을 즈음 건너편에서 노란 모자를

쓴 초등학생이 힘차게 달려왔다. 저번에 사야코랑 같이 봤던 그 여자아이들인가 하고 생각했는데, 오늘은 남자아이 3인조였다. 갈색이나 검은색 '란도셀'을 메고 있었다. 그중에 한 명이 손에 공을 든 채, 캐치볼을 하면서 이쪽으로 달려오고 있었다. 이 길은 아무래도 많은 초등학생들이 등하굣길에 사용하는 통학로인 모양이다.

"아야노야네 아야 누나다."

가장 체격이 큰 아이가 사야코를 손가락질하며 발을 멈춘다. 안녕, 사야코가 입을 열자 골목대장의 풍채를 갖춘 아이가 즐거운 듯 씩 미소를 띤다.

그리고 갑자기, 다른 한 손에 들고 있던 공을 사야코를 향해 있는 힘껏 던졌다.

헉, 손을 뻗었지만 너무 늦었다. 공은 사야코의 가슴과 왼손 사이에 부딪혀, 초등학생 쪽으로 튕겨서 돌아갔다.

"야, 너 지금 뭐 하는 거야?"

갑자기 벌어진 일에 놀란 나는 거칠게 소리쳤다.

"위험하잖아!"

"에이, 뭐 어때요. 아야 누나, 팔 한쪽 못 쓰니까 공 하나도 못 받는 거 재미있잖아요."

골목대장이 서두르는 말투로 변명하고는 "야, 가자." 하고 뒤에 있는 두 명에게 말을 걸고, 내 곁을 지나 후다닥 달려갔다. 그중 한 명을 잡으려 했지만, 몸놀림이 잽싸서 슬쩍 빠져나가 버렸다.

나는 뒤를 돌아 초등학생 세 명의 뒷모습을 바라보았다. 사야코는 "하여튼 간에 저 녀석들." 하고 한숨을 쉬고는 블라우스의 공이 맞은 곳 언저리를 손으로 탁탁 털었다.

"……매번 이런 짓을 당하는 거야?"

"한창 장난기 많은 나이잖아요."

"아니, 아무리 그래도 그렇지. 한쪽 손 못 쓰는 걸 뻔히 알면서도 공을 던지다니, 장난으로 끝날 문제가 아니잖아. 부모한테는 말 못 하는 거야?"

"아뇨. 이 정도면 귀엽게 봐줄 정도니까……."

사야코가 눈썹을 찌푸리며, 자기 왼손을 바라보았다.

"공, 한 손으로도 어떻게든 잡을 수 있을 것 같기는 해요. 언젠가는 멋지게 잡아서 보여주고 싶어요. 그러면 저 애들도 놀라서 분명 저를 다시 보겠죠. 생각보다 좀 하는데? 하고."

한두 번도 아니라서, 사야코는 말했다. 어릴 때부터, 오른손을 쓰지 못하는 사실을 주변 사람이 신기하게 생각했다. 항상 반에서 가장 키가 작기도 해서, 신체적 특징을 두고 놀리는 사람이 옛날부터 잔뜩 있었다. 그래서 이런 취급을 받는 데에는 익숙한 편이다…….

설마 그게 사야코, 네 본심은 아닐 거 아니야? 하고, 나는 느꼈다. 그렇게 말하는 사야코의 얼굴이 너무나도 서러워 보였기 때문이다.

"저, 그렇게까지 체력이나 운동신경이 둔한 편은 아니라고 생각해요. 왼손만으로 피아노를 치는 게 상상 이상으로 체력소비가 크거든요. 제가 연습하고 있는 곡을 사장님이 한번 쳐보신 적이 있어요. 완곡으로요. 그런데 사장님이 중간에 포기하고 말았어요. '팔에 힘 빠져서 더는 못 치겠다'하고요."

분명 시종일관 좌우로 도약해야 하니까 에너지소비량도 장난 아닐 것이다.

"그러니까, 언젠가 저 꼬마들에게 복수해줄 거예요. 저, 지는 거 싫어하는 성격이거든요."

사야코는 입가에 손을 갖다 대고 후후 웃더니 빙글 몸을 돌려 나를 향해 섰다.

"다음에 캐치볼 연습 같이 안 할래요? 손가락 안 삘 정도로 만요. 피아노 못 치면 안 되니까."

"좋지. 뭣하면 지금 당장 해도 좋아."

"네에? 지금 당장?"

사야코는 눈을 동그랗게 떴다.

"저, 공 가지고 있는 게 없는데."

"마트 큰 데 가면 팔아."

"지금 사러 갔다 오면 깜깜해질 것 같은데."

"사러 가는 김에 겸사겸사 저녁밥도 먹을까 하고. 캐치볼 연습은 다음으로 미루고, 오늘은 사기만 하는 거지. 어때?"

이 정도로 억지를 부리는 이유는 사야코랑 조금이라도 더 같이 있고 싶어서다. 오늘은 데이트하는 날이지만, 데이트 장소가 사장님 카페다 보니, 실질적으로 둘만 있는 시간은 못 보낸 셈이다. 캐치볼 이야기가 없었어도 어떻게든 저녁을 같이 먹자 하려고 아까 전부터 머릿속으로 계획하고 있었다.

하지만 사야코는 살짝 뒤쪽을 신경 쓰면서 얼굴을 찌푸렸다.

"오늘은 슬슬 들어가야 해서……."

작게 중얼거리는 소리가 들린다.

"집안일 도우러?"

"응."

그럼 할 수 없지. 아쉽지만 초조해할 필요는 없다고 자신을 위로했다. 우리는 이제 사귀는 사이니까.

마침 타야 할 버스가 왔다. 우리는 손을 흔들고 그렇게 너무나 간단히 작별했다.

버스가 출발하고 커브를 돌 때 뒤를 돌아봤다. 사야코는 벌써 길을 건너버렸는지 버스정류장 근처에서 보이지 않았다. 저번처럼 버스가 보이지 않을 때까지 손을 흔들어 주길 기대했는데, 오늘은 바로 돌아가 버린 모양이었다.

– 이것도 어쩌면 더 편한 관계가 되었기 때문일지도 모르지.

몸이 흔들리는 버스 안에서, 이런저런 생각을 하며 집으로 돌아갔다.

의대 건물을 나오려고 할 때, 갑자기 누가 나를 불러 세웠다.

"어, 도키타?"

오랜만에 듣는 목소리였다. 돌아보니, 의대 동기생 요시노 하루키와 기시카와 유타로가 서 있었다.

"아."

조금 껄끄러워서, 시선을 피한다.

"……오랜만이네."

"도키타 맞네. 인마, 너 실습 아예 안 나온다는 소문이 들려서 걱정했잖아. 요새 뭐 하냐? 여긴 어쩐 일로?"

요시노가 얼굴을 빤히 쳐다본다. 나는 당황해서, "아, 그게. 날씨가 괜찮길래 옥상에 좀." 하고 동문서답하고 말았다.

"옥상? 의대 건물?"

"응."

"들어갈 수 있냐?"

"원래는 출입금지기는 한데, 자물쇠가 망가져서 그냥 들어가 져. 요즘 같은 계절에는 분위기도 편해서, 공부 좀 해볼까 하고."

"뭐냐, 그 솔깃한 정보는. 우리도 다음에 실습실 말고 옥상 가보자."

요시노가 엄지를 세우고 천장 쪽을 가리켰다. 옆에 있던 기시카와가 "괜찮네." 하고 입술을 비틀어 올린다.

10월이 된 지도 일주일이 지났다. 오늘 대학에 온 이유는 그냥 왠지 모르게, 오랜만에 대학에서 공부라도 해볼까 하는 생각이 들어서였다.

이런 긍정적인 기분이 든 것은 근 4개월 만에 처음 있는 일이었다. 그렇다고는 해도, 갑자기 의대생이 득실득실한 실습실에 가는 건 좀 껄끄럽고 법대생으로 꽉 찬 도서관도 막상 갈까 생각하니 부담스러웠다. 그런 점에서 이번에 발견한 의대 건물 옥상이라는 비밀기지라면 누구의 방해도 받지 않고 기분 좋게 참고서를 마주할 수 있겠지? 하는 생각에 지금까지 옥상에서 3시간 동안 호흡기 공부를 하고 나온 참이다.

"야, 어쨌든 간에 오랜만이다."

요시노가 비꼬는 부분 하나 없는 맑고 명랑한 목소리로 말했다.

"다른 녀석들은 어떻게든 병원에서 얼굴을 보기는 하는데 말이지."

요시노 하루키는 의대 동기생 가운데 가장 눈에 띄는 학생이었다. 공부나 실습만으로 정신없이 바쁠 텐데도 1학년 때부터 스스로 설립한 봉사활동 동아리 대표를 시작해 지금도 정력적으로 활동하고 있다. 동아리 활동과 병행해서 아카펠라 동호회에서도 중심멤버로 활약하고, 학교 축제나 지역 이벤트 등에서 1년에 몇 번이고 무대 위에 서고 있다. 인맥도 넓고, 누구에게든 편하게 말을 걸어 친구로 만드는 성격이라서, 100명이 채 안 되는 의대 동기 가운데 요시노와 대화를 나눈 적이 없는 학생은 아마 없을 것이다. 그도 그럴 것이 혼자서 조용히 있는 걸 좋아하는 나조차도 요시노와 점심을 먹으러 간 적이 있을 정도니까.

한편, 기시카와 유타로와는 그다지 이야기를 나눈 적이 없었다. 하지만 그 옆얼굴은 눈에 익었다. 자리를 자유롭게 선택할 수 있는 큰 교실 수업 때 항상 내 앞에 진을 치고 앉아 진지하게 공책에 필기하던 학생이다. 축구부 유니폼을 입고 있을 때가 많아서 조금 의외였다. 편견일지도 모르지만, 체육이나 운동 쪽 동아리에서 활동하며 수업도 제대로 듣는, 두 가지를 동시에 제대로 해내는 학생이 거의 없다고 생각했기 때문이다.

"어떤 거 공부하냐. 국시준비?"

"뭐, 그렇지."

"역시 도키타야. 너무 범생이라니까. 게다가 너 국시 준비 기간이 1년 늘었잖아? 앞으로…… 2년 반 남았나? 우와— 부럽다 인마. 기왕 늘어난 거 지금은 좀 놀아도 좋을 텐데. 안 그러냐, 기시카와?"

"아니, 지금부터 공부해 두면 막판 스퍼트도 힘들지 않고, 내년 현장실습도 이해가 잘 될지 모르지."

"범생이가 또 있었네?"

요시노는 코미디언이나 할법한 몸짓으로 기시카와의 말을 받으며 "아, 됐다 그래. 참, 오늘 시간 있냐? 한잔하러 가자." 하고, 나를 향해 말을 걸어왔다.

"응? 오늘?"

"응. 나랑 기시카와는 같은 실습반인데, 지금 회의하러 가는 길이거든? 평소대로라면 1시간이면 끝날 거 같으니까, 18시 넘어서, 역 앞의 '아카기야'에서 집합. 내가 도키타 너랑은 술 한 번도 안 먹은 거 같아서. 시간 괜찮냐?"

밀어붙이는 기세에 눌려 나도 모르게 고개를 끄덕이자, "오!" 하고 요시노가 기쁜 얼굴을 했다. "도키타랑 한잔하다니, '레어' 아니냐?" 하고, 기시카와의 어깨에 팔을 두른다.

그럼, 있다 보자– 짧은 말을 남기고, 요시노는 기시카와를 끌고 가듯 대학병원 쪽으로 사라졌다.

허를 찔려서 한동안 멍하니 의대 건물 입구에 멀뚱히 서 있던 나는 그대로 두 사람의 뒷모습을 바라보고 있었다. 그 뒷모습이 건물 안으로 사라질 때쯤 문득 정신을 차렸다. 대학에 가면 아는 사람이랑 마주칠 것이라고 미리 각오하기는 했지만, 한잔하러 가는 이야기 전개는 생각도 못 했다.

요시노는 실습을 장기결석하고 있는 나를 배려해줄 생각이었겠지. 봉사활동 동아리를 세운 사람이니만큼 궁지에 몰린 사람을 발견하면 그냥 두지 못하는 성격이리라. 그 해결책이 반강제로 술자리에 부르는 것이라는 점은 조금 비합리적이라서 웃음이 나오기는 하지만.

약속시각까지는 아직 1시간 반 가까이 남았다. 어쩐다, 하고 생각하다 다시 옥상으로 가자고 마음을 정했다. 도중에 해가 질지도 모르지만, 공부를 하려면 조용한 장소에서 하고 싶었다. 신기하게도 보름 전에 사야코와 만났던 그 장소는 내게 어느새 안정을 찾기 위해 시간을 보내고 싶은 장소가 되어있었다.

엘리베이터에 올라타면서, 주머니에서 휴대전화를 꺼내보았다. 여전히, 알림화면에 새로 온 연락이 없다. 한숨이 살짝 튀어나온다.

사야코와 마지막으로 메시지를 주고받은 지 벌써 이틀이나 지났다. '슬슬 그리로 놀러 가도 될까?' 하고 보낸 내 메시지에 대해, '예정 확인하고 다시 연락할게요. 잘 자!' 하고 답장이 온 게 마지막이다.

일이 바쁜 걸까? 아니면 단순히 내게 일정을 알려주려고 다시 연락해야 한다는 사실을 잊어버린 걸까?

– 에이, 원래부터 답장이 빠른 편도 아니었으니까.

9층까지 엘리베이터로 올라가고, 계단으로 더 위로 올라갔다. 옥상으로 연결되는 유리문은 두 손으로 강하게 당기면, 잠겼든 안 잠겼든 상관없이 열린다. 나는 저녁놀에 물든 옥상으로 발을 내딛고, 콘크리트 바닥에 드러누웠다. 가방에서 호흡기 참고서를 펼쳐놓고, 빨갛게 물든 페이지를 바라보았다.

글자가 스륵스륵 머릿속으로 들어오는 감각을 오랜만에 다시 느꼈다. 암기하려고 정한 부분을 몇 번이고 눈으로 훑으며 자연스럽게 뇌에 새겨 넣어간다. 편안한 기분으로 사고의 흐름에 휩싸이며, 차례로 어두컴컴해져 가는 옥상에서 나는 참고서의 글자를 쫓았다.

"야, 유급한 거 갖고 인생 끝난 것 같은 얼굴 하지 마라."

요시노가 내 어깨에 팔을 두르고 내 몸을 이리저리 흔든다. 요시노의 얼굴은 이미 빨갛다. 그런 주제에 손에 든 500cc 맥주잔은 절대 놓을 생각을 않는다.

“나만 해도 삼수생이다? 기시카와도 재수했고. 현역 합격한 네가 한 일이 년 유급한다고 해봤자 우리랑 똑같은 상황 아니냐?”

요시노가 내 등을 세게 팡팡 두들겼다.

“애초에 우리 학년에 현역으로 들어온 애들이 반밖에 안 되는 거 알아? 나머지 반은 재수 삼수, 아니면 장수생. 일반대학 졸업하고 들어온 놈이나 사회생활 5년 하고 들어온 놈도 있어. 거기에 비하면 넌 인마, 뭐랄까– ”

생맥주를 꿀꺽 한입 마시고, 숨을 돌린 요시노는 “– 복받은 놈이야.” 라고 중얼거렸다.

선술집에 들어온 지는 벌써 1시간 정도가 지나고 있었다. 처음에는 내 표정을 살피면서 말하고 질문하던 요시노도 지금은 술기운이 돌아 열변을 토하고 있었다.

“자꾸 혼자서만 생각하고 그러니까 자기 생각에만 빠져서 엉뚱한 생각하고 그러는 거야. 구급차 동승 실습할 때 네가 고생 많이 한 건 알겠어. 하지만, 인간의 기억이라는 건 시간이 지남에 따라 감퇴하게끔 되어있다고. 내년이 되면 방금 말한 트라우마나 다름없는 경험의 기억도 점점 흐려질 거야. 병이나 상처랑 마찬가지야. 회복할 때까지 안정을 취하라고 그러잖아, 그치?”

맞아, 기억의 감퇴, 마음속으로 납득한다. 그러고 보면 당연한 것인데, 이 4개월 동안 내 머릿속에서는 그런 식으로 생각할 수도 있다는 발상 자체가 완전히 결여되어 있었던 것 같다.

"그래도 피 보는 게 힘들어서 못 견디겠으면, 적당히 농땡이 피우면 돼. 혈액채취 실습은 적당히 둘러대고 빠지면 되고, 수술하다 출혈이 생기면 일단 시선을 계속 피하고 천장을 보고 있거나 하는 것도 방법이지. 실습만 잘 넘기면 국시준비에만 전념할 수 있잖아? 우리야 엄청 힘들겠지만, 도키타라면 국시 정도야 껌 아니야? 그때까지만 참아."

내가 그동안 스스로에게 너무 빡빡하게 굴고 고지식하게 생각했을지도 모르겠어- 이제 와 새삼 생각한다.

하지만 분명, 나랑은 다른 부류인 요시노의 말을 꼬인 구석 없이 있는 그대로 받아들일 수 있게 변한 것도, 최근 내가 예전보다 모든 일을 호의적이고 긍정적으로 받아들이게 되어서겠지. 세이케 사야코라는 여성과 만나고 나서 내 마음속에는 항상 부드러운 봄바람이 부는 것 같았다. 경쾌한 피아노 음색이 구석구석 퍼지고, 빛줄기가 쏟아져 들어온다.

나는 맞은편에서 차가운 사케를 마시고 있는 기시카와와 옆에 앉은 요시노를 향해 꾸벅 고개를 숙였다.

"고마워. 내년부터는 어떻게든 복귀할 수 있을 것 같은 기분이 들어."

"바로 그거야."

요시노가 만족스레 웃으며 "500cc 한 잔 더 주세요." 하고 곁을 지나가는 점원에게 말했다.

이 두 사람이랑 마시는 건 이번이 처음이지만- 아니, 애초부터 의대 커리큘럼 말고 다른 용건으로 동기와 교류하는 일 자체가 거의 없었는데, 방금 전부터 나는 계속 자연스럽게 이들과 이야기를 나누고 있었다. 병원실습에 가지 못하게 된 원인도 가슴속에 꽉 막혀있던 게 갑자기 쑥 내려가듯 툭, 입에서 튀어나왔다. 구급차 동승 실습에서 조우한 열차 투신자살 일도, 초등학교 5학년 때 휘말린 탈선사고 일도.

나는 어쩌면 이런 일을 친구에게 이야기하고 싶었던 것인지도 모른다. 사야코에게 사정을 털어놓은 뒤로 이 화제에 대한 저항감이나 죄악감이 눈에 띄게 줄어들고 있는 게 확실했다.

요시노 하루키와 기시카와와 유타로는 은근슬쩍 마음을

배려해주는 일에 능숙했다.

마시는 동안 질문 공세를 퍼부어 곤란하게 하는 일도 없었고, “지금은 비뇨기과니까 편한데, 뇌 외과 팀은 매일 아침 여섯 시 반부터 아침 회진이라더라.” 혹은 “소화기 외과 팀은 얼마 전에 식도암 수술이 열네시간이나 걸렸다더라.” 같은 동기에게 들은 각 진료과의 소문도 이야기 해주었다. 한창 소문 이야기를 하는 와중에도 “도키타는 진료과 어디 어디 했냐?” 하고, 내게도 화제를 돌려줘서 내가 이야기에 끼지 못하는 일이 없도록 배려했다.

동기와 이렇게 개인적인 시간을 이 정도로 충실하게 보내다니, 나로서는 생각 밖의 일인 데다가 즐거운 신발견이었다.

“얼마 전에 말이야, 동영상 강의용 교과서를 쭉 쌓아 올려 봤거든? 근데 2리터 페트병보다 훨씬 높더라고. 5학년 때 쓸 것만 따로 골라 놨는데도 그렇더라. 너무한 거 아니냐? 절망적이라니까.”

공부 이야기로 화제가 넘어갔을 때, 요시노가 큰 한숨을 내쉬며 말했다. 동영상 강의란 의사 국가시험 대비 학원의 인터넷 강의를 가리킨다. 의대 5학년이 되더라도 9할 이상은 학원에 다니고 있었다. 나처럼 참고서와 기출문제

집만 가지고 자습하는 사람은 거의 없다.

"우리들 모두 의사가 되겠다고 마음먹은 이상, 앞으로도 살면서 평생 공부할 각오를 해야만 하겠지? 질병사례도, 치료법도, 약도, 새로운 것도 점점 튀어나오지. 애초에 암기과목을 못 해서 삼수를 한 건데 말이지. 생각만 해도 불안해진다니까."

"괜찮아, 다 젊을 때 이야기니까."

기시카와가 한 손을 흔들흔들 휘저었다.

"고리짝 시절 지식밖에 없는 동네 의사가 세상에 얼마나 많은데. 정신없이 공부 계속 안 해도 어떻게든 다 될 거야."

"그런 무책임한 의사는 되고 싶지 않은데."

"그럼 안됐지만, 평생 공부해야지."

"뭐냐 그게?"

요시노와 기시카와 사이의 대화는 탁탁 템포 좋게 이어졌다. 벌써 반년이나 같이 실습반 생활을 했으니 마음을 터놓고 지내는 친구 사이가 되었겠지. 병원 선생님이나 환자를 두고 뒷말을 하는 것도 아니라서 듣는 내 마음도 편했다.

그 사이 술잔이 더 기울어지고, 이야기 내용도 병원이나 의학에서 벗어나기 시작했다. 5학년이 되어 24시간 내내 대학병원에 갇혀 지내는 생활을 하는 탓에 두 살 아래 여자친구가 질려버려서 파국 위기에 처했다- 라는 이야기를 기시카와가 시작하자, 화제는 아예 연애 관련으로 옮아왔다. 요시노는 현재 여자친구가 없는 모양이었다.

"생길 기색이 안 보인다. 올해도 내년도 솔직히 시간이 빡빡하고, 레지던트가 되어도 시간은 절대 안 날 거 아냐."

그렇게 말하며 비통하기 그지없는 얼굴을 하기에, 하마터면 나도 모르게 웃음이 터질 뻔했다.

"그러고 보니, 도키타 너는 여자친구 있냐?"

밥 먹었냐, 하고 물어보기라도 하듯 요시노가 물어왔을 때는 나도 맥주를 연속으로 석 잔을 마셔서 얼굴도 몸도 달아올라 있었다. 두 사람의 이야기를 듣기만 해도 재미있었는데, 질문을 받자마자 기분이 들뜬 것인지 나도 모르게 입에서 술술 말이 나왔다.

"있어. 얼마 전에 막 사귀기 시작했지만."

"우와- 진짜냐! 어디 애인데? 딴 학교?"

"딴 데는 맞는데, 처음 만난 건 캠퍼스 안에서였어."

나는 사야코와 만나 지금까지 있었던 일의 경위를 말했다. 3일 연속으로 만나자는 제안을 받았던 것도, 피아노를 엄청 잘 치는 것도, 전부 말했다. 살짝 걱정될 정도로 떠벌린다는 자각은 했지만, 알코올이 들어간 탓인지 자제심이 평소만큼 일하지 않았다.

"사진 없어?"

기시카와가 손을 내밀었을 때도 거의 고민 없이 휴대전화를 꺼내 피아노 카페에서 사장님이 찍어준 투 샷 사진을 표시해 보여줬다.

"우와! 귀엽다!"

기시카와가 눈을 번쩍 떴고, 몸을 기울여서 보던 요시노도 "오올, 제법인데!" 하고 팡팡 어깨를 두들겨대자, 내 기분은 더욱 들떠서 사야코가 얼마나 성격이 좋은지, 피아노 실력은 또 얼마나 좋은지 어쩌고저쩌고 다 말해버렸다.

"잠깐만, 앞으로 우리 대학으로 시험 보러 온다는 말은 아직 나이가 17, 18세라는 거 아니야?"

요시노가 깜짝 놀란 듯 입을 막고, 이상한 눈으로 나를 봤기 때문에, 나는 손을 흔들며 반론했다. 나이는 21세로 나보다 두 살 아래, 앞으로 대학에 들어가려고 하는 것은 교직원 자격을 따고 싶어서, 등의 사실을 황급히 전했다.

"호오, 선생님이 되고 싶어 한다라."

요시노가 다 알아들었다는 듯 고개를 끄덕였다.

"우리 학교 교육학부는 입학에 필요한 표준점수도 다른 학부보다 낮은 편이기도 하고, 사람 수도 적고, 애초에 졸업해도 선생님이 되는 녀석이 무지 적다고 듣기는 했는데. 입시 때 법학부나 경제학부랑 병행해서 원서를 넣고 전부 다 떨어지면 가는 곳이라고 생각했어. 제대로 목표를 정하고 가는 애도 있었구나."

"그러게. 그런 똑 부러지는 점이 좋다고 생각하고 있어."

"젠장, 실습 리타이어하고 유급이 결정돼서, 죽고 싶을 정도로 바닥 치고 있을 줄 알고 걱정했더니, 우리보다 훨씬 행복한 것 같잖아, 괜히 걱정했네."

요시노가 일부러 장난스럽게 테이블을 주먹으로 몇 번 두드렸고, 그 모습을 본 기시카와와 나는 크게 웃었다.

"이야, 아직 그 애랑 만난 지 2주밖에 안 됐다며? 도키타가 그렇게 적극적인 편일 줄은 몰랐는데? 이거 완전히 소위 말하는 '롤캬베츠(편집자 주 : 데친 양배추 잎에 다지거나 잘게 썬 고기를 넣고 돌돌 만 음식. 양배추말이)남' 이잖아? 겉으로 보면 초식계인데 내용물은 육식."

"그런 거 아니야."

나는 웃으며 요시노의 말을 적당히 받아 흘렸다. 애초에 내가 먼저 다가간 것도 아니니, 내용물이 육식계라는 롤캬베츠남의 정의에서도 벗어난다. 나를 적극적으로 끌어낸 것은 사야코 쪽이다.

"그런데 듣고 보니 좀 신기하다."

그런 의미에서는 가끔 불안해진다.

"어째서 사야코는 처음 만난 나를 그렇게 바로 좋아해 주었을까? 나 같은 사람은 여자한테 인기 있는 타입도 아니고 말이야. 요시노나 기시카와 너네라면 모를까."

"에이, 나 인기 없어. 너무 떠들어대니까. 뭐랄까, 개그 담당으로 끝이야."

요시노가 부정하고 나서 오른손 검지를 탁 세웠다.

"인간이란 말이지, 생물학적으로 각자 다른 타입의 사람을 좋아하게끔 되어있다고 그러잖아. 이유는 단순 명쾌. 종족보존을 위해서야. 세상 여자가 전부 최강 꽃미남 말고는 안 받아들인다면 인간은 바로 멸망했을 거 아냐? 기시카와 같은 스포츠맨을 좋아하는 여성도 있고, 나 같은 오지랖 넓은 놈을 마음에 들어 해주는 여자도 있지. 즉, 제수씨한테는 도키타가 딱 맞는 남자였던 거지. 굳이 말하자면 착하고 상냥한 수재 타입이려나? ……아니, 애초에 착하고 상냥한 수재 타입은 인기 많을 것 같은데?"

"설마."

"도키타, 너 너무 자신감이 없는 거 아니냐? 물론 우리도 도키타가 돈을 노리고 접근한 여자한테 속고 있다고 느낀다면, 아무리 홀딱 반해있더라도 널 온 힘을 다해 말렸을 거야. 하지만 제수씨는 전혀 그런 느낌이 아니잖아. 오히려 진지한 사람끼리 잘 어울린다고 생각해. 그러니까, 좀 더 자신감을 가져. 제수씨가 보이는 호의를 정면에서 똑바로 받아주라니까. 그리고 애초에 우리는 아르바이트 할 시간도 없어서 항상 주머니가 텅 비어있는데, 악녀한테 뜯길 돈이 어디 있겠냐?"

그 말에 우리는 일제히 웃음을 터트렸다.

자기 여자친구를 친구에게 인정받는다는 것이 이렇게나 즐겁고 충실한 기분이 드는 일이었다니, 처음으로 깨닫는다. 세상 사람들이 연애 이야기만 해도 분위기가 살고 시간 가는 줄 모르는 이유가 무엇인지 이제야 이해가 갔다. 사야코는 내게 있어 처음으로 사귄 여자친구니까 여태까지 이해하지 못했던 것도 당연하다면 당연한 일이지만.

아무리 그래도, 사야코와 옥상에서 만난 지 아직 보름밖에 안 지났다는 것은 신기한 감각이었다. 자주 만나고, 그럴 때마다 충실한 시간을 보내고 있어서겠지. 기분상으로는 벌써 한 달이나 백 일이 지났다 해도 이상하게 느끼지 않을 정도다. 아마, 사야코도 똑같이 느끼고 있을 것이다.

"나도, 그런 귀여운 여자가 말 걸어주면 좋겠드아! 헌팅 당하고 싶드아!"

요시노가 크게 소리쳤다. 옆자리 손님이 언짢은 표정으로 우리 쪽을 바라보았지만, 한창 분위기가 들뜬 우리는 신경 쓰지 않았다.

기시카와가 휴대전화를 돌려주자, 나는 메시지 화면을 열었다. 아직 사야코로부터 답장이 오지 않았지만, 왠지 모르게 메시지를 보내고 싶은 기분이 마구 들었다.

빠르게 손가락을 움직여 '좋아해'라고 쓴다. 이런 어리광부리는 문장이라도 사야코라면 받아줄 것만 같은 기분이 들었다. 오히려, 맥락도 없이 갑자기 보낸 메시지에 눈을 동그랗게 뜨고 '응? 갑자기 왜 그래? 뭔 일 났어?' 하고 당황한 기색이 역력한 답장을 보낼지도 모른다. 사야코의 그런 반응도 내 마음 한구석을 간지럽혔다.

전송을 누르는 순간, "뭐하냐, 여친이냐?" 하고 요시노가 화면을 훔쳐보려고 했다. 놀라서 물러서자, "걸렸네." 기시카와가 입술 끝을 올린다.

아냐 아냐, 그게 아니고, 에이 맛잖아, 하고 무의미한 대화가 오간다. 웃으며 이야기하는 내 안에 더할 나위 없이 따뜻한 기분이 채워져 갔다.

– 다음에, 사야코를 보면 오늘 일을 이야기해줘야지.

그러면 사야코도 분명 기뻐하겠지. 내가 의학참고서를 들고 다니기 시작한 것만으로도 그렇게 기쁜 얼굴로 나를 바라봐주었으니까, 의대 동기랑 한잔하며 어울렸다, 같은 보고를 들으면 분명 그 자리에서 펄쩍 뛰어오를 것이다.

애초에 오늘 내가 요시노와 기시카와 두 사람과 마주치게 된 것 자체가 사야코 덕분이었다. 대학교로 가서 공부해볼까 하고 생각하게 된 계기는 사야코라는 존재가 바닥으로 가라앉은 나를 밝은 곳으로 끌어올려 주었기 때문이다. 나는 그녀에게 깊은 감사를 보내지 않으면 안 된다.

어서, 사야코와 만나고 싶었다.

폭신한 볼을 만지고 싶다.

사야코가 연주하는 곡을 그저 끝없이 듣고 싶다.

– 답장 아직 안 왔나.

청바지 주머니에 휴대전화를 집어넣으며 나는 수십 킬로미터 떨어진 곳에 있을 사야코를 생각했다.

가느다란 비늘구름이 아주 먼 곳까지 뻗어있다.

둥실둥실한 구름이 풍성한 양털처럼 하늘 한 면을 빈틈없이 채우고 있는 것처럼 보인다. 태양까지 가릴 필요는 없는데, 햇살까지 가려버리고 말아 우리가 있는 옥상에서 보이는 풍경은 거의 회색이었다. 하늘도, 콘크리트로 된 주변 건물도, 어딘가 모르게 축 가라앉은 것처럼 보였다.

"으아, 여기 진짜 기분 좋네. 바람도 최고."

조금 떨어진 곳에서 펜스에 등을 기대고 있는 요시노 하루키가 두꺼운 교과서에서 손을 떼고 늘어지게 기지개를 켰다.

"그러게."

옆에서 엎드린 채 드러누워 노트북 컴퓨터 화면과 눈싸움을 벌이고 있는 기사카와가 동의를 표한다. 나도 뭐라고 답해야 하나 고민하고 있었는데, 동의하기가 어려워서 조용히 참고서만 계속 읽었다.

선선한 바람이 불어왔다. 하지만 그 바람은 피부를 기분 좋게 훑고 지나가기보다는 내 체온을 점점 훔쳐 가는 듯했다. 10월 중순이 되니 역시 여름 기분을 내기는 어려웠고, 얼마 안 있어 겨울이 찾아올 것이라는 사실을 의식하지 않을 수 없었다. 몇 주 전의 계절이 훨씬 내게 잘 맞았다. 빙수를 먹고 싶은 기분까지는 솔직히 들지 않더라도, 밖에서 걷다 보면 몸에서 열이 나 "아직 날씨가 덥구나." 같은 혼잣말을 중얼거리고 싶어지는, 그런 계절이.

바람이 참고서페이지를 힘차게 넘기려고 했다. 팔락이는 종이를 누르면서 나는 콘크리트 바닥에 내던진 휴대전화를 슬쩍 보았다.

후우, 작게 한숨이 나온다.

– 오늘 옥상 공기가 이렇게 차갑게 느껴지는 사람은, 아마도, 나밖에 없겠지?

요시노와 기시카와가 뭘 잘못한 것은 아니다. 오히려, 친구가 곁에 있어 주는 동안은 조금이나마 마음속에 숨어 있는 아지랑이를 잊을 수 있었다.

지난 열흘간 계절이 완전히 가을로 기울고 있었다. 길을 오가는 사람들의 복장이 갈색이나 와인색을 바탕으로 한 스타일로 변하고 있었고, 대학도 본격적으로 2학기 수업을 시작했다. 그리고 나도 매일, 캠퍼스로 향하게 되었다.

대학에 간다고는 하지만, 의대 5학년은 1년 내내 병원 실습을 하기에 내가 나가서 들을 강의나 실습은 하나도 없었다. 그런데도 계속 대학에 가는 이유는, 내년 4월에 5학년을 다시 시작할 때까지, 바로 복귀해서 공부를 시작할 수 있도록 조금이라도 준비를 하기 위해서였다.

한 번 전면적으로 거부해버린 임상현장에 무사히 돌아가는 일이 가능할지 말지는 물론 의문이 남는 부분이고, 불안감도 있었다. 구급차 동승 실습에서 본 피투성이가 된 남성의 모습도, 초등학교 5학년 때 본 무시무시한 광경도, 언제까지나 내 뇌 속에 들러붙어서 떨어지지 않았다. 하지만 아무것도 안 하고 모른 척하고만 있을 수는 없잖아, 하고 생각했다. 열심히 내게 말을 걸어주던 사야코나 요시노의 말을 믿고 시간의 흐름에 몸을 맡겨보는 것도 괜찮지 않을까, 하고 생각했다.

– 인간의 기억이란 시간이 지남에 따라 감퇴하게끔 되어있다고.

– 그 따스함이 도키타 씨에게 있어서 '왼손'이에요.

– 나만의 장소는 분명히 있어요. 어디를 선택하든지 간에.

적어도, 내가 회복하는 쪽으로 향하게 된 것은 확실한 사실인 것 같다.

"자, 도키타. 문제."

학원 교재를 내려다보던 요시노가 힘찬 목소리로 외쳤다.

"다음 중 이소성 이식(異所性 移植)이 행해지는 장기는 어느 것인가? A, 폐. B, 소장. C, 간장. D, 췌장. E, 심장."

"으으으으음, D?"

조금 고민하고 대답하자 요시노가 미간을 찌푸리며 아주 분하다는 표정을 지었다.

"정답. 젠장, 기출문제도 다 대비했냐?"

"어쩌다 봤을 뿐이야. 설마 전부 다 외웠겠어?"

그렇게 변명하기는 했지만, 요시노는 "겸손하시기는." 하고 장난스러운 말투로 놀리더니, 다시 교재를 묵독하기 시작했다.

얼마 전 술잔을 나눈 다음 날부터, 요시노와 기시카와는 비는 시간에 옥상에 오게 되었다. 아무도 들어오지 않는 넓은 공간을 보자마자 마음에 든 모양인지 두 사람은 거의 매일 여기를 찾아왔다. 병원 안의 다목적실이나 의학부동 안의 실습실보다 탁 트여서 기분도 좋고, 카페처럼 돈이 들지도 않는다는 점이 아주 매력적이란다.

"현장실습 때는 바쁠 때랑 여유로울 때랑 차이가 심한데, 미리 어떻게 될지 예상할 수가 없어서 좀 그래. 빈 시간이 있는지 미리 알면 아르바이트라도 할 텐데 말이야."

요시노와 기시카와가 공통된 내용으로 투덜거렸다.

수술이 없는 날은 아침에 선생님이 회진하는 걸 따라다니고, 저녁에 질병 사례 회의에 출석하기만 하면, 나머지 시간은 완전히 자유라고 한다.

"다음번에 뇌 외과로 가는데 지금까지처럼 여유롭진 않을 거야." 라고 하니, 이렇게 세 명이 모일 수 있는 것은 지금뿐일지 몰라도 내게는 상당히 소중한 순간이었다.

떠드는 데 많은 시간을 할애하거나, 누군가의 페이스에 맞춰 획일적으로 이야기가 흘러가는 것도 아니다. 기본적으로는 셋이서 각자가 동영상 강의나 참고서를 두고 열심히 공부하다가, 문득 생각이 떠오르면 문제를 서로 내고 질문을 던지거나 하는 식이다. 혼자 보내는 시간이 없으면 답답해지는 나 같은 사람이라도, 이런 마음 편안한 '옥상스터디'의 분위기에는 스르륵 녹아들 수 있었다.

덥지도 춥지도 않은 옥상의 탁 트인 공간에서 이렇게 요시노와 기시카와 두 사람과 느긋하게 공부하는 사이, 나는 그렇게 죄악감을 느끼던 유급에 대해서도 사실 그렇게까지 큰일은 아니라고 생각하게 될 정도로 의식이 변하기 시작했다. 요시노가 "이 형은 너랑 달라서 벌써 20대 후반이거든." 같은 형님 분위기를 풍기는 게 이유 중 하나일지도 모른다. 아마도 어머니께 이런 이야기를 드리면 깜짝 놀라 뒤집어져서 정면으로 반박하시지 않을까 싶은데, 나는 더 이상 부모님의 반응 따위 신경 쓰지 않게 되었다. 이 또한 한 걸음 진보한 것이다.

하지만—.

이렇게 내게 용기를 주고 마음을 편하게 만들어준 옥상이라는 공간도 최근에는 점점 괴로움을 느끼는 공간이 되어가고 있었다. 읽고 있던 소아과 참고서를 탁 덮고 곁에 둔 휴대전화로 손을 뻗는다.

항상 신경을 곤두세우고 있다 보니, 새로운 알림이 있으면 바로 알아차린다. 휴대전화를 손에 든다. 이런다고 무언가가 오지 않는다는 사실은 알고 있는데, 10분에 한 번 꼴로 자주 휴대전화 화면을 확인하게 되는 것은 그만두려고 해도 도저히 그만둘 수가 없었다.

사야코로부터 연락이 오지 않은 지 열흘이 넘게 지났다.

처음에 생각한 것은 사야코의 몸에 무언가 이변이 일어난 게 아닐까 하는 것이었다. 사고를 당한 건 아닐까. 갑자기 병에 걸려 입원한 게 아닐까. 그 외에도 휴대전화가 고장 나거나, 잃어버렸거나, 데이터가 지워졌다거나—.

다른 사람도 아니고 사야코가 자신의 의사로 연락을 끊

었다는 가능성은 상상하기 어려웠다. 친한 상대에게도 예의를 잃지 않고, 언제나 상대방에게 허물없이 대하며 행동하는 그녀가 일방적으로 내게서 멀어지는 일이 과연 가능하단 말인가? 사정도 말하지 않고 그저 무시하는 짓을 과연 사야코가 한단 말인가?

하지만 그 낙관적인 생각도, 내가 마지막으로 보낸 메시지의 내용을 다시 읽었을 때 갑자기 흔들리기 시작했다.

요시노와 기시카와 두 사람과 선술집에서 마시고 있을 때 술김에 보냈던 한 마디다. '좋아해.' 라는 세 글자. 지금 보면 얼굴에서 불꽃이 튀어나올 것만 같다. 왜 이런 문자를 마지막으로 보내고 말았을까, 좀 더 제대로 된 말을 썼으면 좋았을 텐데, 몇 번이고 반성했다.

그때는 바로 답장이 오리라 기대했었다. 기대했다기보다, 보통 그런 문맥을 알기 어려운 메시지를 보내면 바로 무슨 일이냐고 물어보는 게 자연스러운 흐름이었다. 즉 나는 이런 부끄럽기 짝이 없는 세 글자를 통해 그녀에게 답장을 보내지 않고는 못 배기게 만들 셈이었다. 그 속셈 자체는 얄팍하지만, 여기서 알 수 있는 점은 상대의 답장이 있을 때 비로소 성립되는 내 불완전한 메시지에 대해, 사야코는 답장을 보내지 않았다는 점이다.

내가 이 메시지를 보내기 전에 이미 사야코가 휴대전화를 보지 못하는 상태였다고 한다면, 그건 그것대로 좋다.

– 하지만, 만약, 사야코가 이 메시지를 읽었는데도 나와의 연락을 끊은 것이라고 한다면?

그 가능성을 떠올렸을 때, 몇 가지 일이 문득 머릿속에서 되살아났다.

생각해보니– 마지막에 만났을 때 사야코의 태도가 조금 이상했다.

피아노 카페에서 공부를 가르쳐주고 있을 때, 그녀의 입에서는 "대학입시, 포기하는 게 나을지도." 라는 약한 발언이 튀어나왔다. 평소 모든 일을 긍정적으로 생각하고, 의욕이 충만한 사야코에게서는 보기 드문 모습이었다.

카페를 나와 둘만 남았을 때, 어디서 저녁밥이라도 먹자고 권했지만, 즉답으로 거절당하고 말았다. 사야코는 어두운 얼굴로 계속해서 집 쪽을 신경 썼다.

버스 정거장에서 헤어질 때도, 그 전에 갔을 때는 보이지 않을 때까지 손을 흔들어주었는데, 마지막으로 봤을 때는 버스에 타자마자 뒤를 돌아보니 이미 떠나고 모습이 보이지 않았다.

만난 지 사흘 뒤에 피아노 카페에서 다시 만나자고 보낸 메시지에는 '예정 확인하고, 다시 연락할게요. 잘 자!' 라는 답장을 받기는 했지만, 그 뒤로 연락이 끊겼다.

그리고, 내가 일방적으로 보낸 '좋아해'라는 한 마디에 답장이 아직도, 없다.

여러 가지 생각을 하나로 합쳐본 나는 점점 자신감을 잃어가고 있었다.

대학에 들어가지 못해도 괜찮다는 발언은 본심이 아니라 내게 더는 과외를 받고 싶지 않다는 간접적인 의사표시였던 게 아닐까? 저녁을 같이 먹자는 말을 거절한 것은 단순히 둘이서 어딘가 같이 가는 게 싫었던 게 아닐까? 그렇게 생각해보니 사야코가 바로 버스 정거장을 떠나 집으로 돌아간 것도 설명되고, 메시지를 주고받지 않게 된 이유도 상상할 수 있었다.

– 사야코는 나랑 멀어지려고 하는 게 아닐까?

이 옥상에서 사야코와 만난 지도 아직 한 달이 안 지났다. 게다가, 제대로 정기적인 만남을 지속한 기간은 겨우 보름밖에 안 된다. 따져보니, 여태까지 보낸 시간을 되돌아보면 짧은 시간이라는 게 거짓말 같이 느껴진다. 벌써 한참 전부터 같이 지낸 느낌이 들었기 때문이다.

하지만 어쩌면 사야코는, 나와는 다른 생각과 느낌이 들었을지도 모른다. 이렇게 짧은 기간에 만난 지도 얼마 안 된 이성이 접근해온 사실에 대해. 그뿐만이 아니라 내 시기상조인 고백까지 받아들이고 말았다는 사실에 대해.

사야코는 밝고 귀여우니 분명 누가 보아도 매력적인 여성이다. 하지만, 나는 다르다. 요시노 같이 분위기를 잘 타는 사람도 아니고, 기시카와처럼 스포츠 만능도 아니다. 겉모습도 성격도 분명 일장일단이 있기는 해도 특별히 눈에 띄는 점이 없다. 무해할지는 몰라도 재미까지 갖추지는 못한 사람이라고 생각한다.

그러니, 사야코가 나를 싫어하게 되었다 하더라도 별수 없는 일이었다. 연락이 안 되니 가스카베에 있는 본가로 찾아가 볼까 하고 몇 번이고 고민했지만, 사야코가 싫어할지도 모른다는 생각을 하자, 실행으로 옮기는 일은 불가능했다.

"야, 야, 도키타, 듣고 있냐?"

갑자기 목소리가 들려서 나는 깜짝 놀라 어깨를 떨었다. 학원 교재를 양손으로 들고 있는 요시노와 드러누운 기시카와가 이상하다는 눈으로 나를 보고 있었다.

"뭐가?"

"기출문제 중 하나 물어봤는데."

"아, 미안. 못 들었어. 다시 말해줘."

당황해서 휴대전화를 내려놓고 자세를 바르게 했다. 하지만 요시노는 걱정스러운 얼굴로 나를 바라보며 말을 이었다.

"너, 지금 보니까 안색이 안 좋다. 몸 상태 안 좋은 거 아니냐? 우리도 슬슬 회의할 시간이니까, 오늘은 일찍 파하자. 가서 일찍 자."

사야코에 관한 질문을 받지 않은 게 운이 좋았다. 요시노가 가장 먼저 일어났고 오늘의 옥상 스터디는 막을 내렸다.

의대 건물을 나와 정문 쪽으로 걷는다. 요시노와 기시카와가 오늘 있는 회의의 발표내용을 두고 나누는 이야기를 적당히 흘려들으며, 나는 앞으로 어디로 가야 하나 궁리를 거듭했다.

요시노가 부르는 대로 옥상으로 올라와 버리기는 했지만, 너무 빨리 집으로 가면 그만큼 어머니와 단둘이 있는 시간이 늘어나고 만다. 유급이 발각된 이후로 어머니는 기회만 있으면 나를 붙잡고 이야기 좀 하자고 한다. 그래서 어지간하면 얼굴을 마주치지 않으려고 신경 쓰고 있는 와중이었다.

어머니는 아마 지금 공부를 해두는 편이 좋다는 둥, 뇌외과 이외의 진료과로 바람피우면 안 된다는 둥, 그런 충고를 내게 할 것이 뻔하다. 돌아가신 아버지가 개업하고 어머니가 이어서 경영하고 있는 병원은 뇌신경외과 전문병원이다. 설령 내가 현장실습에 복귀하는 데 성공한다 하더라도, 수술을 하지 않는 내과나 소아과를 고르지 않고, 양친과 마찬가지로 뇌 외과 전문의를 목표로 할지는 또 다른 문제다.

– 오늘은 요코하마 역 구내 카페라도 갈까.

그렇게 정하고, 보이기 시작한 정문을 멍하니 바라보며 걸었다.

이 길고 긴 외길을 터벅터벅 걸으며 기억을 떠올린다.

사야코가 여기에서 문득 피아노 음에 이끌려 제2부실동으로 빨려 들어갔을 때 일을.

고작 3주 전 일이었다.

오늘도 벌써 저녁이 다 되어가니 수업이 끝난 학생들이 악기를 연습하는 소리가 들려왔다. 경쾌한 트럼펫 소리나 쨍하고 높은 바이올린 소리가 뒤섞여서 흘러온다. 날씨가 상당히 선선해졌는데도 아직 창문을 열고 연습하는 모양이었다.

– 띠로링.

문득, 그 귀여운 소리가 창문 너머에서 들려온 기분이 들었다.

깜짝 놀라 걸음을 멈춘다. 한 번 더, 귀를 기울여 본다. 하지만, 피아노 소리는 전혀 들리지 않았다.

하물며 해안가 백사장 모래처럼 섬세하고 부드러운, 사야코가 연주하는 꾸밈음은– .

"야, 왜 그래?"

앞서서 걸어가던 요시노와 기시카와가 내 쪽으로 뒤돌아봤다. 나는 그 질문에도 대답하지 않은 채, 관현악 소리가 들려오는 제2부실동을 향한 채로, 몸이 딱딱하게 굳어버렸다.

– 어째서야, 사야코?

– 왜, 내 눈앞에서 모습을 감춘 거야?

갑자기, 귓속에서 장쾌한 음악이 펼쳐졌다.

그때 연습 홀에서 사야코가 연주했던 파헬벨의 캐논이었다.

내가 처음으로 들은 사야코의 피아노다.

작은 왼손으로, 겨우 다섯 개밖에 되지 않는 손가락이 종횡무진 움직이며 건반을 내달려 소리의 파도를 만들어 낸다. 그 파도가 꿈틀거리고 몇 겹으로 겹쳐 음의 바다를 만들고, 내 몸 안쪽으로 세차게 뛰어 들어온다. 흐름에 휘말린 나는 어느새 할 말을 잃는다. 표현할 수 없는 감정이 내 마음을 구석구석 채운다.

마치 메들리를 듣는 것 같다. 모리 홈의 광고음악, 반짝반짝 작은 별, 달빛, 이별의 노래, 아이돌 노래, 지금까지 사야코가 내 앞에서 연주했던 모든 음악이 내 귓가에서 생생하게 되살아난다.

마음속 깊이 즐거워하며 다섯 손가락으로 도약하던 사야코.

어린아이에게 지고 싶지 않다는 일념으로 캐치볼 특훈을 같이 하자고 말하던 사야코.

소요다이 역에서 옛 생각에 잠긴 내 곁에서 한줄기 눈물을 흘려주었던 사야코.

정신을 차리고 보니 나는 빠른 발걸음으로 걷기 시작했다.

"– 갔다 올게."

요시노와 기시카와를 그대로 두고, 정문을 향해 달리기

시작한다.

"응? 어디를?"

놀란 요시노의 목소리가 뒤에서 쫓아오기는 했지만, 대답할 여유는 없었다.

붉게 물들기 시작한 하늘을 올려다본다. 지금 출발해서, 딱 적당한 시간에 버스가 도착한다면 최단 시간 1시간 반. 도착할 때쯤에는 새까맣게 어두워져 있을 테지만, 그렇다고 누군가를 방문하기에 상식적으로 예의에 어긋난 시간은 아닐 것이다.

기어를 올린 나는 전속력으로 달렸다.

그날 일들이 환상이었다고는 믿고 싶지 않다.

역시, 꼭 가야만 한다.

– 가스카베로.

버스에서 내리자마자 멀리 보이는 화과자 가게로 달렸다.

주변은 완전히 캄캄하게 변해있었다. 전신주에 붙은 가

로등 빛이 수십 미터 간격으로 지면을 하얗게 비추고 있다. 서늘해진 가을 밤공기가 셔츠 한 장만 입은 상반신을 뚫고 들어온다.

해가 지고 난 시간에 이곳에 오는 건 처음이었다. 길가에는 사람이 다니는 기척도 없고, 드문드문 자리한 집에도 대부분 전깃불이 꺼져있다.

왠지 모르게, 낯선 동네에 막 온 것 같은 느낌이었다.

가게에도 불이 모두 꺼져있었다. 다가가 보니 회색 셔터가 내려가 있는 것이 보인다. 그 위에 붙어있는 종이 한 장이 가로등 아래 선명하게 밝은 모습으로 보였다.

숨을 헐떡이며 다가가 나 자신의 그림자 때문에 글씨가 가려지지 않게 주의하면서 적혀있는 글씨를 읽었다.

'오늘은 개인 사정으로 임시휴업합니다. 찾아주신 손님께 양해와 사과의 말씀을 드립니다. -아야노야 白'

– 임시휴업?

서둘러 셔터에서 떨어져나와, 목조건물을 올려다보았다. 이 층 창문에서도 빛은 보이지 않는다.

가게 옆을 들여다보니, 옆문이 있었고, 인터폰이 달려있었다. 시험 삼아 눌러보았지만, 길게 늘어진 벨 소리가 조용히 가라앉은 어두운 밤에 울려 퍼질 뿐, 아무리 기다려도 인기척은 들려오지 않았다.

아무도 없는 게 명백했다.

여기서 주춤주춤해도 소용없다.

나는 오른쪽으로 돌아서 외길로 돌아 나왔다. 그대로 길을 건너 다시 달린다. 어째서 사야코네 가족 모두가 집을 비웠는지는 몰라도, 피아노 카페의 사장님께 찾아가 여쭤보면 무언가 정보를 얻을 수 있을지도 모른다.

가끔 자동차가 지나갈 때 말고는 아무 소리도 들리지 않는 도로를 그저 하염없이 달렸다. 가깝다고 생각했던 카페는 사야코가 곁에 없으니 상당히 거리가 멀다고 느껴졌다.

완만한 커브를 돌아 겨우 작은 통나무집 풍 1층 단독주택이 보였을 때 나는 깜짝 놀라 발을 멈추었다.

카페도, 깜깜했다.

전기가 모두 꺼져있고, 안에는 사람 기척도 없었다.

머릿속이 혼란스러워지기 시작했다. 비틀비틀 앞으로 나아가, 카페 입구에 다가간다. 그곳에는 백지 한 장이 붙어있었다. 이 안내문은 손으로 쓰지 않고, 컴퓨터로 써서 인쇄했다.

'10월 16일은 가게 사정으로 휴업합니다.'

심플한 한 줄 문장 아래에 'CAFE PIANISSIMO 사장 가도사와'라는 서명이 인쇄되어 있었다. 16일은 틀림없이 오늘 날짜였다.

나는 한동안 문 앞에 우뚝 서 있었다.

도대체 어떻게 된 일인지, 이해가 안 갔다.

거의 두 시간이 걸려 겨우 도착한 장소에 목적으로 삼은 인물이 아무도 없다. 피로감보다, 훨씬 더 강한 절망감이 나를 덮친다.

환상.

그런 단어가 내 머릿속에서 반짝반짝 점멸하며, 기분 나쁜 빛을 뿜는다.

정말로, 그 기억은, 환상이었을지도 모른다－.

이곳에서 업라이트 피아노를 끊임없이 연주하는 사야코의 뒷모습을 지켜보다 "못 말린다니까." 하고 웃으며 말했던 기억이 되살아난다. 그런 추억들이 갑자기, 비현실적인 것으로 느껴지기 시작했다.

그 감각이다－ 기억을 떠올린다.

눈뜨기 직전에 꾸고 있던 꿈을 기억하려고 생각할 때와 마찬가지. 기묘할 정도로 애매모호하게 붕 떠 있어서 어떤 게 진짜고 어떤 게 가짜인지 떠올리려고 하면 할수록 알 수 없게 변한다. 자신이 현실 세계를 살고 있다는 사실을 깨닫고는, 영원히 빠져 살고 싶었던 따뜻한 꿈의 세계로 다시는 돌아가지 못한다는 사실 또한 깨닫는다.

자동차 몇 대가 속도를 높여 내 뒤를 지나쳐갔다. 마치 고독감에 휩싸인 나를 고의로 두고 떠나려는 것 같았다.

그저 서 있는 것도 견디기가 어려워졌다.

나는 터벅터벅 처음 왔던 길을 따라 되돌아왔다.

이미 달릴 기력은 없었다. 두 다리의 뼈가 납덩어리 막대처럼 변해버렸다. 한 발자국 한 발자국 내딛기가 너무 무겁다. 운동화가 딱딱한 아스팔트를 밟을 때마다 찢어진 종이풍선에서 공기가 빠져나가는 것처럼 입에서 숨이 새어나간다.

다음 버스는 도대체 몇 시에 올까? 한 시간에 한 대 정도밖에 오지 않는 모양이니 앞으로 몇십분은 기다려야 올지도 모른다. 쥐어 짜낸 용기는 박살나 버리고 그 끝에는 낯선 땅의 쓸쓸한 정류장에 혼자라니, 도대체 어떤 기분으로 버스가 오기를 기다려야 할까?

길 맞은편에 화과자 가게가 다시 보이기 시작했다. 돌아오는 버스정류장은 내가 있는 쪽이니 건너편으로 건널 필요는 없다. 나는 고개를 숙이고 길가에 자라난 잡초를 일부러 지근지근 밟으며 걸었다.

여기까지 오면 어떻게든 되리라고 믿고 있었던 나 자신이 바보였는지도 모른다. 하지만, 너무 심한 게 아닐까? 갑자기 만나주지 않는 이유 정도는 들을 권리가 있지 않을까 싶은데.

– 그것마저, 허락되지 않는다니.

건너편에서 천천히 달리는 자동차 불빛이 다가오기 시작했다. 그 빛이 내 주변을 밝게 비춘다.

그만해, 나는 생각했다. 다른 차가 그랬던 것처럼 액셀 꾹 밟고 내 옆을 순식간에 지나가 버리란 말이야.

– 이제 더 이상 밝은 곳으로 끌려 나오기 싫어.

"도키타 씨?"

귀에 익은 목소리가 주변에 울렸다.

깜짝 놀라 고개를 들어, 굳어버리고 만다. 천천히 다가오던 차가 우회전 깜빡이를 켠 채로 길 한가운데에 정차하고 있었다. 뒷좌석 문에서 누군가가 얼굴을 내밀고 있었다.

창문이 열린 자동차에서 "내릴 테니까, 잠깐만." 하는 종이 울리는 것 같은 목소리가 미세하게 들려왔다.

바로 문이 열리고 체구가 작은 사람의 형체가 도로에 내렸다. 그녀가 차문을 닫자 자동차는 우회전하여 화과자 가게 옆 주차장에 들어갔다.

나는 그녀의 이름을 부르려고 했다. 하지만, 입을 열 새도 없이 그녀가 이쪽을 향해 달려와 갑자기 내 품으로 몸을 날려 안겼다.

놀라서 꼭 안아준다. 그리고, 나는 눈치챘다.

사야코가 어깨를 떨면서 울고 있었다.

사야코의 왼손이 내 셔츠 깃을 강하게 붙잡는다. 우는 이유를 알아차리지도 못한 나는 어떻게 반응하는 게 정답인지도 모른 채 움직이지 않는 오른팔을 안으며 내 왼손을 그녀의 등을 향해 둘렀다. 토닥토닥, 작게 등을 다독여 주자, 사야코는 더욱 크게 울음을 터트렸고, 내 가슴에 깊게 얼굴을 파묻었다.

"미안해. 연락 못 해서 정말 미안해."

목으로 짜내듯 말하는 괴로운 목소리가 들려왔다.

"정말 미안해요."

사야코는 그 외에는 아무 말도 하지 않았다. 나도, 말을 걸지 못했다. 왜 지금까지 연락을 주지 않았는지, 같은 자기 본위의 질문을 이런 상태인 사야코에게 어떻게 던지겠는가?

나와 만나기 전부터 사야코는 계속 울고 있었던 모양이다. 잠시 후 주차한 자동차의 엔진이 꺼지고 주변이 정적으로 가득해지자, 사야코는 내 가슴에서 얼굴을 떼고 슥 뒤로 물러섰다. 눈 화장이 조금 번져서 눈 밑이 검게 물들어있는 모습을 가로등 불빛 아래에서도 알아볼 수 있었다. 내 시선으로 그 사실을 알아차렸는지, 사야코가 왼손을 들어 올려 자기 얼굴의 반을 가려버렸다.

길 맞은편에서 자동차라이트가 꺼졌다. 얼굴을 그쪽으로 향하자, 자동차 운전석과 조수석에서 중년 남녀가 내리는 모습이 보였다. 남성은 양복을 입었고, 여성은 기품 있는 검은 원피스를 몸에 두르고 있다. 두 사람은 내 쪽을 바라보더니 꾸벅 고개를 숙였다.

사야코의 부모님이겠지. 나도 급히 두 분을 향해 몸을 돌리고 황급히 인사했다. 두 사람은 소곤소곤 얼굴을 맞대고 귓속말로 대화를 나눈 뒤 가게 옆문 쪽으로 사라졌다. 자물쇠를 열고 안으로 들어가는 소리가 길 이쪽까지 전해졌다.

코를 훌쩍이는 소리가 들려 사야코 쪽으로 고개를 돌렸다. 사야코는 힘없이 미소 지었다.

"오늘, 만나리라고는 생각도 못 했어."

작은 목소리로 말했다.

"나도, 더는 못 만날 줄 알았어."

오늘 사야코는 군청색 원피스를 입고 있었다. 요전에 사야코가 요코하마 역까지 달려왔을 때 입었던 옷이다.

그대로 우리는 서로를 바라보았다. 한낮의 태양 아래였다면 서로 시선을 피했을지도 모르지만, 몇 미터 떨어진 곳에 선 가로등 불빛 말고는 비추는 빛이 없어 오랫동안 서로 바라보아도 부끄럽지 않았던 것인지도 모른다.

나는 사야코에게 건네야 할 말을 찾지 못했다. 사야코도 마찬가지로 내게 말을 건네려고 하지 않았다.

가게 옆문이 다시 열리는 소리가 들렸다. 뚜벅뚜벅 사야코의 부모님이 나와 가게 앞으로 걸어왔다. 그대로 길을 건너 이쪽으로 다가온다.

"도키타 슈 씨 되시나요?"

사야코의 어머니가 내 이름을 불렀다. 놀라서 "네." 하고 대답하자, "드디어 만났네요." 하고 기뻐하며 목소리를 높였다. 아무래도 사야코는 내 일을 부모님께 말씀드린 모양이다.

두 분은 인도로 올라와서 사야코 바로 뒤에 섰다. 사야코의 어머니는 마른 몸이지만 사야코 만큼 키가 작지는 않았다. 오히려 여성의 평균 신장보다 조금 큰 편이었다. 다만, 부드러운 목소리의 톤이나 눈가의 인상이 사야코와 많이 닮았다. 그 옆에 선 사야코의 아버지는 나와 크게 차이가 없는 키였는데 후덕하니 사람 좋은 인상이었다.

아무 말 없는 사야코 옆에서 어머님이 "괜찮으시면 이거, 가져가세요." 하고 손바닥만 한 크기로 포장된 꾸러미를 내밀었다. 과자 꾸러미로 보였다. 얼마 전에도 사야코에게 선물을 받아 미안한 마음이 있었지만, "이런 곳까지 힘들게 오셨는데." 라는 말을 듣자, 거절하려고 해도 거절하기 어려운 분위기가 되어버렸다.

"번거롭게 해드려 죄송합니다."

하고 고개를 숙이면서 나는 꾸러미를 받아들었다.

"어머, 가게 안이 캄캄해서 그만 봄 여름용 포장지로 포장을 해버렸네."

사야코의 어머니가 가로등에 비친 꾸러미 포장지를 보고 소리를 높인다. 그러고 보니, 얼마 전 사야코가 가져다 준 빨간 단풍 포장지가 아니라, 단풍잎 색이 옅은 황록색이었다.

"제가 다시 포장해서 올게요."

사야코가 갑자기 내가 들고 있던 꾸러미를 향해 왼손을

뻗었다. 내가 놀라서 "아냐, 괜찮아." 하고 꾸러미를 뒤로 감추었다. 분명 계절은 완연히 가을이 되었지만, 화과자를 산 손님도 아닌 내가 거기까지 신경을 쓸 필요는 없었다.

"자, 자주 이야기 들었네. 고맙네. 아, 아야노- 아야노야로 와주어서."

사야코의 아버지가 긴장한 얼굴로 말을 걸어왔다. 눌변이신지 약간 더듬더듬 말씀하셨다. 생각해보면, 외동딸을 애지중지 키운 아버지가 딸의 남자친구와 만나는 상황은 심경이 복잡할 것 같기는 했다.

사야코 아버지의 긴장이 내게도 옮겨오는 것 같았다. 아야노야에 와줘서 고맙다고는 하셨지만, 굳이 따지면 나는 카페에 간 적은 있어도 화과자는 선물로만 받았을 뿐 제대로 물건을 산 것도 아니어서, 왠지 모르게 죄송스러운 기분이 들기 시작했다.

내가 어색하게 인사말을 꺼내려고 하자, 왼손으로 눈물을 훔치던 사야코가 다가왔다.

"요새, 계속 연락 못 해서 미안해요. 내일 다시 만나고 싶어요. 괜찮아요? 내일은 내가 시내로 나갈게요."

오늘은 좀…… 미안해요- 사야코가 고개를 숙이며 말했다.

다음 날, 오후 1시 대학 정문 앞에서 만나기로 약속하고 나는 그 장소를 떠났다. 사야코의 아버지가 가스카베 역까지 차로 태워주시겠다고 했지만, 마침 버스 불빛이 멀리서 보이기 시작해서 그냥 버스를 타고 가겠다며 거절했다.

버스에 몸이 흔들리며 오늘 일을 되돌아보았다. 알고 싶었던 문제에 대해서는 정보를 하나도 얻지 못했지만, 머릿속에서는 여러 가지 생각이 소용돌이치고 있었다.

사야코– 방금 부르지 못했던 그 이름을 이제야 입에 올려본다.

하지만, 적어도, 환상은 아닌 모양이었다.

멍하니, 그런 생각을 했다.

밤새 여러 생각이 내 머릿속을 휘저었다.

만나기로 한 장소인 정문 앞에 도착했을 때 잠을 못 잔 내 머릿속은 몽롱하게 흐려져 있었다. 두 눈도 아침부터 지금까지 살짝 충혈되어있다. 10월 중순의 선선한 공기가 내 마음을 어느 정도 진정시켜 주긴 했지만, 여러 갈래로 확산되어가는 내 생각을 완벽하게 정리해 줄 만큼은 아니었다.

눈물을 흘리던 사야코의 얼굴이 떠오른다.

어젯밤, 나는 봐서는 안 될 무언가를 봤는지도 모른다.

– 조금만 더, 시간이 필요했어.

사야코와 다시 만나 이야기하길 그렇게 절실히 바라던 내가 이제 와서 만날 시간을 미루고 싶어진 이유는 도대체 어떤 마음의 움직임일까? 다른 누구도 아닌 내 자신의 마음인데도 명확한 답을 찾지 못했다.

귓가로 경쾌한 구둣발 소리가 들려온다. 타닥타닥탁, 어딘가로 다가오고 있다.

"많이 기다렸죠."

고개를 들어보니 생각보다 가까운 곳에 사야코가 서 있었다. 오늘은 황색 체크 무늬 원피스를 입고, 풍성한 라인의 하얀 롱 가디건을 걸치고 있었다. 오랜만에 밝은 장소에서 그녀의 모습을 보다 보니, 그 청순가련한 아름다움에 나도 모르게 숨을 삼켰다.

나와 눈이 마주친 사실을 확인이라도 하듯 사야코가 눈을 가늘게 뜨며 미소지었다. 어제 본 울상이 된 얼굴은 어디로 가버렸나 순간 당황하기는 했지만, 자세히 살펴보니 눈꺼풀이 아주 약간 부어있는 것처럼 보였다.

"대학에서 만나는 건 살짝 오랜만인 것 같아요. 요새는 계속 가스카베로 오시기만 했었으니."

"아냐, 사야코가 요코하마로 온 적도 있었잖아."

"아, 맞다."

사야코가 왼손으로 주먹을 쥔 모양을 하고 가슴 앞에 들어 올려 멈추었다. 오른손이 밑을 받쳐주지 못했지만, 통, 하고 주먹을 도장처럼 반대쪽 손바닥에 찍으며, '아하'하는 제스처를 하려고 한 것 같았다.

"마침 도쿄가 중간지점인데, 그냥 놀려둔 것 같아서 아쉽네요."

왠지 모르게, 사야코의 말씨가 평소보다 밝게 들렸다. 나는 그 사실을 솔직하게 기뻐하기가 어려웠다.

"공부, 어디서 할까요? 도서관? 캠퍼스 안 카페도 좋겠다. 한번 가보고 싶었거든요."

사야코가 빙글 돌면서 등에 멘 베이지색 배낭을 흔들어 보이며 "학용품, 의욕 넘쳐서 잔뜩 가져왔어요." 신이 난 목소리로 말했다. 조금 위화감이 느껴지는 톤이었다.

"옥상이 좋을 것 같은데."

내 말에 사야코는 "네?" 하고 되물으며 얼굴을 흐렸다.

"옥상이라니……."

고개를 갸웃거린다.

"……공부하기 좀 불편하지 않나요? 책상도 없고, 의자도 없고."

"의외로 공부가 잘돼. 주변에 사람도 없어서 집중도 되고, 요즘 같은 계절이라면 아직 춥지도 않고."

나는 사야코에게 최근 요시노와 기시카와, 둘과 함께 세 명이서 '옥상스터디'를 하고 있다고 이야기해주었다. 내가 옥상에서 공부하게 된 일부터 시작해 돌아가는 길에 두 사람과 딱 마주쳐 재회하게 된 일, 그날 바로 술 한잔 하러 간 일, 그리고 두 사람도 옥상에 오게 되었던 일까지, 간략하게 요약해서 말했다. 그러자 갑자기 사야코의 표정이 반짝반짝 빛나며, 자기 일처럼 기뻐해 주었다.

"친구랑 스터디라니, 멋져!"

하고 환성을 지르고는 요시노와 기시카와가 어떤 사람인지를 차례로 질문해왔다.

사야코의 질문에 답하면서 의대 건물로 향하는 길을 걸었다. 평일 낮이다 보니 저녁 시간이 되면 들려오는 악기 연습 소리는 들리지 않았다. 3교시가 시작된 지 얼마 안 된 애매한 시간대라서 캠퍼스 안을 걸어 다니는 학생은 그리 많지 않았다.

"혹시 요시노 씨랑 기시카와 씨, 옥상에 계시지는 않을까요? 실습 휴식시간이랑 겹치면 계실지도 모르잖아요?"

"으음, 글쎄 어떨까? 확률이 반반이려나."

"저, 도키타 씨 친구분과도 만나보고 싶어요."

"친구, 인가."

마음이 간질간질해지는 어감이다.

"뭐, 오늘 못 만난다고 하더라도 다음에 약속 잡을게."

"진짜요! 신난다!"

정신없는 대화를 나누며, 엘리베이터로 꼭대기까지 올라갔다. 엘리베이터에 탈 때, 사야코는 "오랜만이네에……." 하고 감회 깊게 중얼거렸다.

그 말이, 아주 잠깐, 머릿속에 남아 울렸다.

9층에서 내려서, 계단까지 올라가, 열쇠가 망가진 미닫이 유리문을 활짝 연다. 눈앞에 청명한 가을하늘이 넓게 펼쳐져있었다.

"아무도 없는 것 같네요."

나중에 들어온 사야코가 두리번두리번 주변을 돌아본다. 요시노와 기시카와의 모습은 보이지 않았다. 내 손으로 사야코를 이 옥상까지 데려온 주제에, 나는 살짝 안심했다. 갑자기 여자친구를 소개하는 분위기가 되는 것은 역시 부끄럽기도 하고, 또 어떻게 행동해야 좋을지도 잘 모르겠다.

없어서 다행이다, 안도하면서 나는 옥상 한가운데까지 나아가 바닥에 주저앉았다.

"오늘은 고전문학을 잔뜩 공부하고 싶어요."

원피스를 풍성하게 부풀리면서 사야코가 곁에 앉는다. 그 거리가 제법 가까워서 심장이 두근, 뛴다.

"요전에 높임말 도입 부분을 가르쳐주셨잖아요, 그래서 오늘은 좀 더 자세한 부분을."

"알았어. 그럼 일단 저번 시간 복습 테스트를 해볼까?"

내가 아무렇지도 않은 태도로 대꾸하자, 사야코는 누가 봐도 심하게 동요한 것으로 보일 정도로 "어떡하지." 하고 얼굴을 붉혔다. 배낭에서 꺼낸 공책을 서둘러 펴서, 급하게 복습하기 시작한다.

– 역시, 다 까먹었구나.

나는 쓴웃음을 지으며 "농담이야." 하고 사야코의 어깨를 살짝 토닥였다. 사야코가 깜짝 놀라 내 얼굴을 바라본 뒤, 안심해 한숨을 내쉬고, 부끄러운 웃음을 지었다.

"테스트는 나중에 하도록 해요. 오늘은 마음의 준비가

덜 되었어요."

"예, 예."

더 이상 파고들지 않기로 하고, 나는 사야코에게서 고전문학 문법책을 받아들었다. 얼마 전에 가르쳐 준 페이지 뒷부분에는 연습문제나 독해문제가 실려 있지만, 전부 넘겨버리고, 그다음 쪽을 편다. 오늘은 높임말의 해설부터 시작하면 되는 모양이다. 물론 여러 가지 생각이 빙글빙글 돌고 있는 지금 상태에서 만족스럽게 가르치는 게 가능하다고는 생각되지 않는다. 하지만, 사야코가 공부를 하고 싶다고 하니, 그 말을 무시할 수는 없었다.

최근 계속해서 차갑고 괴롭게 느껴지던 옥상의 공기가 지금은 적절하게 청량해서 기분 좋았다. 햇볕의 따스함도 적당히 내 피부로 전해져왔다.

사야코가 곁에 있다는 오직 그것 하나만으로, 내가 자각하는 세계는 이렇게도 간단히 변화하고 마는 것이었다.

나는 문법서 내용을 최대한 알기 쉽게 설명하고, 설명을 들은 사야코가 망설임 없이 질문을 던진다. 이상할 구석 하나 없는 따뜻한 시간이었다. 사야코가 내 곁에 있는 것은 당연한 일이 아니었구나 하고, 지난 열흘 동안 그만큼이나 뼈저리게 곱씹었는데 역시, 사야코는 자연스럽게 내 곁의 공간을 차지해버렸다.

마치 나와 연락을 끊었던 사실 자체를 잊어버리기라도 한 듯.

어젯밤 울음을 터뜨리며 내 가슴으로 뛰어 들어왔던 일을 없던 일로 여기기로 한 듯.

"도키타 씨?"

어느새, 사야코가 던진 질문을 무시하면서까지 생각에 잠겨버리거나, 혹은 설명하는 도중에 입을 다물어버리는 일이 생기기 시작했다. 그럴 때마다 사야코의 왼손이 어깨나 등을 살짝 다독여주었고, 나는 정신을 차리고 고전문학 수업을 계속했다.

사야코도 나름대로, 내가 어째 평소와 다르다는 사실을 눈치챈 모양이다. 하지만 사야코는 그 사실을 언급하지 않고, 문법서를 읽으며 천진하게 느낌을 이야기했다.

"'침수 드셨다'는 표현, 존댓말 중에서 가장 좋아요." 라던가, "'모시다'라는 단어는 의미가 많아서 복잡해요." 같은 표면적인 부분을.

그렇게 긴 시간 나는 사야코를 향해 계속 이야기했다. 거의 수직에 달한 태양이 점점 서쪽으로 기울어지기 시작해 우리 그림자도 길게 늘어났다.

이렇게 언제까지나 사야코 곁에서- 몸을 움직이면 살과 살이 닿을 만큼 가까운 거리에서- 조용히 시간을 보내고 싶었다. 가능하다면 그 아담한 왼손을 내 오른손으로 감싸주고 싶었다. 하지만, 사야코의 왼손을 독점하는 일은 지금의 나로서는 아무래도 불가능한 일이었다.

역시, 넘어가지 않고 확인해보고 싶은 게 한 가지 있었다.

콘크리트 바닥에 놓은 공책을 향해 몸을 구부리고 샤프를 든 왼손을 열심히 움직이는 사야코를 바라보며, 아무렇지도 않게 물었다.

"사야코, 제1순위 지망 대학이 어디였지?"

"응?"

사야코는 그 자세 그대로 내 쪽을 향해 눈을 깜빡였다.

"갑자기 왜 그런 걸?"

"팸플릿도 여러 개 모았던 것 같고, 아직도 고민하고 있나 싶어서. 사야코랑 같이 있다 보니, 왠지 모르게, 굳이 이 대학이 1순위는 아닌 거 같다 싶은 느낌이 들어서."

"에이, 아니에요. 당연히 여기가 1순위죠."

갑자기 억지로 미소지은 사야코가 샤프를 든 왼손을 얼굴 앞에 흔들며 부정했다.

"여기가 아니면 도키타 씨에게 캠퍼스 가이드나 과외를

부탁하지 않았겠죠. 안 그래도 이렇게 뻔뻔할 정도로 많은 부탁을 드려왔는데, 여기가 1순위가 아니라면 민폐도 보통 민폐가 아니잖아요?"

그런가, 나는 작게 중얼거렸다. 예상하던 대답이기는 했지만, 가슴이 따끔 아파오는 일은 피할 수 없었다.

— 어쩌면, 사야코는 알고 있는 걸까?

그런 생각이 머리를 스친다.

생각이 스치는 대로 나는 생각의 소용돌이에 말려들고 말았다. 어젯밤부터 계속 생각을 거듭하고 있던 일이 탁류로 변해 머릿속을 헤집고 돌아다닌다.

탁류의 파도가 두개골을 안쪽에서 격렬하게 두들긴다. 그 거대한 충격과 흔들림에 견디지 못하고 내 의지와 관계 없이 소리를 지르고 싶어질 정도였다.

— 역시, 사야코는 눈치채고 있는 걸까?

"왜 그러세요?"

사야코의 걱정스러운 목소리가 들려와 나는 문득 다시 현실로 끌려왔다. 고개를 드니 사야코가 불안한 얼굴로 나를 바라보고 있었다.

"아니…… 뭐랄까? 사야코는 대단하구나 싶어서."

"네? 어디가?"

"전부. 집안의 화과자 가게 일을 도운 지도 3년이 되어가는데 자기 의지로 한 번 더 대학입시를 목표로 노력하는 점이라던가. 처음 만난 나를 이끌어주고, 자기편으로 만들어가는 거라던가. 이런 적극적인 모습, 모두가 가지고 있는 면은 아니잖아?"

적어도, 나한테는 없거든- 중얼거리며 나는 슥 자리에서 일어섰다. 그리고는 옥상을 둘러싼 은색 철망 울타리 쪽으로 걸어가기 시작했다.

철망 위쪽을 두 손으로 잡고, 허리를 기역자로 굽혀 울타리에 체중을 실었다. 어깨 주변 근육이 스트레칭 되어 잠을 못 자 쌓였던 피로가 풀려간다.

곧바로 타탁타탁 발소리가 들려오더니 사야코가 내 곁으로 쫓아왔다. 오른쪽 옆에 딱 붙듯이 서서 내 셔츠자락을 손가락으로 잡는다. 그리고, 살짝 몸을 기대왔다.

"예쁘죠? 여기서 본 풍경."

하고 감상을 입에 올리면서, 사야코는 나와 함께 캠퍼스를 내려다보았다. 내 어깨 위로 스르륵 검은 머리카락이 걸쳐졌다. 풍성한 샴푸 향이 전해져온다.

나는 후 숨을 뱉으며 하늘을 올려다봤다. 청백이 뒤섞인 밝은 하늘을 바라보다 보니, 저 멀리서 악기 소리가 흘러

들어왔다. 아주 미약해서 귀를 기울이지 않으면 알 수 없을 만큼 작다. 제2부실동에서 누군가가 연습을 시작한 것인지도 모른다. 이만큼 떨어진 곳에서도 들리다니, 여태까지 전혀 몰랐다.

어젯밤도– 이렇게 하늘을 올려다보면서 음악에 귀를 기울였었다.

자려고 침대에 파고들었는데, 아무리 시간이 지나도 잠이 오지 않았다. 할 수 없어 방 창문을 열고 베란다로 나가보았다. 올려다보니 밤하늘에 별이 점점이 보였다. 그때 생각난 게, 제2부실동 연습 홀에서 사야코가 연주한 '반짝반짝 작은 별'을 편곡한 곡이었다.

섬세하고 높은음이 이어지는 발랄한 작은악절. 그 음악을 한 번 더 듣고 싶어서 방으로 돌아가 휴대전화를 들고, 인터넷으로 곡을 검색했다. 입력한 검색어는 '반짝반짝 작은 별', '피아노'였다. 실은 사야코가 연주한 곡을 듣고 싶었지만, 안타깝게도 녹음하지 못해서 비슷한 피아노 편곡이 있으면 들어보고 싶다고 생각한 것이다.

어젯밤 휴대전화 스피커에서 흘러나온 곡과 그날 사야코가 가볍게 연주한 선율이 머릿속에서 교차로 흘러간다.

머릿속에서 날아가고 있던 몇 장의 종잇조각이 한곳으

로 모이는 느낌이 들었다.

"사야코."

나는 철망에서 손을 떼고, 옆을 향했다. "왜?" 하고 이쪽을 바라보는 사야코의 눈을 똑바로 바라본다.

"가자."

손을 잡고 강하게 끌어당긴다. 사야코의 놀란 얼굴이 살짝 보였지만, 신경 쓰지 않았다. "어디로?" 하고 말하는 당황한 목소리에는 일부러 대답하지 않았다.

사야코의 손을 끌고, 나는 옥상에서 뛰어나갔다.

제4곡

그녀의 왼손

힘차게 문을 열어젖히고 연습 홀 안으로 뛰어 들어가자, 여기저기 흩어져 제각각 다른 방향으로 서서 개인 연습을 하고 있던 학생들이 놀란 얼굴로 우리 쪽을 돌아보았다.

홀 안에는 사람이 관현악부원 일고여덟 명 말고는 없어 보였다. 댄스 서클이나 아카펠라 동아리 학생은 아직 오지 않은 모양이다. 그리고 타이밍 좋게 연습 홀 가장 구석에 놓인 그랜드피아노 앞에는 아무도 앉아있지 않았다.

모두의 시선을 무시하고 나는 사야코를 홀 안쪽으로 끌어다 놓았다. 어깨너머로 배운 대로 피아노의 덮개를 열고 붉은 천을 벗긴 뒤 피아노 의자 위치를 건반 오른쪽 끝으로 옮겼다. 그런 다음, 당황해하는 사야코를 의자에 앉혔다.

"가, 갑자기 왜 그래요? ……도키타 씨?"

아무 말도 없는 내 태도에 사야코는 조금 겁을 먹은 모양이었다.

"쳐 줘."

"네?"

"쳐 봐. 네가, 마지막으로 연주한 곡을."

건반을 가리킨다. 옆으로 향한 채 의자에 앉은 사야코는 피아노 쪽을 살짝 흘겨본 뒤 갑자기 불안한 눈으로 나를 올려다보았다.

"마지막으로, 연주한…… 곡."

사야코가 내 말을 반복한다. 사야코의 입술은 미세하게 떨리고 있었다.

"듣고 싶어서."

망설이는 사야코를 재촉하듯 한 번 더 강한 어조로 말했다.

"응?"

잠시 사야코가 입을 다문 채로 얼굴을 옆으로 향한 채 흑백 건반을 내려다보았다. 딱딱하게 굳은 몸은 움직이지 않고 가만히 있다. 그 옆얼굴에는 망설이는 표정이 드러나 있었다.

오른손과 마찬가지로 꼼짝하지 않던 왼손이 점점 무릎 위로 오그라들고 있었다. 원피스의 천을 꼭 쥔 다섯 손가락이 천천히 노랗게 변해갔다.

– 미안해.

되돌리고 싶다, 라고 생각하고 말았다. 사야코의 곤란해하는 얼굴도, 떨리는 표정도, 보고 싶지 않았다.

하지만 이 괴로움은 우리에게 있어 꼭 거칠 필요가 있는 과정이라 어쩔 수 없었다.

스읍, 사야코가 숨을 들이쉬는 소리가 들렸다.

각오를 다진 모양인지 입술을 굳게 다물고, 몸을 건반 쪽으로 향한다. 왼발을 크게 벌려 피아노 한가운데에 있는 페달 위에 얹은 뒤, 아주 살짝 허리를 들어 올려, 내가 놓은 장소보다 왼쪽으로 의자 위치를 움직인다. 그리고 다시 한번 의자에 앉아, 페달이 얼마나 떨어져 있나 거리를 확인한다.

드디어, 사야코는 팔을 뻗어 저음부의 건반을 건드렸다. 그리고 의지를 굳힌 듯, 연주를 시작했다.

그 노래는 느긋하게 이어지는 저음으로 시작했다.

귀를 편안하게 해주는 작은악절이야, 하고 느낀 그 순간 곧바로 선율이 험악하게 변한다. 시작보다 훨씬 낮은,

음이라고 부르기도 어려울 정도로 떨떠름하게 몽롱한 저음이 새끼손가락 언저리에서 끊임없이 울렸고, 엄지는 힘 있게, 불안함을 부채질하듯 단음을 두들겨간다.

그 손가락이 아무런 예고도 없이 몇 번이나 이리저리 내달리며 속도를 높인다. 점점 음이 빨라졌다. 이 사실을 깨달았을 때는 이미 사야코의 손가락이 건반 위를 어지럽게 움직이고 있었다.

엄청난 속도로 두들겨 피아노를 울린다. 높은음을 반복해서 연주하는구나 하면 곧바로 낮은 음역으로 후진한 지오래고, 또다시 원래 위치로 돌아가 버린다. 차례로 건반을 만지는 네 개의 손가락과는 대조적으로 그녀의 엄지는 처음부터 일관되게 듣는 사람의 배를 찔러 올리는 것 같은 음울한 음을 두들겨 대고 있었다.

– 들어 본 적이 있어.

이 휘몰아치는 폭풍우 같은 선율의 파도를 도대체 어디에서 들었을까? 울려 퍼지는 음에 빨려 들어가면서 열심히 머릿속을 뒤집어놓으며 단서를 찾았다. 그리고 문득, 단서가 떠올랐다.

파울 비트겐슈타인. 제1차 세계대전 전란 중에 오른팔을 잃었던 오스트리아의 프로 피아니스트. 그가 저명한 작곡가에게 의뢰해 만들게 한 여러 '왼손을 위한 피아노곡'.

– 모리스 라벨의 '왼손을 위한 피아노 협주곡'.

왼손을 위해 작곡한 피아노곡 중에서도 가장 유명한 그 곡이었다. 오케스트라와 번갈아 가며 연주를 반복해 곡 전체에서 몇 번이고 저음을 두들겨 울리는 위압적이고 중후한 느낌이 넘치는 클래식 곡. 20분 가까이 되는 장대한 협주곡의 결말에는 초절기교가 반복되는 긴 피아노 독주가 있다. 사야코가 지금 연주하고 있는 것은 아마도 그 부분이다. 왼손 피아니스트에 대해 조사하면서 배경음악으로 컴퓨터 스피커에서 흘러나온 것을 우연히 들은 정도라서 이 정도로 중량과 열량을 동반한 곡인지는 몰랐다.

이게 내가 처음으로 보는 사야코의 진정한 모습이었다.

뜨거운 듯 보여도 차가움이 천천히 배어 나오듯 밀려온다. 사야코가 연주하는 무수히 많은 음의 흐름이 물처럼 느껴졌다. 손을 적셔보아도 감촉이나 온도를 알 수 없는 실체가 없는 물이다. 물의 이미지가 깊이 꿈틀거리고, 뒤틀리고, 검게 탁해지고, 다시 새로운 파도를 토해간다.

사야코가 미간에 주름을 잡으며, 때로는 눈을 감으며, 무수히 많은 음표를 그 다섯 개의 손가락으로 자아내고 있었다. 나도 눈을 감아본다. 시야가 새까맣게 변한다. 오로지 음악에만 귀를 기울여본다. 이 모든 음을 단지 한 손으로만 연주하고 있다니. 사야코의 왼손이 어떻게 움직이고 있는지 전혀 상상조차 할 수 없었다.

사야코에게 어울릴 리가 없다고 생각했던 격렬한 피아노 독주를, 사야코는 지금, 내 눈앞에서, 좌우로 전신을 크게 흔들며 연주하고 있었다.

100년 전 음악가로부터 불꽃이 튀기는, 영혼의 외침을.

누구도 바라지 않았던 전란 속에서 태어난, 분노와 절망을.

공포. 충동. 초조. 이 곡에 담긴 감정을, 사야코는 너무도 간단하게 연주하고 있었다. 혼란의 시대를 살아온 작곡가의 마음이나, 피아니스트의 생명이나 다름없는 팔을 잃은 연주가의 슬픔이, 음표에 실려 나를 향해 밀려들어온다.

벽에 반향을 일으키며 미친 듯이 휘몰아치는 이 노도와 같은 음을 들으면 알 수 있다. 사야코는 곡의 의미를 머리로 이해하고, 해석한 대로만 표현하고 있는 게 아니었다. 자기 내면의 흔들림이나 뜨거움, 괴로움의 감정을 건반 위를 누비는 다섯 개의 손가락을 통해 몇 배에 달하도록 증폭시키고 있었다.

같은 음의 연속이 갑자기, 음색을 바꾸었다.

나도 모르게 눈을 뜬다. 그리고 깜짝 놀랐다.

상기된 사야코의 얼굴에는 아주 옅게, 부드러운 미소가 떠 있었다.

혼탁한 절규로 들렸던 선율이 강렬한 결의로 모습을 바꾸어간다. 그래도 나는 살아갈 것이다, 라고 하는 강한 희망. 나는 여기에 있다. 고민은 없다. 내게 남은 것을 모두 끌어안고 힘차게 앞으로 나아가면 된다.

그렇게 곡이 말하는 것인지, 사야코가 자기 나름의 메시지를 담고 있는 것인지, 나로서는 알 수 없었다. 분명 후자겠지- 하고 생각한 순간에, 사야코의 왼손이 가장 격렬한 고음과 저음의 그라데이션을 연주하기 시작했다.

엄청난 양의 물보라가 튀기는 것 같다. 몇 번이고, 몇 번이고, 건반을 오른쪽으로 왼쪽으로 왕복한다.

그리고 돌연히 고음건반을 격렬하고 거칠게 두들기나 싶더니, 사야코의 왼손이 힘차게 건반에서 뛰어올라 크게 왼쪽으로 도약한다.

옥타브만큼 벌린 엄지와 새끼손가락을 저음건반에 힘차게 두들긴다.

눈 깜짝할 사이에 곡은 끝났다.

한동안 나는 멍하니 서 있었다. 사야코도 의자에 손을

댄 채 어깨를 움직이며 거친 숨을 몰아쉬었다.

장난 아니다, 하고 속삭이는 목소리와 작은 박수 소리가 뒤에서 들려왔다. 그 소리에 정신을 차린다. "앗." 하고 목소리를 높인 사야코가 내 쪽을 바라보았다. 곡 종반에 보였던 미소는 사라져버렸고, 놀란 표정이 대신 떠올라있었다.

어쩌면 끝까지 칠 생각은 없었는지도 모른다. 하지만 어느새 연주에 깊게 빠져들어서, 곡의 세계로 사야코 스스로가 빨려 들어가는 바람에 끝까지 연주한 것이 분명했다.

"알아, 이 곡."

나는 사야코에게 부드럽게 말을 걸었다.

"왼손만 쓰도록 작곡한 곡 중에서도 가장 유명한 곡이지? 전에 조금 조사해본 적 있거든."

"그랬……어요?"

사야코는 아직 숨이 찬 상태였다. 5분 정도 되는 연주를 왼손만으로 끝까지 해내려면 도대체 얼마나 체력과 정신력이 필요할까?

등 뒤에서 다시 관악기 소리가 들려오기 시작했다. 학생들의 시선과 관심에서 벗어났다는 사실을 깨닫자 어깨의 긴장이 풀렸다.

"10월 16일."

천천히 어제 날짜를 입에 올린다.

"분명 전에 사장님이 말씀하셨었지? 전국 클래식 피아노 콩쿠르 사이타마 현 본선이 사이타마 현 회장에서 열리는 날이라고. 사장님이 출장하는 날은 다음 주 치러지는 남자일반부. 어제는 여자일반부."

그 날짜를 떠올린 건 어젯밤 돌아오는 버스 안에서였다.

조금 신경이 쓰였었다. 그때 카페에서, 콩쿠르 팸플릿은 내가 들고 있었는데도, 사장님은 자기가 출장할 예정인 남자 부문뿐만 아니라 관계없는 여자 부문 일정까지 막힘없이 술술 이야기했으니까.

그때는 아무런 생각이 없었지만, 그 때문인지 날짜만은 겨우 머릿속에 남아있었다.

"사야코는 어제, 콩쿠르에 나갔었지?"

"……네."

사야코가 고개를 숙인 채 살짝 고개를 끄덕였다.

"떨어졌지만요."

하고, 안 들릴 만큼 작은 음량으로 중얼거린다.

그건 알고 있다. 결과가 안 좋았으니, 사야코는 어젯밤 그렇게 울었던 것이겠지. 본선에 출장했다 꿈이 산산조각 난 채로 겨우 집에 돌아왔는데 나를 만나버린 것이다.

사야코의 가족이나 사장님이 각각 가게 임시휴업을 한 이유도 사야코가 멋지게 무대 위에 서는 모습을 보기 위해서였다. 각 현에서 벌어지는 본선은 연주회 형식이라고 전에 사장님이 말했었다.

"최근 연락이 뜸했던 건 본선이 다가오기 때문에 연습으로 바빠서?"

"맞아요."

사야코가 왼손으로 입가를 가렸다.

"죄송해요. 이유도 말하지 않고 계속 연락을 하지 않아서. 정말 죄송해요."

"아냐, 괜찮아. 오히려 조금 안심했어."

다만, 사야코에게 묻고 싶은 게 산더미였다. 어느 순서로 물어봐야 할지, 고민된다.

어젯밤부터 계속 머릿속이 복잡한 상태지만, 이제 괜찮다. 방금 연주를 듣고, 모든 게 확신으로 변했다.

"선생님이 되고 싶다는 건, 거짓말이지?"

많은 질문 중에서 신중하게 하나를 꺼내 든다. 물어보자마자 사야코는 입을 다물어버리고 말았다. 어찌할 줄 모르는 심각한 얼굴을 보고 "뭐라고 하려는 건 아니니까."라며 황급히 덧붙였다.

"아니……, 거짓말 아니야."

내게서 시선을 피한 채 사야코가 고개를 흐느적흐느적 좌우로 흔들었다.

"콩쿠르에 나간 걸 숨긴 것은 미안해요. 하지만 그렇다고 해서, 학교 선생님을 목표로 하지 않은 건 아니에요. 음악 선생님이 되면 콩쿠르 입상이 경력으로 인정돼서 입시에 유리하지 않을까 싶었어요. 그래서 이 대학에 들어와서 교사 임용시험을 통과하려는 건 거짓말 같은 게 아니라– "

"아니, 아니야. 사야코는 우리 대학에 들어오고 싶어 할 리가 없어."

열심히 거짓말을 납득시키려는 사야코의 말을 끊고, 나는 사야코에게 물었다.

"교원양성과정, 이라는 거 알고 있어?"

"교원…… 양성과정?"

역시, 사야코도 모르고 있었던 모양이다.

"교육학부에는 두 가지 종류가 있다더라고. 하나는 교원자격이 목표인 교원양성계통. 교원양성과정을 통해 실제로 학교선생님을 키워내는 게 목적이라서 초등학교에서 고등학교까지 다양한 과목의 자격을 유연하게 딸 수 있도록 되어있어. 나머지 하나는 교육학 계통. 교육학이라는 학문을 연구하는 게 목적이라서, 교원 자격취득은 반드시 졸업요건에 들어가 있지도 않고, 졸업생 진로도 다양하다고 해."

우리 대학 교육학부는 후자다, 나는 사야코에게 설명했다. 아주 작은 학부로, 여러 가지 종류의 자격을 몇 개나 동시 진행해서 딸 수 있을 만한 커리큘럼은 짜여있지 않다. 오히려, 사회학이나 심리학 같은 다양한 시점에서 교육학을 연구한다는 목적이 강해서, 졸업생 대부분이 기업에 취직해버리고 만다. 그래서 대학입시 때는 어떤 교원자격을 딸지 말지 고민하는 사람이 우리 대학을 고르는 일은 없다- 라고.

실은 나도 잘 모르고 있었다. 문과 학부에는 흥미가 없었기 때문에 교원 자격이 여러 개라도 한 번에 다 딸 수 있다고 생각하고 있었다. 이 착각을 뒤집어 준 것은 "애초에 졸업해서 선생님 되는 녀석이 무지 적다."라는, 술자리에서 요시노가 한 발언이었다. 그때는 취해있어서 신경 쓰지 않았는데 어젯밤 다시 조사해보니 우리 대학에서 취득할 수 있는 교원 자격은 상당히 제한적이었다. 학과를 고르면 초등학교 교원 자격은 가능하지만, 예술 전문양성과정이 없으니 음악 선생님 교원 자격은 딸 수 없다. 즉, 사야코가 희망하고 있는 선택지의 반은 애초에 우리 학교에서는 이루어질 수 없는 희망인 것이다.

사야코는 눈을 크게 뜬 채로 내 복잡한 이야기를 듣고 있었다. 초등학교 음악 선생님인지 중고등학교 음악 선생님인지, 어느 자격을 딸 것인가는 대학에 들어가서 천천히 생각하고 싶다든지— 등의 과거 발언과 사실이 모순되는 것을 이제야 알아차린 모양이었다.

이런 점 외에도, 애초에 이상하다고 생각했다. 우리 대학을 목표로 삼았다고 하기엔 사야코는 공부하는데 꽤 어려움을 겪었고, 흥미도 없어 보였다. 이런 말을 하면 좀 미안하기는 하지만, 너무 그림의 떡을 바라는 게 아닌가 싶을 정도였다. 게다가, 우리 대학은 사립이니까 문과만 볼 것이라면 수학은 입시 본고사에 들어가지 않는다. 그래서 도중에 국공립수험도 염두에 두고 있는 걸까, 하고 생각하기도 했다. 그렇다 해도 너무 벽이 높은 게 아닌가 싶기는 했지만.

하지만 역시, 속사정은 전혀 달랐던 것이다.

"우리 대학이 수많은 선택지 중 하나일 뿐이고 제1순위 지망 학교가 따로 있다고 한다면, 어느 정도 말이 되는 이야기라고 생각했어. 그래서 아까 물어본 거야. '제1순위 대학이 어디였지?' 라고."

사야코는 아랫입술을 깨물고 시선을 바닥으로 향했다. 사야코는 구석으로 몰리는 기분인지 점점 답답하고 괴로워 보였다. 하지만, 이제 와서 멈추려고 해도 불가능했다.

"사야코, 넌 여기가 제1순위 지망대학이라고 확실하게 말했어. 그래서 사야코가 나한테 계속 거짓말을 하고 있다는 사실을 알아버렸지. 왜냐면, 이 대학을 정말로 오겠다는 생각을 단 한 번이라도 했다면, 수험과목이 국어, 영어, 지리와 역사 딱 세 과목밖에 없다는 사실도, 희망하는 자격을 딸 수 없다는 사실도, 벌써 조사해서 알고 있을 테니까."

굳이 떠본 것은 잘못했다고 생각한다. 하지만, 그렇게 하지 않았다면 확신이 서지 않았을 것이다.

"사야코가 진짜로 가고 싶은 대학은 어디일까, 아니면 대학입시를 하고 싶다는 것 자체가 거짓말이었을까, 나로서는 도저히 알 수가 없었어. 하지만 아마도, 목표로 삼은 대학이 있었다면 음대가 아닐까 싶은데."

음대, 라는 단어를 발음한 순간 사야코의 어깨가 움찔 떨렸다. 그리고 슬픈 얼굴을 하며 더욱 아래로 고개를 숙였다. 훤히 보이는 반응이었다.

나는 크게 숨을 들이켰다.

"사야코, 네 꿈은 피아니스트야."

하고, 단언한다. 사야코는 눈을 아래로 내리깐 채 아무 말도 하지 않았다.

– 역시, 그랬구나.

사야코는 내가 생각한 것 이상으로 훨씬 먼 세계를 똑바로 응시하고 있었다. 절대 현재에 만족한 상태가 아니다. 먼 꿈을 향해 매일 힘들고 엄격하게 실력을 쌓아 올리고 있다. 노력가였다. 그렇지 않다면 자신의 모든 것을 피아노를 위해 내던지는듯한 그런 연주가 가능할 리가 없다.

이 사실을 깨달은 것은 어젯밤 반짝반짝 작은 별의 연주 동영상을 휴대전화로 재생했을 때였다. '반짝반짝 작은 별', '피아노'라는 두 검색어를 입력했을 때 맨 위에 연관검색어로 나타난 타이틀을 보고 나도 모르게 고개를 갸웃거렸다. '모차르트 반짝반짝 작은 별 변주곡'이라고 되어있었다. 아무리 음악에 둔한 나라도 모차르트가 클래식 음악의 대가라는 사실쯤은 안다. 빨려 들어갈 듯이 나는 그 연주 동영상을 재생했다.

사야코가 전에 이 연습 홀에서 반짝반짝 작은 별의 편

곡을 연주한 것은 고작 십여 초 정도밖에 안 되었다. 사야코는 동요의 오리지널 어레인지라고 말했지만, 휴대전화에서 흘러나오는 선율을 들어보니 그 말이 거짓말이라는 사실을 처음으로 깨달았다. 그때 사야코가 연주한 선율은 모차르트의 반짝반짝 작은 별 변주곡의 일부분과 거의 완전히 일치했다.

– 클래식은 평소에 연주를 잘 안 해요. 악보에 충실하지 않으면 안 돼서 지치거든요.

이전에, 사야코가 그런 말을 했었다. 하지만 그 말은 사실과는 달랐다. 훌륭한 클래식 곡을 가능한 한 정확하게 연주하려고 하는 자세는 그때 살짝 연주한 반짝반짝 작은 별의 작은악절 안에서도 이미 드러나 있었으니까.

이전부터 사야코가 연주하는 피아노선율 속에서 보통이 아닌 실력과 선명한 이미지를 느꼈던 것은 내 착각이 전혀 아니었던 것이다. 프로 피아니스트라는 정상을 향해 필사적으로 노력하는 사람의 연주를 들었으니 당연하다. 왼손 하나만으로 피아노를 연주하는 사야코를 보고, 사장님이 한탄의 눈으로 바라본 것도 제자를 진심으로 대성시키고 싶다고 생각했기 때문이겠지.

나는 가장 근본적인 부분을 완전히 무시한 채 사야코라

는 여성에게 반한 것이고, 마치 예전부터 알고 있었다는 느낌을 계속 받았던 것이다.

– 이 얼마나 독선적인 행동이란 말인가.

미안, 하고 나도 모르게 입에서 사과가 튀어나왔다. 사야코가 얼굴을 들어 올리고 놀란 눈으로 나를 바라본다. 왜 내가 사과하는지 모르겠다는 모습이다.

"하나만 물어볼게."

"……어떤 건데요?"

"그때, 사야코가 왜 의대 건물 옥상에 왔는지."

사야코는 깜짝 놀란 얼굴을 하고 "그건……." 하고 말끝을 흐렸다. 역시, 자기 입으로 말하기는 부담스러운 모양이다.

지금 새삼스레 알게 된 점이 있다.

– 사야코는 마음이 너무 착한 것이다.

"생각하면 할수록, 점점 의문점이 떠올랐어."

사야코의 대답을 기다리지 않고, 나는 말을 이었다.

"만약 지금까지 말한 모든 게 사실이라면, 사야코는 왜 우리 대학으로 온 걸까? 그리고 피아니스트가 꿈이라는 사실을 어째서 내게 이야기하지 않았던 걸까? 기껏 본선 진출기회가 있었는데 맹연습을 해야 할 중요한 시기인데도, 선생님이 되고 싶다며 공부를 가르쳐 달라는 새빨간 거짓말을 하면서까지, 그 사실을 내게 숨기려고 한 걸까? 같은 의문이. 아마도 그 이유는– ”

사야코와 처음으로 만난 순간을 떠올린다.

맑게 갠 날 옥상에서 연한 복숭아색 스커트를 입은 사야코가 캠퍼스 지도를 들고 다가왔던 때의 일이다.

내 안에서 답은 이미 나와 있었다.

“– 나랑 우연히 불쑥 마주친 것으로 하고 싶어서겠지. 모르는 사람끼리 어쩌다 사이좋게 된 것처럼 꾸미고 싶었으니까.”

하고 말하자, 사야코가 모든 것을 포기한 듯 두 눈을 꼭 감았다.

저기 있잖아, 내가 먼저 말을 꺼냈다.

“세이케 사야코, 라는 이름– 연주명이지?”

“너의 진짜 이름은 아마, 아라키– ”

나는 조금 망설인 뒤 말했다.

“아야노, 맞지?”

사야코는 눈을 감은 채 꼼짝도 하지 않았다.

"……그 열차 탈선사고가 났던 날, 내가 구조한 여자아이 맞지?"

망설이면서도 물어본다.

그날 일은 지금도 선명하게 기억하고 있었다.

옆으로 넘어진 전동차 안에서 나는 적어도 네 명의 부상자를 파편 안에서 꺼내어 자력으로 구급대원에게 전달했다. 유모차 안에 굳어있던 아기. 웅크리고 머리를 감싼 노인. 좌석 사이에 낀 중년 여성. 그리고…… 피투성이가 된 어른 밑에 깔려 눈물로 젖은 얼굴을 반만 보이던 작은 여자아이.

"……네."

사야코는 고개를 끄덕이고 모기가 날아다니는 것처럼 작은 소리로 대답했다.

그때, 나는 초등학교 5학년이었다. 두 살 아래라는 게 거짓말이 아니라면 사야코는 초등학교 3학년. 내가 구해준 여자아이는 나보다 한참 작았으니 초등학교 1학년 정도라고 생각했었다. 하지만 그것도, 반에서 가장 키가 작아서 자주 놀림 받았다는 사야코의 발언을 떠올려 보면 이해하지 못할 부분도 아니었다.

무엇보다도- 그때 그 여자아이가 어른에게 깔려있던 부분은 몸의 절반뿐이었다.

"네 오른팔, 태어나면서부터 불편했다는 말은 거짓말이지? 선천적으로 마비된 게 아니야. 그때 사고로 크게 부상을 당한 거야."

상완골 골절은 팔의 신경이나 근육의 손상 정도에 따라 마비나 교착과 같은 후유증을 일으키는 경우가 있다.

– 외과 수업에서 그렇게 배웠잖아, 왜 몰랐던 거야?

"응."

사야코가 눈을 뜨고, 한숨과 함께 안타깝다는 듯한 목소리로 말했다.

"역시, 문외한이 의대생을 속이려고 하다니, 무모한 짓이었네요."

– 아니.

한마디로, 내 임상경험 부족 탓이다. 외과 실습에 제대로 출석해 비슷한 케이스의 병례를 경험했다면 처음부터 꿰뚫어 볼 수 있었을지도 모른다.

"그럼, 오른쪽 다리에 가벼운 마비가 있다는 건 정말이야? 그것도 거짓말?"

"미안해요."

사야코는 괴로운 목소리로 말하고, 왼손을 무릎에 대고 고개를 숙였다.

"오른쪽 다리는 제대로 움직여요. 팔도 다리도 사고로 골절되기는 했지만, 다리는 완치했어요. 하지만, 태어날 때부터 못 쓰는 걸로 하려면 오른쪽 반신 전체에 증상이 나타나지 않으면 이상하다고 생각해서……."

사야코의 오른팔이 움직이지 않는다는 걸 처음 알았던 도서관에서, '소아마비'라는 흔한 용어를 마치 어려운 전문용어처럼 입에 담았던 사야코를 떠올렸다. 그때 사야코는 책을 찾으러 간 뒤 20분이나 자리에 돌아오지 않았다. 하지만 20분이나 걸린 것 치곤, 가져온 수십 권의 참고서들은 쓸 만한 것과 그렇지 않은 것이 뒤섞여 있어서, 아무거나 적당히 책장에서 꺼내온 것처럼 느껴졌다. 어디까지나 상상이지만, 돌아오는 게 늦어진 이유는 내게 어떻게 거짓말을 해야 하나를 고민하다가, 소아마비에 대한 책이라도 읽고 왔기 때문일지도 모른다.

그렇게 사야코가 손에 넣은 벼락치기 지식에 여태까지 나는 완전히 속아 넘어가 버린 것이다.

"어떻게, 아셨어요?"

사야코가 고개를 들고 똑바로 내 눈을 바라보았다.

"저번에 아이들이 저를 '아야 누나'라고 불러서였나요?"

"으음, 그건 나중에 깨달았고."

아라키 아야노. 성은 확신을 가지고 있었지만, 이름에 대해서는 어디까지나 억측이었다. 사야코라는 이름이 본명일 가능성도 아까 전까지 버리지 않고 있었다.

"화과자 포장지였어. 작은 단풍잎 모양이 들어간. 그 포장지랑 완전히 일치하는 무늬의 화지로 만든 봉투를 본 적이 있었던 것 같았거든. 전에도 이야기한 적 있었지만 매년 감사의 편지가 날아와. 아라키 후지코 씨, 라는 여성분에게."

그 편지를 보내온 사람은 다름 아닌, 내가 어제 만났던 사야코의 어머님이었다. 키가 큰 어머님은 한눈에 나를 알아보고 "드디어 만났네요." 라고 말씀하며 기뻐하셨다.

그도 그럴 것이, 어머님은 지난 12년 동안 내게 편지를 보내오셨다. 그럴 만도 하다.

"상당히 오래전부터 편지를 읽지 않고 있었어. 그래서 아라키 후지코 씨가 어떤 분인지, 어떤 경위로 내게 감사를 표하게 되었는지도, 이제는 어렴풋하게만 기억이 나는데- 분명, '그때 딸을 구해주셔서 감사합니다.'라는 내용이 있었다는 건 기억하고 있어."

그 딸이라는 사람이 내가 구해준 여성들 중 누구를 가리키는지, 제대로 편지를 읽지 않은 나는 잘 모른 채로 있었다. 중년 여성을 말하는 건지, 유모차에 탄 아기를 말하는 건지도 몰랐다. 어느 쪽이든 잊고 싶은 과거의 이야기니까 누구인지 특정할 필요성 자체를 느끼지 못했다. 딸의 이름이 적혀있었는지 아닌지 자체도 기억에 없었다.

마지막에 구했던 조그맣고 어린 여자아이가 그 딸이구나 하고 깨달은 것은 사야코의 어머님이 주신 화과자 꾸러미를 어젯밤 집에 돌아가 가방에서 꺼냈을 때였다.

밝은 형광등 아래에서 본 그 화지는 까끌까끌한 질감도 황록색의 섬세한 모양도 얼마 전 어머니에게 건네받았던 봉투와 똑같았다.

"역시 눈치채셨군요."

사야코가 의기소침한 말투로 중얼거렸다.

"그 포장지. 10월부터 색을 변경했었어요. 그 전에 제가 도키타 씨에게 화과자를 전해줄 때는 일부러 색이 다른 걸 사용했었거든요. 어머니가 사용한 봉투랑 완전히 같으면 들킬까 싶어서요. 그런데도 어머니도 참- 드디어 10월이 되었는데, 착각하고 황록색 쪽을 쓸 게 뭐예요."

"그래서 어제 당황했던 거구나. 가을 겨울용 포장지로

다시 꾸러미를 포장해오겠다고 하면서."

"네. 하지만, 그대로 가져가 버리셨죠."

사야코가 피아노 의자에 앉은 채 슬프게 미소지었다.

물론 화지 무늬만으로 모든 것을 확신한 것은 아니었다. 봉투는 어머니가 어디다 치워버리셨기에 비교해서 확인하지 못했다. 하지만 콩쿠르나 대학입시 준비를 위한 공부에 관한 점, 아야 누나라는 호칭, 그리고 어머님이 봄여름용 포장지를 사용했다고 알아차린 사야코가 이상할 정도로 허둥댄 점 등, 여러 가지 위화감을 꿰어서 이어보니 어느 정도 확신이 섰다.

이 사람은 내 눈앞에 갑자기 나타난 게 아니었다. 세이케 사야코라는 이름도 아니다. 탈선사고로 소중한 오른팔을 잃은 뒤로 무수히 많은 시련을 견뎌온, 아라키 아야노라는, 아주 먼 옛날 나와 만난 적이 있는 여자아이였다.

"저, 열심히 노력했어요."

사야코가 아쉽다는 듯 말했다.

"저를 '아야노'라고 부르는 사람은 부모님뿐이라서, 집에는 데려가지 않으려고 신경 쓴다거나. 애초부터 저를 연주명으로 부르시는 사장님께도 콩쿠르 일은 함구해달라고 부탁한다거나. 그리고 소요다이 역에 갔을 때도, 제가 너무 흥분하거나 흐트러진 모습을 보이거나 하면 이상하게 생각하실 테니, 될 수 있으면 평소처럼 행동한다거나."

하지만, 이렇게 허점투성이일 줄은 몰랐어요-

사야코는 어깨를 축 늘어뜨렸다.

"한 번 더 물어보고 싶은데."

나는 허리를 굽히고 사야코의 눈을 완전히 정면으로 바라보았다.

"그날 의대 건물 옥상으로 온 건 어째서야? 어째서, 이렇게 많은 거짓말을 하면서까지 내게 접근해온 거야?"

예상은 이미 하고 있다. 하지만, 우선은 제대로 사야코의 입에서 진실을 듣고 싶었다.

이번에는 사야코가 입을 다물지 않았다. 사야코는 무릎 위에 올려둔 왼손을 들어 올리고 스르륵 피아노의 건반을 쓰다듬었다.

악보가 없는 보면대를 바라보면서 사야코는 이야기를 시작했다.

"대학입시를 하고 싶다고 생각했던 것은 정말이에요. 다만, 도키타 씨가 말한 대로 가고 싶은 곳은 음대였어요. 이 근처에 4년제와 2년제 과정이 모두 있는 사립음대가 있어요. 사립은 학비가 비싸서 실은 국공립이 좋지만, 2년

제라면 학비도 어떻게 준비할 수 있을 것 같다고 생각해서 캠퍼스 견학을 하기로 했어요."

그 음대의 존재는 나도 알고 있었다. 가장 가까운 역을 끼고 반대쪽으로 돌면 보이는 대학이다. 자주 역에서 악기케이스를 등에 멘 학생들의 모습을 보곤 했다.

"그 사실을 부모님에게 말씀드리니, '거기, 도키타 군이 다니는 대학 바로 옆 아니니?' 하고 말씀하시는 게 아니겠어요? 아무래도, 도키타 씨 어머님으로부터 받은 편지에 몇 번 그 사실이 적혀있었던 모양이에요."

내가 놀라서 되물었다.

"답장, 보냈었어? 우리 어머니가?"

"네. 매번 친절하게 답장을 보내주셨고, 사진을 주고받기도 한 모양이에요. 매년 연하장을 보내듯이 도키타 씨와 제 사진을 교환했었나 봐요. 부모님끼리의 입장에서는 그런 사고를 경험한 아이들이 건강하게 잘 자라고 있는지 서로 확인하고 싶은 기분이 드셨겠지요……. 자식 입장에서는 조금 부끄럽지만요."

전혀 몰랐다. 내게 항상 엄격하게 대하는 것 말고는 모르는 줄 알았던 어머니가, 그 어머니가 실은 몰래 전형적인 부모님 같은 일을 하고 있었다니.

"저기, 도키타 씨도 알고 계시겠지만– 그 사고가 났을 때, 한창 구조 활동이 벌어지고 있는 와중에 원래 찌부러져 있던 차량이 크게 무너져버렸던 모양이에요. 거기에 깔려 돌아가신 분이 많이 있었다고 하고요. 하지만 저는 이미 병원으로 이송되는 중이어서 오른팔과 오른 다리의 골절만으로 끝날 수 있었어요. 혹시라도 먼저 구출되지 않았다면, 저는 더욱 크게 다치던가 아니면 죽었을지도 몰라요. '도키타 군에게는 감사 또 감사뿐이야. 아무리 감사해도 모자라.' 하고, 어릴 때부터 어머니가 계속 이야기 하시는 걸 들으며 자랐어요."

그리고, 사야코는 강한 어투로 말했다.

"이왕 가까운 곳까지 왔으니, 한 번쯤 만나보고 싶다고 생각했어요. 제 생명의 은인이신 도키타 씨가 도대체 어떤 목소리인지 지금은 어떤 생활을 하고 있는지를 보고 싶다. 그렇게 생각했었어요."

실은 음대 캠퍼스를 견학하러 가는 김에 내가 다니는 대학을 방문하면 된다고 생각했다. 하지만, 옛날에 받은 편지를 아무리 찾아 읽어 보아도, 나의 어머니가 대학 이름 말고는 언급하지 않아서, 학부명이나 학년도 전혀 모르는 상태였다.

이미 완전히 나를 만나러 갈 마음으로 가득 차 있었던 사야코는 그래도 포기하지 못했다. 그래서 편지에 쓰여 있는 주소에 의지해서 가스카베에서 요코하마까지 원정을 가기로 했다.

우리 집 현관이 보이는 곳에서 사야코는 한나절을 죽 기다렸다. 도중에 어머니가 출근하는 모습이 보였지만, 나는 아무리 기다려도 좀처럼 집에서 나오지 않았다. 어쩌면 독립해서 자취하고 있을지도 모르고, 여기가 아닌 다른 곳에서 사는 걸지도 모른다. 그런 걱정을 하기 시작한 즈음에 아무것도 모르는 내가 가방을 어깨에 걸치고 집에서 나왔다.

"사진으로밖에 본 적 없는 도키타 씨를 처음으로 보고, 감동했었어요. 저 사람이 내 생명을 구해준 사람이구나. 나를 전철 안에서 구해준 조금 연상인 용감한 오빠구나, 하고. 제게 있어서는 어릴 때부터 쭉 이야기를 들어왔던 동경하는 사람이었으니까, 너무 감회가 깊은 순간이었어요. 그렇지만, 갑자기 말을 걸거나 하지는 못했어요. 왜냐하면– "

사야코는 부담스러운 듯 내 얼굴을 살짝 보고 다시 시선을 보면대 쪽으로 돌렸다.

"– 알고 있었기 때문이에요. 도키타 씨가 탈선사고 일을 떠올리고 싶지 않아 한다는 걸. 아버님이 돌아가시고 그 일이 트라우마가 되어버렸다는 걸. 제 어머니가 매년 보내는 편지에도 거부반응을 보이고 전혀 읽어주지 않는다는 걸. ……전부, 도키타 씨 어머님이 보내주신 답장에 적혀있었거든요."

가슴을 펜치로 쥐어짜는 것 같은 기분이 들었다.

사야코는 너무 착한 것이다. 그렇게, 언제나 나에게 필요 이상으로 신경을 써준다.

"그래서 잠시, 뒤를 따라가 보자고 생각했어요. 도키타 씨는 저따위 만나봤자 전혀 기뻐하지 않으실 게 분명하고, 오히려 정체를 밝히면 기분만 나빠하실 테니까. 일단은 일방적으로 관찰해보기로 한 거예요."

기분 나쁜 짓을 해서 죄송해요, 사야코가 고개를 숙였다. 변함없이 내 쪽을 보려고 하지는 않았다.

사야코에게 미행당하고 있다는 사실을 알아차리지 못한 그날의 나는 역까지 걸어가서 전철을 탔다.

약 한 시간 후 나는 정문을 지나 대학 캠퍼스로 들어갔다.

의대 건물 엘리베이터에 내가 타는 모습을 확인한 사야코는 엘리베이터 홀로 들어가 표시를 보고 내가 9층에서 내렸다는 사실을 파악했다. 확인이 끝난 사야코는 다시 돌아와 엘리베이터를 타고 9층에 와서 내 모습을 찾았다. 실습실이라고 표시된 작은 방을 훔쳐보거나 구석구석 모든 복도를 걸어 다니며 찾아보았지만, 여기가 어느 건물인지도, 내가 어디로 사라졌는지도 알 수 없었다.

놓친 것 같네, 어깨를 축 늘어뜨리고 엘리베이터 홀로 돌아왔을 때 계단 위에 있는 문이 반쯤 열려있는 것을 발견했다. 안쪽에는 계속해서 위로 올라가는 계단이 있었다. 그 위로 올라가서 맞은편에 있는 문 옆에 감추어진 유리문 너머를 바라보니, 옥상 안쪽에 양반다리를 하고 앉아 무언가를 읽고 있는 내 등이 보였다.

– 아, 그렇게 된 일이었구나?

사야코의 이야기를 들은 나는 납득했다. 이상한데, 하고 생각했기 때문이다. 처음 만났을 때는 "계단을 계속 올라오다 보니 여기까지 왔어요." 라고 설명했었는데, 방금 함께 옥상으로 올라오려고 엘리베이터를 탔을 때는 사야코가 그리운 듯 "오랜만이네." 하고 중얼거렸으니까.

"공부하고 있는 걸까, 하고 생각했어요. 한동안 거기서 선 채로 계속 도키타 씨의 뒷모습을 보고 있었어요. 여태까지 전철을 타고 있는 모습이나 걸어가고 있는 모습을 멀리서 보고 있기만 했었는데, 옥상에서 공부하는 모습을 뒤에서 바라보고 있으니, 도키타 씨라는 사람은 정말 근면하고 진지한 사람이구나 하는 게 전해져왔어요. 그래서- 어느새 끌리게 된 거예요. 사진으로 볼 때보다, 도키타 씨는 훨씬 매력적이고, 멋진 남자로 보였어요. 이 사람이 어떤 사람인지 더 깊이 알고 싶어, 이야기를 나눠보고 싶어, 그렇게 생각하고 말았어요."

사야코는 왼손을 꼭 쥐고 살짝 얼굴을 붉히면서 분명하게 말했다.

"하지만, 불안했어요. 혹시 제가 탈선사고 때 구해준 여자아이라는 사실을 알아버리면 처음부터 거절당하는 게 아닐까? 하고요. 그래서 정체를 감추고 접근하기로 했어요. 이름은 사장님과 같이 예전에 생각해둔 연주명을 쓰기로 했어요. 장래희망은 학교 선생님이라고 해서, 교육학부 건물을 찾고 있다는 설정을 만들었어요. 캠퍼스 견학을 하다가 길을 잃은 수험생인 척하면, 이상한 선입견 없이 저라는 사람을 제대로 봐주겠지, 하고 생각했었어요. - 저는 도키타 씨와 완전히 처음 만나는 상태로 대면했고, 도키타 씨가 저를 계속 좋아해 주시기를 바라는 마음에 지금까지 거짓말 위에 거짓말을 겹쳐왔었어요. 정말, 제멋대로 생각하고 행동해서 죄송해요."

사야코는 건반 위로 쓰러져, 어깨를 떨었다. 내게 보여주지 않으려고 노력하며, 왼손으로 눈물을 훔쳤다. 말하는 사이에 감정이 격앙되어 참지 못하게 된 모양이었다.

나는 아무 말도 하지 않고, 사야코를 지그시 바라보았다. 내 시선을 느낀 것인지 아닌지, 사야코는 몸을 작게 떠는 채로 조용히 흐느꼈다.

사야코의 말을 아무 생각 없이 믿어버리고 싶다– 그런 기분도 물론 있었다.

중반까지는 분명 실제 있었던 일을 이야기했겠지. 하지만 아마도, 사야코가 한 말에는 거짓말이 아직 하나 더 숨어있을 것이다.

"사야코."

살짝 사야코의 어깨에 손을 얹으며 말을 걸었다.

"이제 됐어. 더는 거짓말 안 해도 돼."

하고 말한 순간, 사야코가 번쩍 고개를 들어 올리고 얼굴에 드리워진 검은 머리카락 사이로 나를 바라보았다.

멀리서 관찰하는 사이 나라는 사람에게 끌리기 시작했다– 라고, 사야코는 말했다.

그 말은 거짓말이다.

나는 겉보기에 딱히 뛰어난 편도 아니고, 키가 크지도 않았다. 근육이 붙은 몸도 아니고, 패션센스가 뛰어난 편도 아니었다.

극히 평범한 인간이다. 아무리 생각해봐도 정체를 감추어야 한다는 무게를 등에 질 정도로, 접근하고 싶다고 느끼게 만들 정도로 매력적인 인간이 아니었다.

더욱이, 괴롭게 거짓말을 몇 겹이나 해야 할 만큼 내일도 만나고 싶다, 모레도 만나고 싶다, 같은 기분이 들게 만드는 남자도 아니었다.

눈물로 젖은 사야코의 눈을 지그시 바라보았다.

그렇게 우리는 한동안 서로의 눈을 응시했다.

먼저 눈길을 피한 사람은 사야코였다. 슬픔과 포기가 뒤섞여 보이는 표정으로 사야코는 말했다.

"그렇지만, 도키타 씨, 그때– "

사야코의 눈에서 커다란 눈물방울이 하나 뚝 떨어졌다.

"안돼요, 그런 마음 먹으면."

– 역시 눈치채고 있었구나.

나는 사야코와 처음 만난 날의 광경을 떠올렸다. 정확히는 그 직전 일을.

바람이 강한 날이었다. 양반다리를 하고 앉아 몇 번이고 읽고 있던 공책에서 찢은 종잇조각이 바람에 날려, 바닥을 데굴데굴 구르며 옥상 문 쪽으로 날아갔다.

그건 단지 초안일 뿐이었다. 완전히 똑같은 문장을 가방 속 공책에 옮겨 적어 놓았으니 괜찮다고 생각하고 있었다.

하지만, 혹시 그 종이가 날아간 곳이 사야코가 숨어있던 곳이었다면?

사야코가 공책에서 찢어낸 초안을 손에 들고 내가 적은 그 문장을 읽었다고 한다면?

"도키타 씨는, 그때, 옥상에서- "

사야코가 눈물을 훔치고 나를 책망하는 눈으로 올려보았다.

"……뛰어내리려고 했었잖아요."

– 아, 역시 읽었구나.

내가 슈퍼맨이라면 얼마나 좋았을까.

벽에 끼인 사람을 괴력으로 꺼낸다. 부러진 금속 봉을

순식간에 받아낸다. 괴로워하는 부상자를 단숨에 병원까지 날아가 데려다준다.

그 광경을 눈앞에서 바라본 날부터 생명이라는 개념의 이미지가 이상할 정도로 가볍게 느껴진다. 영화 속 한 장면 같이 항상 머릿속에서 반복된다. 단 한 번의 충격에 간단히 사람이 그 정도로 망가지는 광경이.

그래서 나에게는 앞으로 나 자신이 죽는다는 사실에도 거의 아무런 망설임도 없다.

생각해보면 그런 선택지를 항상 떠올리며 사는 사람에게 다른 사람의 생명을 구할 자격 따위 주어질 리가 없었던 것이다. 더 빨리 깨달았으면 좋았을 텐데.

하지만, 이미 늦었다.

안녕, 세상아.

그동안 폐를 끼친 분들께 감사의 마음을 전합니다.

“어째서 자살할 생각 같은 걸 하신 거예요.”

사야코의 빨간 눈이 나를 똑바로 올려다보았다.

“……피를 못 보게 되어 의사 선생님이 될 꿈이 꺾여버렸기 때문인가요?”

“으음……. 딱히 그런 건 아닌데.”

그 말은 정확하지 않다. 왜냐면 그때 나는 의사가 되어야 할 의미 자체를 잃어버렸으니까.

실습에 가지 않게 된 4개월간, 목적도 미래도 없이 혼자서 터덜터덜 헤매기만 했다. 하루하루 생각이 계속 같은 곳을 맴돌았다. 4년이 넘는 세월을 생으로 허비한 나는 도대체 무엇을 위해 시간을 보내온 걸까? 왜 답이 나오지 않는 걸까? 어째서 길이 보이지 않는 걸까? 이렇게 긴 시간 동안 어째서 알아차리지 못한 걸까? 무슨 생각으로 로봇처럼 살았을까? 자기 머리로 생각하려 하지도 않고. 길을 정하지도 않고.

사야코는 그런 기분이 된 적이 있을까?

있을지도 모르고, 없을지도 모른다.

“이제 다 상관없다고.”

단순히, 그렇게 생각했다.

"재밌는 일도, 하고 싶은 일도, 아무것도 없었어."

희망도 없었다.

5학년이나 되어서 모든 게 물거품으로 돌아갔다. 적어도 노력이나 고생을 해온 4년이라는 시간이 없던 일로 변한 것을 받아들일 수 있는, 잡다한 갈등은 가슴 속에 묻고 극복할 수 있는, 새로운 가능성을 발견하기 위해 용기 있는 한 발을 내디딜 수 있는, 그런 기력이 어디에도 남아 있지 않았던 것이다.

매일매일, 실습에 나가지 않은 사실을 어머니에게 들키지 않으려고 갈 곳도 없이 밖으로 나갔다. 그렇게 카페나 만화방에 쓴 돈은 모두 어머니가 벌어온 돈이었다. 죄악감만 쌓여갔다. 그런 주제에 현재 상태를 타개할 방책을 찾으려고도 하지 않았다.

구급차 동승 실습 중에 열차로 뛰어든 남성이 죽는 현장을 목격했던 일이 방아쇠가 된 것은 확실했다. 피를 보면 탈선사고의 공포를 떠올리게 되었다. 아무리 노력해도 임상현장에 설 수 없는 몸이 되어버렸다. 그게 진실이었다.

하지만 내가 조금만 더 강했더라면– 이 정도 일 따위로 무너지지 않는 정신력을 가지고 있었다면 실습을 포기하는 일은 벌어지지 않았을 수도 있지 않을까? 자신의 의지로 나아간 길이 아니었다는 변명은 그저 결과론에 불과하지 않을까?

– 겨우 이 정도 사건으로 짓눌려 부서질 수준의 인간이라면 어디를 가도 사회생활을 할 자격을 상실했다는 딱지가 붙어버리지는 않을까?

매년 탈선사고가 일어난 날짜가 다가오면 구하지 못한 아버지를 떠올리며 마음이 무거워졌다. 하지만, 그 일을 제외하면 내 인생은 좌절과 거리가 먼 것이었다. 적어도 속죄할 마음으로 공부에 몰두하기는 했으니 내가 나아가려는 길에 곤란함은 거의 나타나지 않았다. 중학교 입시도 대학입시도 의대 시험도, 아버지가 가르쳐주셨던 방법론으로 무난하게 헤쳐나갔다.

애초에 혼자서 공부하거나 책을 읽거나 하는 걸 좋아했기에 아마도 적성에 맞았던 것 같았다. 별로 밖에서 놀거나 하는 일이 없었던 탓에 깊게 우정을 나눈 친구도 없었지만, 별다른 문제도 없었다.

그리고, 바로 그 때문이라고 생각한다.

이 나이를 먹고 처음으로 벽에 부딪힌 나는 벽을 넘는 방법도, 피하는 방법도, 구멍을 뚫는 방법도, 무엇 하나

몰랐다. 이 사실을 가르쳐 줄 또래 친구나 지인도 없었다.

생각하면 할수록 악순환에 빠진다. 나는 나 스스로에게 공포를 느끼고 실망했다.

자신이 어디로 나아가야 하는지, 흥미를 갖지도 못하게 되었다. 나 자신의 자존심을 위해 에너지를 소모하는 것도 아무 소용이 없다고 느껴졌다.

그렇게 실습에 나가지 않게 된 날이 4개월을 채우게 된 어느 날- 나는 오랜만에 대학으로 향했다.

전날 밤 써둔 유서 초안과 필기 용구와 정서용 공책을 가지고. 그렇게만 가지고 가면 누가 보기 이상할 정도로 가방이 가볍게 이리저리 튀어 다닐 것 같아서, 국가시험 대비용 참고서도 함께 집어넣었다.

옥상에 도착해 신발을 벗었다.

신발을 가방 곁에 가지런히 놓았다.

두꺼운 참고서를 책받침 대신 펼쳐놓았다.

새 공책을 꺼내, 초안의 문장을 옮겨 적는다.

공책을 가방에 넣고 지퍼를 잠근다.

초안을 적은 종잇조각을 손에 들고 천천히 곱씹는다.

바람에 날려, 공책에서 찢은 종잇조각이 날아가 버렸다.

벌렁 드러누웠다.

이걸로 준비는 대강 끝났나— 하는 생각이 들었다.

옥상을 둘러싼 철망 울타리로 천천히 걸어갔다.

하늘을 올려다보고, 철망 윗부분을 손으로 잡았다.

그리고.

뒤에서 가벼운 발걸음 소리와 종소리처럼 울리는 목소리가 들렸다.

사야코는 얼마나 나를 관찰하고 있었던 것일까. 방금 이야기처럼 정말로 이 모든 일이 한나절 동안에 일어난 일이라고 한다면, 그것은 기적이라 불러도 좋을 만큼 운명적인 만남일지도 모른다고 생각한다.

"이제 더는 죽고 싶다는 생각은 안 하고 있어."

나는 바닥에 무릎을 꿇고 의자에 앉아있는 사야코와 시선을 맞추었다. 젖어있는 그 눈을 바라보며 "그러니까 이제 괜찮아." 하고 끄덕였다.

"정말로?"

사야코의 목소리에는 아직 불안이 남아있었다. 아까 내가 옥상 울타리로 다가갔을 때 당황한 모습으로 뒤쫓아와 셔츠 자락을 꼭 잡아당겼던 그 감촉을 떠올렸다.

"응. 사야코 덕분에."

다시 한번 더 강조하자 긴장해 굳어있던 사야코의 표정

이 점점 풀어져 갔다.

그 얼굴을 보자 안심이 된다. 거세진 가슴의 아픔을 참으며 나는 온몸이 반으로 찢어지는 기분으로 "고마워." 라고 말했다.

"사야코, 나를 만나고 지금까지 계속 날 구해주려고 했었던 거지?"

각오를 다지고, 발아래 바닥을 바라본다. 다음에 할 말이 두려워, 내 주먹은 작게 떨려왔다.

"만약, 나를 구해주려는 것만이 전부고, 지금까지 계속 억지로 그랬다고 한다면— 이젠 내 곁에 있지 않아도 돼."

"무슨 말 하는 거예요!"

화난 목소리가 들려, 나는 고개를 들어 올렸다. 사야코의 입술은 'ㅅ'자 모양으로 변해 아까보다 훨씬 많은 눈물이 두 눈에서 펑펑 쏟아지고 있었다. "왜 우는 거야?" 하고, 놀라서 말을 걸자, "당연하잖아요!" 하고, 사야코는 거친 숨을 고르지도 못한 채 말했다.

"어떻게 그렇게 슬픈 말을 할 수가 있어요! 제가 그동안 어떤 기분으로 쭉 지내 왔는지도 모르고! 이름도 가짜, 장래 희망도 가짜, 오른팔이 움직이지 않는 이유도 가짜고, 거짓말이에요. 하지만, 그렇다고 해서 모든 게 다 가짜고 거짓말이라는 말은 아니잖아요!"

사야코는 원피스 자락을 꼭 잡고 새빨갛게 달아오른 얼굴로 말을 시작했다. 나는 사야코의 거친 태도에 압도되어 사야코의 얼굴을 응시한 채로 굳어버렸다.

"물론 처음에는 정신이 없었어요. 겨우 찾아낸 은인의 뒷모습을 몰래 보고 있었을 뿐인데, 신발을 벗지를 않나, 멍하니 먼 곳을 바라보지를 않나, 그러니까, 이상하네, 하고, 설마, 하고 생각하고 있었는데, 그 문장이 적힌 종이가 날아들었고, 훑어보다가 고개를 들어보니, 도키타 씨는 벌써 맨발로 터덜터덜 펜스 쪽을 향해 걸어가고 있었고, 그런 거, 어떻게 안 말릴 수가 있어요! 무섭잖아요! 그래서 아무 생각 없이 뛰쳐나가 버렸고, 말을 걸어버렸고, 그렇지만 '저쪽에서 계속 보고 있었는데요.' 라고는, 절대 말 못 하잖아요? 그래서 캠퍼스 견학 온 척하는 것 말고는 방법이 없어서– "

한번 말을 시작하고 나니 멈추지 못하게 된 모양이다.

"내가 그 장소를 떠나면 또 같은 일을 하려 할지도 몰라. 그러니까 일단 억지로라도 이유를 붙여서 옥상에서 데리고 나와야 해. 심지어 그것만으로는 부족해. 그런 생각이 들었기 때문에 과외도 부탁드리고, 서로 떨어져 있어 제 눈에서 안 보이는 사이 도키타 씨가 죽어버리면 어쩌지 하고 무서워서, 다음 날도 만나자고 약속을 했었어요. 꼭 해야 하는 일이 남아있다면, 도키타 씨가 죽고 싶다고 생각하지 않을 테니까. 그렇게 끊임없이 저 자신에게 되뇌었어요."

다시 생각해보면, 실로 알기 쉬운 행동이었다.

사야코는 내게 차례차례 '숙제'를 부여했다. 길을 알려주세요. 과외선생님이 되어주세요. 내일도 공부 가르쳐주세요. 내일은 가스카베로 와주세요. 3일 뒤에는 다시 피아노 카페로 가요. 집에만 있지 말고 밖으로 나가요.

옥상에서 왼손에 캠퍼스 지도를 들고 내 쪽으로 달려와 준 그때부터 사야코는 계속 열심히 노력하고 있었다.

– 내가 스스로 목숨을 거두지 않도록. 내가 계속 살아갈 목적을 갖도록.

"제 생명의 은인인 분이 어떤 이유든 간에 쉽게 자기 목숨을 내던지지 않았으면 했어요. 조금 더 자기 자신을 소중히 했으면 좋겠다고 생각했어요. 그래서– "

사야코는 순간 말끝을 흐렸으나, 주저하며 말을 이었다.

"– 점점, 기분이 바뀌기 시작했어요. 도키타 씨는 이렇게 공부로 고생하는 저에게도 쉽게 설명해주려고 어려운 내용을 친절하고 꼼꼼하게 알려주셨어요. 도서관에서 책을 떨어뜨릴 뻔했을 때도 놀라서 달려오셨고, 바로 도와주셨고요. 오른팔 장애에 관해 이야기할 때도 이상하게 부담스러워하거나 신경 쓰는 일 없이, 갑자기 사과하는 일도 없이, 그전과 마찬가지로 대해주셨고요. 캠퍼스 안을 걸어 다니면서 이야기를 나누는 와중에, 저는 도키타 씨가 차분하고 머리가 좋은 사람이라는 사실을 잘 알게 되었어요. 그리고 제가 여기에 와서 피아노를 연주하기 시작했을 때는 눈이 동그랗게 될 정도로 놀라서 정말 진지하게 들어주시고, 여태까지 본 적이 없을 정도로 흥분한 얼굴로 즐거워 해주셨죠."

그래서 어느새 저도 모르게, 끌리기 시작했어요- 사야코는 다시 한번 말했다.

"도키타 씨가 지켜보는 앞에서 피아노를 연주하면, 마음이 편안해졌어요. 이런 곡을 이렇게 연주하면, 듣는 사람이 이런 반응을 보이겠지? 그런 생각을 하면서 여러 가지 시도를 하게 되었고 그게 너무 재미있어졌어요. 처음에는 도키타 씨를 옥상에서 멀어지게 하는 데에 모든 신경이 쏠려있을 뿐이었는데, 정신을 차려보니, 저 스스로가 다시 만날 때를 기다리면서 설레고 초조해졌어요. 도키타 씨와 만나서, 이야기를 나누고, 아무렇지도 않은 시간을 보내는 게. ……그렇기에 더더욱 복잡한 기분도 들었어요. 만나면 만날수록, 제가 꾸며내지 않으면 안 될 거짓말이 점점 늘어나 버리고 있었으니까요."

그래서 사야코는 내게 진실을 밝힐 마음을 먹었다. 이만큼 서로를 알게 됐으니, 내가 마음을 열고 진실을 받아들여줄 것으로 판단했다.

마침 탈선사고로부터 12년이 막 지난 날짜가 다가왔을 때였다. 그날 사야코는 나와 만나기로 했다. 같이 시간을 보내다 보면 피하려고 해도 결국은 뉴스 방송이나 신문기사가 눈에 들어올 것이고 화제를 사건으로 옮겨갈 수 있으리라 생각했다. 그때 내 반응을 살피며 타이밍을 봐서 진실을 밝히자. 그런 계획을 머릿속으로 짜고 있었다.

하지만, 그날 아침, 나는 사야코와 만나기를 거부했다. 사야코에게 날아든 문자메시지는 내가 보낸 '미안, 오늘은 못 갈 것 같아' 라는 단 한 줄 뿐이었다.

"본 순간, 온몸에서 핏기가 가시는 기분이 들었어요. 날짜가 날짜다 보니 탈선사고 일을 떠올리고 어두운 기분이 되어버린 건 아닐까, 금세 그런 생각이 들었어요. 혹시 오늘 도키타 씨는 나랑 한 약속을 깨고, 다시 자살할 생각일지도 몰라. 그런 생각이 드니, 안절부절못하고 걱정이 됐어요."

"그래서, 요코하마까지 왔던 거구나. 그래서 나를 억지로 집에서 끌어낸 거고."

"맞아요."

사야코가 강조하듯 반복했다.

"정말 무서웠어요. 아무리 전화를 해도 문자를 보내도 전혀 반응이 없어서. 그래서 전화를 받으셨을 때, 정말 안심했었어요."

그때, 사야코가 묘하게 화를 내고 있던 것을 떠올렸다. 화를 내는 게 당연하다면 당연하다. 내가 연락을 끊은 사이 사야코는 얼마나 속이 불안하고 괴로웠을까, 상상하기만 해도 미안한 마음이 들었다.

"만난 뒤로도 계속 긴장을 풀 수 없었어요. 가고 싶은 장소를 물었더니, 하필이면 자살하고 싶다는 마음이 들지도 모를 만한 장소만 도키타 씨가 이야기하는 게 아니겠어요? 도쿄 타워니, 스카이트리니, 바다니, 수족관이니."

"응?"

내가 당황해서 손을 가로저었다.

"그건 너무 나갔어. 전혀 그런 생각 없었으니까."

설마, 사야코가 그렇게 받아들였으리라고는 생각도 못했다. 도쿄, 가나가와 근처의 데이트 명소를 단순히 열거했을 뿐이었는데도, 하필이면 불난 데 부채질하고 기름을 부은 꼴이 되어버린 모양이었다. 요코하마 역에서 만난 사야코가 점점 기분이 나빠져 가는 것처럼 보인 것도 아마 그런 탓일지도 모른다.

사야코가 내게서 시선을 피했다.

"어쨌든." 하고 말을 잇는다.

"소요다이 역에 가자는 말을 들었을 때는 정말 깜짝 놀랐어요. 저에게 있어서도 괴로운 기억의 장소기도 하니까. 그 사고 이후로 처음 가는 것이었어요. 두근두근하는 걸 겨우 감추고 도키타 씨를 따라갔었어요."

거기서 내가 이야기한 일은 사야코에게 큰 충격을 주었다. 병원실습에 가지 않게 된 이유가 간접적으로 소요다이 역에서 12년 전에 일어난 탈선사고 탓이라는 것. 내가 지금도 사고의 '후유증'으로 고통받고 있다는 것.

즉, 그야말로 내가 자살하고 싶어 했던 가장 근본적인 원인이라는 점을 사야코는 그때 처음으로 알았다.

"그 사실을 알고, 진실을 말하기 어려워져버렸어요. 여기서 정체를 밝혀버리면 안 그래도 괴로워하고 있는 도키타 씨에게 더욱 복잡한 생각을 하게 만드는 꼴이 되어버리니까. 아, 계속 숨겨야겠구나– 그렇게 생각했어요."

"미안해."

내 사죄에 사야코는 직접 대답하지 않았다. 눈물이 눈꼬리를 적신 채 곤란해하는 미소를 지었다.

"역에서 나와 돌아오는 길에 도키타 씨는 제게 좋아한다고 말해주었죠. 정말로, 말로는 표현할 수 없을 만큼 기뻤어요. 도키타 씨도 저랑 같은 기분이었구나, 하고 알아서 저도 모르게 눈물이 터질 것 같았어요. 요코하마 역에서 헤어진 뒤에도 계속 신났었어요. – 하지만."

사야코가 시선을 내리깔고 "어쩌면 좋을지, 혼란스러워졌어요." 하고, 목소리를 떨었다.

"도키타 씨와 연인 사이로서 메시지를 주고받거나, 만나서 이야기를 나누는 것은 정말로 즐거웠어요. 하지만 그렇게 친밀한 시간을 보내는 중에 거짓말은 점점 불어나기 시작해버렸어요. 갑자기 막– 이렇게 잔뜩 거짓말과 비밀을 안고 있는 제게 과연 도키타 씨와 함께할 자격이 있는 걸까– 하고 불안해졌어요. 옥상 문 구석에서 도키타 씨 모습을 봤을 때는 이런 사이가 될 거라고는 생각지도 못했는데. 멀리서 관찰하기만 하는 걸로 만족했는데."

힘없이 사야코가 고개를 좌우로 저었다.

"……이제는 언제 멈춰야 좋을지 모르는 지경이 되었어요. 도키타 씨가 또 부정적인 감정이 들까 봐 무서워서, 제 정체가 무엇인지 말할 수도 없었고. 학교 선생님이 되고 싶어서 도키타 씨와 같은 대학의 교육학부로 들어가고 싶다고 거짓말을 해버렸으니 실은 피아니스트를 목표로 하고 있다는 것도 이제 와서 말하기 어려웠어요. 그리고 왼손만으로 정면승부하려고 해서 몇 번이고 좌절할 것 같았던 사실도, 부모님이 그 꿈을 응원해주고 있어서 집안일보다 피아노를 더 높은 우선순위에 놓을 수 있었다는 사실도, 그 사실이 너무나도 기뻤다는 사실도, 하지만 실은 전혀 여유가 없어서 연습시간을 따로 만들지 않으면 피아니스트가 되는 건 불가능하다는 사실도- "

사야코가 목이 멘 채로 쥐어짜듯 말했다.

"하나도…… 말할 수가 없어서."

콩쿠르 결과가 좋았다고 하더라도 함께 기뻐할 수도 없다. 떨어져 버린다 하더라도, 분한 마음을 전할 수도 없다.

"그런 생각을 하고 나니, 견딜 수 없는 지경이 되었어요."

사야코는 고개를 숙이고, 어깨를 떨었다.

"이대로 계속 만났다가는 이상해질 것만 같았어요. 좋

아하는데도 진심을 말할 수 없는 거예요. 계속 함께 있고 싶은데, 점점 웃음이 나오지 않는 거예요. 도키타 씨에게 그런 상태가 된 저를 보이고 싶지 않았어요."

언제까지 거짓말을 해야 하는 걸까.

거짓말을 그만두면 도키타 씨가 나를 어떻게 생각할까.

실망하려나.

화내려나.

기분 나빠 하려나.

진실을 말한 뒤에도 지금까지와 같이 나를 대해주려나.

부담스러워져서 거리를 두지는 않으려나.

"하고, 저, 계속– "

사야코의 목소리는 다시 눈물 섞인 목소리로 변했다.

나는 일어서서 사야코의 어깨에 손을 얹었다. 그리고, 사야코의 머리를 끌어안았다.

"다 이해해. 괜찮아."

– 하고, 사야코 말고는 아무도 듣지 못할 작은 목소리로 속삭인다.

뒤에서 악기 소리가 조금 작아진 기분이 들었지만, 이제는 아무런 신경도 쓰지 않았다. 눈물로 젖은 사야코의 얼굴이 내 셔츠에 닿는다. 배 언저리가 은근히 달궈진다.

사야코와 만나고 나서 지금까지 있었던 일들을 하나하나 곱씹어 본다.

사야코는 언제나 웃고 있었다. 옥상에서 만났을 때도. 도서관에 갔을 때도. 처음으로 이곳에서 피아노 연주를 내게 들려줬을 때도. 사장님에게 나를 소개해 줄 때도. 화과자 꾸러미를 줄 때도. 버스정류장에서 나를 배웅할 때도. 소요다이 역에서 꽃다발을 사서 가지고 와주었을 때조차 눈물을 흘리면서도 씩씩하게 미소 지었다.

그 미소는 어디에서 온 것일까? 사야코가 진심으로 미소지은 것이었을까? 아니면 내 기운을 북돋아 주려고 필사적으로 지은 미소였을까?

어쨌든 간에, 이것만은 확실하게 말할 수 있다.

– 나는 그 미소가 보고 싶어서, 조금만 더 살아보자고 마음먹었다.

그 '조금만 더'가 조금씩 조금씩 쌓여나갔다. 그리고 나는 드디어 그 옥상에서 벗어나 돌아오게 되었다.

사야코가 없었다면 나는 지금 이 자리에 없었다.

"이제 됐어, 거짓말은."

내 셔츠에 얼굴을 파묻고 우는 사야코를 향해 살짝 속삭여주었다.

"앞으로는 진실만을 말해줘."

내 배 언저리에서 작은 흐느낌과 함께 "응." 이라는 먹먹한 대답이 들려왔다. 사야코가 왼손을 내 하얀 셔츠로 뻗어와, 움켜쥔다.

– 미안해. 여태까지 알아차리지 못해서.

한 번 더, 사야코의 어깨에 팔을 둘러 세게 끌어안았다.

이번에야말로 그녀는, 진심으로 눈물지었다.

'네. 카페 피아니시모입니다.'

저기, 하고 말을 거니 '예약이신가요?' 하고 사장님의 밝은 목소리가 들려왔다.

"아, 그게 아니고. 가도사와 사장님, 저, 도키타에요."

이름을 밝히는 순간 '아하!' 하고 커다란 목소리가 들려왔다. 나도 모르게 휴대전화를 귀에서 떼어낼 정도다.

'어쩐 일이야? 사야코는 오늘 안 왔는데.'

"저도 알아요. 오늘 있다가 보기로 약속했거든요."

'에이, 그랬구나. 부럽다아.'

"잠깐 시간 괜찮으세요?"

하고 묻자, '응. 뭐 손님이 계시기는 한데, 괜찮아.' 하고 일부러 강조하듯 대답이 돌아왔다.

"바쁘시면 다음에 다시 걸게요."

'아냐아냐, 용건은 〈아라키 아야노〉, 맞지?'

"……얘기 들으셨어요?"

'그날 바로 보고받았어. 도키타 군한테 다 들켰다, 라고.'

근데 그 녀석, 왠지 모르게 한숨 놓은 느낌이었어- 사장님이 웃으며 말했다.

연습 홀에서 사야코가 연주하는 혼신의 라벨을 들은 날로부터 일주일이 지났다. 대학에서 가장 가까운 역 반대 방면 출구로 사라져가는 사야코를 배웅한 뒤로 아직 얼굴을 보지 못했다.

'겨우 등에 진 짐을 내려놓은 기분이야. 비밀을 지키는 걸 도와달라고 부탁받은 뒤로 얼마나 힘들었는데. 이름만 안 말하는 거면 그나마 쉬웠을 텐데, 콩쿠르 나가는 것도 절대 말하지 말라고 입막음을 단단히 당했거든. 그런 주제에 피아노는 도키타 군 눈앞에서 당당하게 치고 있으니, 나도 모르게 불쑥 튀어나오는 게 아닌가 싶어서 얼마나 조마조마했었는지.'

"역시 사장님도 전면적으로 협력하고 계셨군요."

'미안하게 됐어. 사야코 성격이 자주 사람을 이리저리 휘두른다거나, 꽤나 억지로 끌어들이는 성격이라고는 했지만, 다 거짓말이야. 실은 그 녀석 좋아하는 남자한테 적극적으로 다가가서 말 걸고 하는 성격이 아니거든. 옛날부터, 뭐랄까 내향적이고 항상 주변 눈치를 살피는 구석이 있는 애였어. 뭐 그렇다고는 해도 중심이 뚜렷해서 그런 점이 나는 마음에 들었지만 말이야.'

전화를 건 사람은 나인데, 오히려 사장님이 하고 싶었던 말이 더 많았던 모양이다.

'사야코가 전국 클래식 피아노 콩쿠르 예선을 돌파했다는 이야기는 들었지? 그거, 정말 쾌거 중의 쾌거거든. 일본음악계 일부가 당황할 만큼 충격적이었을 게 분명해. 왜냐면, 의자를 오른쪽으로 끌어다 놓고 페달을 좌우로 밟아간다는, 기존의 상식을 깨뜨리는 한 손 피아노 연주가 일본 톱 레벨 정통파 콩쿠르에서 인정받았다 이 말이거든. 예선이라고는 해도, 말도 안 되는 사건이지.'

사장님은 흥분한 어조로 말을 쏟아냈다.

모든 곡을 자유롭게 선택 가능한 콩쿠르라고 해도, 악보가 존재하는 클래식 곡에만 한정된다. 그런 의미에서 역시 왼손 전용 피아노곡은 숫자가 적고, 그만큼 선곡도 어렵다. 이번 콩쿠르에서 사야코가 연주한 곡은 스크랴빈의 '왼손을 위한 두 개의 소품', 리파티의 '왼손을 위한 소나티네', 그리고 라벨의 '왼손을 위한 피아노 협주곡'에서 마지막 카덴차를 발췌. 그중에서도 라벨의 피아노 협주곡은 충분히 연습해서, 예선, 본선 모두 최종 곡으로 연주했다.

'아차, 곡명을 늘어놔도 모르려나.'

전화 너머로 사장님이 겸연쩍은 듯 웃는 소리가 들렸다.

'뭐 어쨌든 간에 엄청난 일이야. 왼손 피아니스트라는 존재는 일본에도 몇 명 있기는 하지만 대부분 프로 피아니스트가 된 이후에 어떤 사정으로 오른팔 기능을 잃어버린 사람들이거든. 뇌경색이라든가 근육 긴장 이상 증세 같은 이유로 말이지. 그래서 초등학교 때부터 왼손을 쓰지 못하게 됐는데도 불구하고 왼손만으로 연습을 거듭해 등용문인 콩쿠르를 이렇게 정면 돌파하려고 하는 사람이 있다는 것만으로도 일본 클래식 음악계에 있어서 놀랄만한 충격이지. 스승의 입장에서도, 자랑스러운 일이야.'

사장님의 말을 들으면서 나는 침대에서 일어나 베란다로 이어지는 창문 쪽으로 걸어갔다. 그대로 창문을 열고 밖으로 나갔다.

생각보다 공기가 청량했다. 아직 이른 오후 시간이라 셔츠 소매 속으로 서늘한 공기가 들어오는 정도였지만, 귀가할 때쯤에는 카디건이 필요할 것 같았다.

문득 옆집을 보니, 정원의 단풍나무가 아주 살짝 물들기 시작하고 있었다. 새빨갛게 달아오르려면 한 달 정도 더 걸릴 것 같았지만, 깊어가는 가을을 느끼는 데는 충분했다.

"저기."

묻고 싶었던 문제를 꺼낸다.

"초등학교 3학년 때 사야코는 어떤 아이였나요?"

'탈선사고에 휘말렸던 때 사야코, 말인가?'

"네."

끄덕이고 귀를 기울이자, 으음, 하고 생각에 잠긴 소리가 들려왔다.

'정확히 말하자면 나는 직후 상태밖에 몰라. 사야코가 그 집으로 이사 오게 된 게 탈선사고가 터진 지 2개월쯤 지나서였거든. 도쿄 도내 유명 화과자 가게에서 일했던 사야코네 부모님이 독립해서 자기 가게를 낸 게 그때쯤이었어. 나도 이 카페를 막 열었던 참이었는데 바로 근처에 그런 가게가 생겼으니 전전긍긍했지. 뭐 지금은 오히려 화과자를 받아와서 손님에게 내고 있기도 해서, 상부상조라고 해야 할지 서로 견제라고 해야 할지.”

각설하고, 본론인 아야노 이야기인데— 사장님은 일부러 사야코의 본명으로 그녀를 불렀다.

'역시 괴로웠던 것 같았어. 부모님이 처음으로 아야노를 우리 가게로 데리고 왔을 때도 뜬금없이 울음을 터뜨리거나 해서 부모님을 곤란하게 했지. 정신적으로 불안정한 상태가 계속 이어지고 있었어. 그런데 막 사다가 갖다 놓은 업라이트 피아노를 발견한 순간 갑자기 울음을 그치더니, 〈쳐도 되나요?〉 하고 물어보더라고. 놀랐지. 식사하는 모습 같은 걸 보면 오른팔이 움직이지 않는구나, 하고 명확하게 느껴졌으니까. 나만 놀란 게 아니라 사야코 부모님도 눈을 동그랗게 뜨셨더라고.”

“그래서— 사야코는 바로 피아노를 치던가요?”

'아니 아니, 완전히 치질 못하더라고. 사고 전까지는 피아노를 배운 모양인데, 애초에 왼손잡이도 아니었으니 마음먹은 대로 연주가 될 리 없었지. 그게 답답했었는지, 도중에 다시 엉엉 울음을 터뜨리는 거야. 어찌해야 좋을지 몰라서 부모님이 어색하게 딸을 집으로 데려가셨지. 하지만, 사야코는 포기하지 않았어. 다음 날도, 그리고 또 다음 날도, 매일 우리 가게로 와서 결국 왼손만 써서 피아노를 칠 수 있게 되었어. 생각한 대로 연주가 안 되면 금방 울음을 터트리는 주제에, 어른스럽게 〈피아노 가르쳐 주세요〉 하고 건방진 소리도 하니 아주 뒤집어질 노릇이었지.'

"그렇게 피아노가 좋았던 거군요."

'글쎄, 그럴 수도 있지. 새로운 장소로 이사 와서, 새 친구를 사귀는 것도 잘 안 되니 외로워서 그랬던 것인지도 모르고. 그래도 뭐, 그렇게 몰두하는 모습은 보기만 해도 대단했어.'

사장님은 그리운 듯 말했다.

'오토이 교코의 피아노 연주에 사야코가 반한 것도 그때쯤이었어. 내가 어쩌다 가게에서 CD를 틀었는데 말이지. 그랬더니 바로 팬이 되어버렸어. 그 영향으로 〈나도 연주명 갖고 싶어〉 하고 졸라대서, 같이 생각한 거야. 참고로 〈사야코〉는 내가 생각했어. 본명 아야노랑 어감이 비슷하도록 유지하면서 동시에 오토이 교코에게서 한 자 빌려오는 식으로 말이지. 뭐, 그런 느낌이지. 귀여운 이름 아니야?'

사장님의 자랑하는 말투는 마치 딸 바보 아버지 같아서, 나도 모르게 웃음이 터지고 말았다. '어? 웃어?' 하고 사장님이 화난 척했다.

"그럼, 성은요?"

'사야코가 생각했어. 부모님과 상담해서 정했다고 했던가? 세이케 사야코. 균형 잡힌 좋은 이름이지. ……아, 그게, 저기, 물론 본명도 멋지다고 생각하기는 하는데, 내가 붙인 이름이다 보니까 애착이 간다고 할까? 처음에는 반쯤 장난삼아 그렇게 불렀는데, 어느새 내 안에 그렇게 정착이 되어버렸어.'

"왜 그러세요, 변명이라도 하시는 것처럼."

'아냐, 그게 아니고. 있는 그대로의 사실과 벌어진 일의 경위를 밝히고 있을 뿐이야.'

정말 재미있는 분이다. 피아노를 가르치는 동안, 매일 찾아오는 사야코가 귀여워서 어쩔 줄 모르게 되어버린 모양이었다. 사장님은 독신인 것 같았지만, 어쩌면 결혼해서 가정을 가졌더라도 좋은 아빠가 되었을 것이다.

'그 뒤로 사야코는 눈부시게 실력이 늘기 시작했어. 나는 절대 왼손 피아노 전문가가 아니야. 전문가는커녕 양손 피아노로도 결국 프로가 되지 못한 그릇이라고. 그런데도 사야코가 여기까지 성장한 것은 분명 타고난 센스와 올바른 인간성, 쏟아부은 정열, 그리고 그 성격에서 비롯한 것이겠지. 음악이라는 게 연주자의 마음을 비추는 거울 같은 거거든. 자신이 있는 사람은 대담하게 연주하는 거고. 신경질적인 사람은 섬세하게 연주하는 거고. 친절하고 사려 깊은 사람은 벨벳처럼 폭신하고 부드럽게 음을 연주하는 거지.'

사야코의 연주기술은 보통 수준이 아니야- 사장님은 힘 있게 말했다.

'지금은 말이지, 음악가로 먹고살기 힘든 시대란 말이야. 도쿄문화회관에서 연주회 같은 커다란 건수 의뢰가 팍팍 들어오고 해서 학생들을 가르치지 않아도 전업으로 생활이 가능한 피아니스트는 일본에 채 열 명도 안 돼. 그렇지만 옛날보다 다양성이 인정받는 시대이기도 하지. 다시 말해 사야코에게 있어서는 앞으로가 찬스라 이거야. 게다가 무엇보다도 사야코의 피아노 연주에는 힘이 깃들어있어. 아주 화려하지는 않지만, 스타성이 있어. 아무리 들어도 질리지 않고, 오히려 곡이 끝났을 때 듣는 사람을 아쉽게 만들 정도로, 사람들을 끌어들이는 거야. 그 표현의 폭은 흉내 내고 싶어도 간단히 흉내 낼 수 없는 종류의 수준이라고. 녀석의 그런 매력은 분명 클래식 음악 애호가에게는 물론이고 그렇지 않은 사람에게도 꼭 전달될 거야. 난 그렇게 믿어.'

사장님 말씀대로라고 생각했다.

한 손으로 연주하기 때문에 주목받는 게 아니었다. 가혹한 운명을 극복한 것 덕분이라고 생각할 수도 있지만, 그 정도만으로는 반드시 심금을 울리는 곡이 된다는 보장도 없었다. 세이케 사야코의 소리- 아라키 아야노라는 한 명의 여성이 자아내는 피아노 연주이기에 멈추지 않고 계속 듣고 싶어지는 것이다.

나는 음악을 잘 모른다. 하지만, 그런 내 마음까지도 이 정도로 움직였으니까 사야코의 피아노에는 분명 엄청나게 압도적인 에너지가 꾹꾹 눌려 담겨있는 것이겠지. 그 에너지는 다른 어디도 아닌 사야코 자신의 개성이며, 앞으로도 꿈을 향해 날갯짓하기 위한 동력원이었다.

'그래서, 왜 전화했었더라?'

사장님이 이제 와 새삼 물어본다는 투로 물어왔다.

"지금까지 나눈 이야기를 사장님께 한 번쯤 듣고 싶었어요. 그뿐입니다."

'그래.'

사장님이 감회 깊은 목소리로 중얼거렸다.

'우리 둘, 그동안 툭 터놓고 이야기한 적도 없었으니까 말이지. 사야코가 있으면 아무래도 사야코의 페이스에 휘

말려버리고 마니까. 저래 보여도 꽤나 지기 싫어하는 성격이거든. 얼마 전에 전쿠르 본선에서 떨어졌던 이야기는 더더욱 적극적으로 하지 않으려 할 거고, 어릴 때 한 고생담들도 자기 입으로는 먼저 꺼내는 일이 없을 테니까.'

"네, 말씀하신 대로에요."

한순간 아무 말이 없다가, 사장님과 내가 동시에 웃음을 터뜨렸다.

"그럼 이만 슬슬 들어가 보겠습니다. 사장님, 저기- "

'응?'

"내일, 힘내세요. 사야코랑 같이 보러 갈 거니까."

'뭐? 올 거야? 나 본선 나간 거?'

사장님이 깜짝 놀라 목소리를 높였다.

'그럼 기합 팍팍 넣어야겠네. 내 피아노 연주에 사야코만 반하게 둘 수는 없으니까.'

"기대하겠습니다."

들어가세요, 하고 전화를 끊으려는 때 '아, 잠깐만.' 하고 사장님 목소리가 들려와 다시 한번 휴대전화를 귀에 갖다 댔다.

'도키타. 너도 여러 가지 사정이 있겠지만 말이지, 서로 힘내자고.'

그 말을 듣자, 입에서 후, 하고 숨이 튀어나왔다.

고맙습니다— 머리를 숙이며, 전화를 끊었다.

벽시계를 보니, 벌써 오후 한 시 가까이 됐다. 서둘러 바닥에 놓아둔 가방을 들어 올렸다. 슬슬 역으로 향할 시간이다. 사야코와 만나기로 한 시간은 오후 네 시니 아직 세 시간은 넉넉히 남아있었다. 하지만, 그 전에 해야 할 일이 있었다.

내 방을 나와 계단을 내려가니 거실에서 인기척이 들려왔다. 내가 사장님과 통화하는 사이에 어머니가 점심을 드시러 집에 돌아오신 모양이다. 오전과 오후 진료시간 사이에 집으로 와서 식사할 만큼 어머니의 직장은 바로 근처다. 실습에 가지 못한 사실을 감추면서 내가 매일 밖으로 나가 시간을 보내야만 했던 이유도 어머니가 가까이에서 일하시기 때문이었다.

이전 같으면 나는 살금살금 깨금발로 복도를 나와 그대로 집 밖으로 나가버렸을 것이다. 하지만, 왠지 모르게 오늘은 발길이 거실로 향한다.

문을 열고 들어가니, 어머니가 놀란 눈으로 나를 보셨다.

"어머, 뭐야? 슈도 먹으려고?"

아무래도 내가 거실에 발을 들인 이유가 배고파서라고 단정 지으신 모양이었다. 나도 모르게 나오는 쓴웃음과 함께 "그게 아니라요." 하고 고개를 가로저었다.

"저기……, 부탁드릴 게 있는데요."

진지한 얼굴로 돌아와, 마른국수 봉지를 든 채로 굳어버린 어머니의 눈을 똑바로 바라보았다.

"5학년 다시 시작하는 걸 허락해주세요."

"뭐?"

"올해 시간이 남는 동안 아르바이트해서 내년 학비를 모아둘 생각이에요. 그렇지만 실습이 시작되면 생활비까지 마련하는 건 무리가 따를 것 같아서요. 그래서 금전적인 면으로 도움을 주셨으면 해서……, 한 학년을 다시 도전해보고 싶어요. 허락해 주시겠어요?"

한참 동안 바닥을 바라보다가 천천히 고개를 들었다. 어머니는 한 방 먹은 얼굴을 하고 계셨다.

"새삼스레 무슨 말이니? 전에도 말했잖니, 학비도 생활비도 당연히 지원해줄 테니 걱정하지 말라고. 굳이 부탁 안 해도 애초에 그럴 생각이기도 했고."

"고맙습니다. 그리고–"

"잠깐만."

말을 이으려는데, 어머니가 말을 끊었다. "왜요?" 하고 묻자, 어머니가 고민하며 입술을 굳게 다물고 마른국수 봉지를 식탁 위에 올려놓았다.

"억지로 그러지 않아도 돼. 실은 되고 싶지 않은 거잖아."

"네? 뭐가요?"

"의사가. 슈는 의사가 되고 싶다는 생각 안 했었잖아. 그렇지? 어렴풋이 눈치채고 있었어. 하지만, 도저히 받아들일 수가 없더라고. 여태까지 열심히 키웠으니까, 좋은 학교에 보냈으니까, 병원도 시행착오를 겪어가면서 지금까지 운영해 왔으니까, 그런 기분만 앞서버렸어. 실습을 도중에 안 나갈 만큼 슈 마음이 괴로운지도 모르고……. 엄마가 미안해. 다시는 엄마 때문에 억지로 하지 않아도 돼. 가고 싶은 길을 스스로 정해서 나아가면 그걸로 엄마는 족해."

"아뇨, 그게 아니에요. 의사는 될 생각이에요."

내가 부정하자 어머니는 눈을 크게 뜨셨다. 어머니의 이런 솔직한 표정을 보는 게 도대체 얼마만일까, 하는 생각이 들었다.

"하지만 임상의가 아니라- 연구의가 되고 싶어요."

이게, 내 일생일대의 결심이었다.

고쳐주고 싶다고 생각한 것이다. 하지만, 그것은 아직 치료법이 확립되지 않았다. 재생의학이 진보하면서 겨우 싹이 트기 시작하기는 했지만 아직 임상적으로 사용할 만큼 충분한 연구가 이루어졌다고 하기는 어렵다.

내가 하고 싶은 분야는 중증손상을 받은 신경을 완전한 형태로 되살려 기능을 회복시키는 것이다. 즉, 사야코의 오른팔을 다시 한번 더 자유자재로 움직이게끔 해주는 것. 초등학교 3학년 당시의 사야코처럼, 팔이나 다리를 평생 움직일 수 없다는 선고를 받아 몇 번이고 눈물을 흘려온 사람들에게 다시 한번 희망을 주는 것.

왼손만으로도 그만큼 장대한 음악 세계를 그려낼 수 있는 사야코에게 지금도 오른손이 필요한지 여부는 나도 모른다. 하지만, 그 기능을 되돌릴 것인지 아닌지의 선택지 정도는 사야코가 고를 수 있게 해주고 싶다는 생각을 했다.

이런 생각을 입에 올리면 분명 어머니는 실망하여 슬픈 표정을 지으시겠지. 어쩌면 얼굴이 새빨갛게 달아오를 정도로 화를 내실지도 모른다. 그렇게 예상하고 나도 모르게 눈을 감아버렸지만, 내 귀에 들려온 말은 "아하." 라는 따스한 한숨이었다.

"연구 쪽이구나. 하긴, 슈는 그게 더 맞긴 하겠어."

어렸을 때부터 그랬으니까, 어머니는 먼 곳을 바라보는 눈으로 허공을 바라보았다.

식물이나 동물에 관한 도감을 처음부터 끝까지 꼼꼼히 읽는 게 재미있었다. 인체의 불가사의를 다룬 어린이용 학습만화를 몇 번이고 몇 번이고 열심히 읽곤 했다. 산수 문제집을 사 와서는 누가 풀라고 시키지도 않았는데 자발적으로 풀기 시작해 어느새 한 권을 다 떼는 일도 있었다. 애니메이션이나 가요 방송에는 눈길도 주지 않으면서 최신 과학 특집 방송이나 연구하는 과학자 다큐멘터리는 텔레비전 앞에 앉아 뚫어져라 보곤 했다.

"그러니까, 우리 슈라면 어떻게든 될 거라고 생각해. 연구 전문의는 좁은 문이고, 평생 연구를 한다는 게 보통 힘든 일은 아니지만, 그래도 우리 슈라면 분명 잘할 거야."

"……정말 괜찮아요?"

"병원을 앞으로 어떻게 할지는, 엄마가 일할 수 있는 만큼 일하고 난 다음에 생각해볼까?"

어머니는 아무렇지도 않은 말투로 그렇게 말씀하시고는 연극이라도 하듯 부엌 쪽으로 돌아보며 "슬슬 준비해야지, 오후 진료 늦을라." 하고 마른국수 봉지를 열기 시작했다.

후후, 나도 모르게 웃음이 나왔다. 이 집 안 거실에서, 게다가 어머니와 얼굴을 마주하고 있을 때 이런 기분이 들다니, 도대체 얼마 만일까? 아버지가 돌아가시고 난 뒤로 나는 언제나 적절한 거리를 유지하지 못하고 있었다. 너무 가까이 가거나, 너무 멀리 가거나. 나도 어머니도, 그 조절이 너무나도 서툴렀다.

"다녀오겠습니다."

"다녀와."

오랜만에 어머니가 배웅해주시는 목소리를 들으며 나는 집 밖으로 나왔다.

16시, 사야코는 대학 정문 앞에 모습을 드러냈다.

오늘은 가을에 어울리는 패션을 갖추고 있었다. 오프화이트 니트 스웨터에 무릎까지 오는 와인색 스커트. 어깨에 걸친 작고 검은 숄더백은 처음 보는 가방인 걸 보아 어쩌면 새로 샀는지도 모른다. 평소와 조금 다른 점이 있다면 이전에 어깨까지 내리고 있던 검은 머리카락을 일부 뒤로 넘겨서 묶어 올린 하프 업 헤어스타일을 하고 있다는 점이었다.

"예쁘네. 연주회 대비?"

걸으면서 말을 걸자, 사야코가 안절부절 뒷머리를 손으로 매만졌다.

"헤어스타일 정도는 깔끔하게 하는 게 나을까 싶어서."

"그럴 거면 드레스 입고와도 괜찮았는데."

"에이. 연주회라고는 해도 친구 두 사람에게 들려주는 정도잖아요? 너무 거창해요, 그건."

사야코가 왼손을 하늘하늘 저었다. 예전에는 아주 살짝 오른쪽 다리를 끌듯이 걸었지만, 이제는 똑바로 걷고 있었다. 여러 거짓말에서 해방되어 즐거운 사야코는 평소보다 더욱더 반짝반짝 빛을 내고 있었다.

이제 곧 연주할 예정인 곡에 관해 이야기를 나누며 걷고 있자니 곧바로 제2부실동에 도착했다. 커다란 나선계단으로 3층까지 올라간다. 걸음을 옮길수록 익숙한 목소리에 다가갔다.

"야, 도키타. 왔어?"

연습 홀로 이어지는 문 앞에서 요시노가 한 손을 들어올렸다. 그 옆에는 계단에 쭈그리고 앉은 기시카와가 일어나는 모습이 보인다.

"이분이 바로 그 세이케 사야코 씨?"

요시노가 의뭉스레, 내 뒤에서 걸어 올라온 사야코를 향해 왼손을 내밀었다.

“나, 요시노 하루키. 의학부 도키타 동기생이야.”

“아, 요시노 씨시군요. 말씀 많이 들었어요.”

사야코가 순간 얼굴을 빛내며 왼손을 내밀고 악수했다.

“오늘 여기까지 와줘서 진짜 고마워. 피아노 무지 잘 친다는 소문을 들었거든, 기대할게.”

“에이, 괜히 기대치 허들 높여서 부담 주지 마세요.”

흘겨보는 눈으로 사야코가 나를 보았다. “뭐 어때.” 하고 달래자, 사야코가 아주 살짝 볼을 부풀리더니, 이번에는 기시카와 쪽으로 몸을 돌렸다.

– 이 정도 허들은 눈 감고도 넘으면서.

사야코에게는 자각이 없는지도 모른다. 방금처럼 악수를 하는기시카와와 사야코를 바라보며 그런 생각을 했다.

“실습으로 바쁘신 와중에 정말 괜찮으세요?”

“괜찮아. 오늘은 요시노도 나도 비뇨기과 실습 마지막 날이라서. 오전에 리포트 발표하고 끝났어. 질질 끌면 안 될 것 같아서 일부러 약속을 오후로 잡은 건데, 하필 일찍 끝나서 시간이 남았을 정도야.”

“아, 그럼 다행이네요.”

사야코는 안심한 듯 가슴에 손을 댔다. 그리고 당돌하게 "우리 도키타 씨를 앞으로도 잘 부탁드려요." 하고 고개를 숙였다.

"뭐라는 거야, 그건 오히려 우리가 할 말이지."

요시노가 호쾌하게 웃는다.

"뭐랄까, 좋은 친구분들이시구나, 하고 감동해버려서." 라고 말하는 사야코.

"아니 그런데 말이야, 왜 남자친구를 성으로 불러? 적어도 이름으로 부르는 게 낫지 않아?"

기시카와가 신기하다는 눈으로 사야코와 나를 번갈아 보았다.

"으음, 그럼 어디 불러버릴까요?"

사야코가 살짝 장난스러운 눈으로 나를 보며, 내 팔을 쿡쿡 찔렀다.

"야, 슈. 아니면, 슈 오빠야, 이렇게?"

나도 모르게 두근거렸지만, 얼굴에 티를 내지는 않았다.

"우와, 도키타 저 자식 부끄러운가 본데?" 하고 요시노가 배꼽 잡고 웃음을 터뜨렸고, 기시카와도 따라서 웃음을 터뜨렸다. 나는 당황해서 고개를 가로저으며 "됐고, 시작할 거면 빨리 시작하자." 하고, 두 사람을 채근했다.

제2부실동 연습 홀을 전세 내도록 예약해 준 사람은 요시노였다. 나는 이 홀을 시간제로 빌릴 수 있다는 사실 자체를 모르고 있었는데, 역시 아카펠라 동아리 주력 멤버인 요시노 답게 모르는 게 없었다. 내가 사야코의 '작은 연주회'를 열고 싶다는 이야기를 두 사람에게 꺼내자 "저녁 시간 이후라면 30분 단위로 예약할 수 있어." 하고 바로 학생지원과 창구로 달려가 신청해주었다. 그 덕에 오늘은 여기에서 사야코의 피아노 연주회를 거행하게 된 것이다.

"그럼 우리는 먼저 들어가서 준비하고 있을 테니까, 사야코는 3분 있다가 도키타랑 같이 들어와."

네에, 하고 함께 대답하자, 요시노와 기시카와는 서로를 쳐다보더니 연습 홀로 이어지는 문을 살짝 열어 그 틈새로 미끄러지듯 들어갔다.

"준비라니, 무슨 준비려나."

"비디오카메라 아냐?"

"어머, 촬영하는 거예요?"

사야코가 눈을 동그랗게 떴다.

"실수로 건반 잘못 누르지 않게 조심해야겠네. 긴장할 거 같아."

"릴랙스, 릴랙스."

사야코는 눈꼬리를 내린 채 계단 난간으로 다가가, 그 난간을 피아노 삼아 왼손 손가락을 움직이기 시작했다. 오늘 연주할 곡을 최종점검하는 모양이다. 한동안 나는 사야코의 매끄럽게 움직이는 다섯 손가락에 빠져들어 갔다.

"저기, 한 가지 말할 게 있는데, 해도 될까?"

"어떤 거요?"

"사야코가 본선에서 떨어진 이유, 알 거 같아."

"네?"

사야코가 손가락의 움직임을 멈추고 내 쪽을 바라보았다. 몸을 돌릴 때 머리카락도 따라서 움직인다. 묶은 검은 머리칼이 스르륵 흔들린다.

"사야코의 장점은 말이지, 웃는 얼굴이야. 피아노 연주할 때의 사야코는 보통 신나서 웃고 있어. 보는 사람조차 기분이 좋아지게 만들 정도로 최고의 표정을 짓고 있다고. 그런데, 얼마 전 여기서 라벨의 '왼손을 위한 피아노 협주곡'을 연주할 때는 미간에 주름이 잡혔어. 뭐랄까, 피아노 치는 게 괴로워 보일 정도로. 그 곡의 경우에는 그 표현방법이 정답 가운데 하나일지도 모르지만, 반드시 최적의 해는 아니라고 생각해. 왜냐면 곡 후반에 사야코가 자연스럽게 밝은 표정이 될 때부터, 그전까지 연주한 곡 전체가 약동하는 것처럼 들렸거든. 어두운 곡조인 건 변함없는데 말이야. 엄청 신기했어."

음악을 잘 모르는 주제에 건방진 소리를 감히 늘어놓기는— 사야코가 이렇게 느껴도 할 말은 없다. 하지만, 이것만은 꼭 전하고 싶었다.

"사야코가 어떤 곡을 치더라도, 사야코의 연주에 귀 기울여 주는 청중이 함께하잖아. 청중이 사야코에게 전달받고자 하는 건 미래를 살아가는 데 힘이 되는 용기와 희망일 거 같아. 이 사실만은 잊지 않았으면 해."

사야코는 잠시 생각에 잠기더니, 무언가 깨달은 표정으로 변하고는 고개를 끄덕였다. 볼이 발갛게 달아올라 있었다.

"아주 좋은 조언이에요. 고마워요."

그 순간 사야코의 눈이 촉촉이 젖어있는 것처럼 보였다. 들여다보려고 하니, 사야코는 휙 고개를 돌리고 말았다.

"자, 슬슬 3분 된 거 같은데."

손목시계를 보고, 사야코의 어깨에 살짝 손을 올렸다.

"갈까."

"네."

나는 문손잡이를 잡고 힘차게 문을 열었다.

그 순간 우레와 같은 박수가 울려 퍼졌다.

발을 들이면서, 조금 놀랐다. 안에 늘어선 의자가 만석이었기 때문이다. 스무 개나 늘어놓았었는데, 요시노의 관객동원력은 보통이 아니었다. 같은 실습반 멤버는 모두 왔다고 했었는데, 이만큼이나 사람이 모였다는 건 의학부 후배나 소속 동아리 멤버도 초대했다는 말이다.

빙글 뒤를 돌아보며 홀 안쪽에 놓인 그랜드피아노를 가리켰다. 평소보다 앞쪽으로 끌어놓아, 피아노 천장이라 불리는 뚜껑 부분도 크게 열어놓았다. 오후 2시에 미리 이곳으로 나, 요시노, 그리고 기시카와 세 명이 집합해 준비해두었다.

스무 명의 시선과 성대한 박수를 받자, 사야코는 문 앞에서 경직되어버렸다. 왼손을 입에 대고 이리저리 홀 안을 둘러본다.

"말도 안 돼."

사야코가 겨우 비틀거리며 내 쪽으로 다가왔다.

"뭐에요, 이거? 어떻게 이렇게 사람이 많이 모인 거예요?"

"요시노가 있지, 꽤 발이 넓어."

"의학부 학생분들?"

"대부분은 그럴걸."

"그렇다면 '슈 오빠' 친구들이기도 하네요?"

사야코의 볼이 느슨해진다. 그 새로운 호칭에 나는 공연히 간질간질했다.

"자, 다녀와."

하고 배웅하자, 사야코는 "네." 하고 더할 나위 없는 미소를 지으며 앞쪽 무대로 달려갔다.

"잘도 이렇게 모았네."

비디오카메라 위치를 조정하고 있는 요시노를 곁눈질하며 곁에 서 있던 기시카와에게 말을 걸었다. 기시카와가 웃으며 요시노의 뒷모습을 가리켰다.

"요시노가 말이지, '도키타 추천은 틀리는 법이 없지' 라고 캠퍼스에서 지나가는 지인이며 친구며 죄다 권유하더라고. '그 녀석은 허풍떠는 법이 없는 놈이라서' 믿을만하다나? 뭐, 제수씨 사진도 같이 보여주면서 말이야. '이렇게 귀여운 애가 왼손만 써서 초절기교를 연주한다고' 라나 뭐라나."

그 말을 듣자, 나도 모르게 웃음이 터졌다.

"나를 신뢰해 주는 건 고마운 일이지만, 사진을 보여주면서 광고하는 것은 좀 그런데?"

"에이, 뭐 어때. 앞으로 피아니스트가 될 사람인데, 외모도 무기로 삼아야지. 결국 콘서트라는 게 시각과 청각

양쪽을 자극하는 예술이니까."

"아, 그런가?"

생각해보니 그렇다.

"프로를 목표로 하고 있다는 말은 그런 뜻이겠지."

"왜, 복잡한 기분?"

"전혀."

당황해서 부정하기는 했지만, 기시카와는 씨익 입꼬리를 올렸다. 그때 "자, 여러분." 하는 요시노가 격식을 차려 말하는 소리가 들려와, 우리는 무대 쪽을 향했다.

"오늘은 갑작스레, 그리고 억지나 다름없는 권유에도 불구하고 모여주신 여러분께 깊은 감사의 말씀을 드립니다. 우리 의학부 동기 도키타의 소개로 미래의 피아니스트 세이케 사야코 씨의 사상 첫 연주회를 이곳 제2부실동 연습 홀에서 개최하게 되었습니다. 사야코, 미안. 하필이면 이런 허접한 데서."

그랜드피아노 옆에 선 요시노가 의자 옆에 불안해서 들떠 있는 사야코를 향해 팡, 합장하였다. 그 몸짓과 말투가 우스꽝스러워서 관객 가운데 몇몇이 웃음을 터뜨렸다.

"실은 사야코가 오늘 관객이 저와 기시카와 단둘이라고 듣고 와서 깜짝 놀랐을 겁니다. 하지만 자연스럽게 편하게 연주하면 되니까, 편하게 연주해주기를 바랍니다."

요시노가 명랑하게 말하고는 "그럼 부탁드립니다." 하고 사야코에게 배턴을 넘겼다.

관객이 조용해졌다. 요시노가 가장 앞쪽 자리에 앉기를 기다린 사야코가 어물어물 입을 열었다.

"이렇게 많은 분 앞에서 연주하리라고는 생각하지 못해서, 곡을 세 곡밖에 준비하지 못했습니다만……, 끝까지 즐겁게 들어주셨으면 하는 마음입니다. 잘 부탁드립니다."

사야코가 고개를 숙이자, 다시 짝짝짝, 박수 소리가 터져 나왔다. 사야코는 바로 피아노 의자에 앉아, 위치를 확인하기 시작했다. 의자를 살짝 오른쪽으로 옮기고, 높이를 조절한다. 그리고 왼발을 댐퍼 페달에 천천히 얹었다.

둥실, 사야코의 검은 머리칼이 등 위에 흐드러졌다. 사야코는 천장을 올려다보며, 방긋 미소지었다.

사야코의 왼손이 건반 위를 가볍게 쓸었다.

부드러운 단음이 홀 안에 퍼진다.

곡은 천천히 시작했다. 반주와 주선율을 조금씩 엇나가게 하면서, 사야코의 왼손이 음을 내보내기 시작한다. 아주 살짝 주저하듯. 듣는 사람의 내면을 그 작은 손바닥으로 살짝 쓰다듬듯.

나라도 잘 아는 유명한 작은악절이었다. 아까 전 사야코에게 오늘 프로그램을 듣기는 했지만, 듣지 않았더라도 친근감을 느끼며 들을 만한 곡이었다.

쇼팽의 야상곡 2번.

어린아이가 발표회에서 연주하는 때도 있을 만큼 대표적인 곡이에요- 여기에 오는 도중에 사야코는 살짝 부끄럽다는 양 말했었다.

- 하지만, 제게는 절대 쉬운 곡이 아니었어요. 되도록 어레인지 없이 치고 싶다고 고집을 부려서 완성했어요. 위화감 없이 들어줬으면 좋겠지만.

사야코다운, 겸손으로 가득한 말이라고 생각했다. 점점 음이 늘어가는 연주를 들으면서 내 입꼬리는 자연스레 이완되어있었다.

누구나 아는 선율을 누구보다도 잘 연주하는 것만큼 어려운 것도 없다. 그런데도, 어째서 사야코의 음은 이렇게도 나를 고무시키는 것일까? 어째서 나로 하여금 어떤 멋진 일이 벌어지고 있다는 확신과도 같은 예감을 갖게 만드는 걸까?

절대 간단한 곡이 아니었다, 사야코가 말한 이유를 점점 알게 되었다. 이 곡은 처음부터 끝까지 반주 부분이 끊임없이 세 박자를 새기고 있다. 본래 오른손으로 쳐야 할 멜로디와 왼손으로 전념해야 마땅할 화음을 사야코는 왼손 하나만으로 연주해야만 하는 것이었다.

그래서 사야코의 왼손은 느긋한 곡조와는 대조적으로 정신없이 건반 위를 왕복했다. 때때로 템포가 극단적으로 느려지거나 다시 빨라지는 등 궁리 끝에 완성한 왼손의 움직임에 맞추어 곡이 꿈틀꿈틀 움직였다. 왼쪽 발은 몇 번이고 페달을 바꾸어 밟으며 음의 흐름이 끊기지 않도록 애썼다.

그런 움직임 가운데에서도 사야코의 음은 섬세한 흐름을 잃지 않았다. 푸근한 작은악절이 청중 모두를 사야코의 세계로, 그리고 쇼팽이 살았던 시대로 초대하기 시작했다.

어째서일까? 피아노를 치는 사야코 주변에 하얀빛의 고리가 둥둥 떠 있는 것 같은 기분이 들었다. 조명 탓일까? 아니면 내가 멋대로 상상력을 발휘했을 뿐일까?

미소를 잊지 않는 사야코의 옆얼굴을 뚫어져라 바라보는 사이 사야코가 자아내는 단음 주선율이 점점 더 강렬한 기세를 보이기 시작했다. 템포가 빨라진 것도 아닌데 음에 담긴 정열이 한층 강렬해진 게 여실히 느껴지고 있다.

그리고, 세 박자를 새기던 반주가 멈추었다. 사야코가 살짝 몸을 오른쪽으로 틀더니 고음을 연주하기 시작했다. 사야코의 세 손가락이 눈에 보이지 않을 정도로 빠르게 세 개의 건반을 돌아가며 누른다.

곡조가 원래대로 돌아오자 바로 음을 차례로 천천히 연주하기 시작했다. 언뜻 부드러워 보이지만 의지가 확실히 담긴 세 개의 화음을 마지막으로, 사야코의 왼손은 건반에서 멀어졌다.

사야코가 안심했는지, 뺨에서 힘이 빠진다. 의자에 앉은 채 관객석 쪽을 향해 고개를 숙인다.

곧바로 박수가 터져 나왔다. 나도 정신없이 손을 맞부딪쳤다.

힐끔, 사야코가 이쪽을 본 것 같은 느낌이 들었다. 황급히 시선을 맞추려고 했지만, 사야코는 이미 피아노 쪽으로 고쳐 앉아있었다.

다음 곡은 내가 신청한 곡이었다. "프로그램에 넣어줬으면 해." 하고 부탁했을 때, 사야코는 순간 놀란 얼굴을 한 뒤 "저도 이 곡이 클래식 중에서 가장 좋아요." 하고 뺨을 붉혔다.

– 하지만, 이 곡 되게 어려워요. 어째서 이렇게 음이 많

은지, 참. 불가능하다고 말하고 싶지는 않지만, 역시 왼손만으로는 칠 수 없는 부분이 상당히 많이 나오거든요. 그래서 연주하는 건 아주 좋아하지만, 연주할 때마다 조금 분해요. 모차르트가 작곡한 그대로 연주하고 싶은데! 하고요.

그런 약한 말을 흘렸던 게 혹시 내가 꿈에서 본 게 아니었을까 착각할 정도로, 지금 피아노를 향해 몸을 돌린 사야코는 상쾌하고 맑은 표정을 하고 있었다. 눈을 감고, 살짝 건반 위에 왼손을 올린다.

사야코가 눈을 뜨자마자 동시에 곡이 울려 퍼지기 시작했다. 도, 도, 솔, 솔, 라, 라, 솔. 나 같은 문외한도 알아듣는 그 멜로디에 낮은 단음을 더해서 여러 가지 조합으로 두 음이 동시에 울리게 한다. 실은 오른손 파트와 왼손 파트가 명확히 나누어져 있었을 텐데, 사야코의 경우에는 이 모든 것을 거의 엄지와 새끼손가락만으로 어떻게든 넘기고 있었다.

모차르트의 반짝반짝 작은 별 협주곡.

곡은 유치원생이라도 칠 수 있을 만큼 단순한 파트에서 시작했다. 페달조차 밟지 않는다. 건반 위에서 한 손만으로 약동하는 사야코는 어느새 평소보다 더욱 즐거워 보였다.

귀에 익숙한 반짝반짝 작은 별의 작은악절을 끝까지 쭈욱 다 쳤다.

방심해서는 안 된다. 그 순간 사야코가 손가락을 급가속했다.

잘 아는 선율이 가느다란 고속의 음에 휩싸인다. 빛의 입자가 튀기는 것 같았다. 사야코의 다섯 손가락이 건반 위를 미끄러지듯 움직이며 반짝반짝 작은 별이라는 음악을 아름답게 장식하기 시작한다.

눈앞이 핑 도는 것 같은 멜로디를 연주하는 것만으로도 손가락 개수가 절대적으로 모자랄 터인데 사야코는 작은 악절 군데군데 새끼손가락이나 약지를 사용해 능숙하게 화음을 넣었다. 그 간결한 소리가 기분 좋게 들려온다. 도대체 어떻게 한 걸까, 하고 신경 쓸 겨를도 없이 사야코가 뽑아내는 음은 점점 앞으로 나아간다.

차례차례 색을 바꾸어가며 사야코는 몇 번이고 몇 번이고 같은 멜로디를 연주해나갔다.

저음을 쳤다가, 고음을 쳤다가.

박자를 바꾸었다가, 되돌렸다가.

페달을 밟아 음을 울리게 했다가, 바로 그만두거나.

건반을 강하게 때리거나, 부드럽게 억누르거나.

템포가 빨라지거나, 느려지거나.

그럴 때마다, 소리의 소용돌이가 우리를 집어삼켰다.

도중에 음이 부족해졌다. 곡이 갑자기 단조로 변해 불안한 분위기가 감돈다. 하지만 사야코의 얼굴은 미소가 지어진 채로 있었다. 그 얼굴이 보여주는 대로 곡은 곧바로 원래의 작은악절로 점점 회복해가더니 마음에 안정감을 가져다줬다.

심플하고 느긋한 곡조가 관객을 무심의 경지로 데려간다. 음악에 귀를 기울인다는 자각조차 없어져 눈앞의 피아니스트가 연주하고 있는 음을 그저 끊임없이 몸 안으로 받아들인다.

문득 어린 시절 일을 떠올린다. 언제였더라. 아버지와 어머니와 나, 이렇게 세 명이서 원반 장난감을 던지며 놀았다. 녹색 잔디밭 위에서. 끝없이 먼 곳까지 이어지는 새파란 하늘 아래에서.

돌연히 커다란 화음과 함께 곡이 가속하며 내 마음을 연습 홀로 되돌려 놨다.

눈앞이 핑 도는 선율이 다시 시작된다. 사야코는 크게 몸을 좌우로 흔들면서 뺨을 붉게 상기시키고 함박웃음을 지으며 무수히 많은 음을 허공으로 띄워 보내고 있었다.

소스테누토 페달을 몇 번이고 밟는다.

상반신을 뒤로 젖힌다.

왼손이 건반을 내달린다.

왼손이 튀어 오른다.

– 사야코가 목표로 삼은 높은 경지는 도대체 어디까지 올라가야 하는 걸까?

이 정도로 넘치는 에너지가 고작 스무 명을 위해 쏟아져 내리다니, 아까울 정도다. 아니, 아깝다기보다, 에너지를 제대로 받아주지 못하고 있었다. 이 공간에 담지 못할 정도의 넘쳐흐르는 열기와 마음이 사야코의 연주에 드러나 있었다.

그리고– 저음부에서 고음부로 옮겨간 손가락이 성대하게 마지막 화음을 울려 퍼지게 했다.

정신을 차렸을 때는 내 두 손이 박수를 치기 시작하고 있었다. 눈 깜빡할 틈도 주지 않고 남은 관객들도 박수를 친다. 맨 앞줄 끝에 앉아있던 요시노가 두 손을 입에 모아 "브라보!" 하고 고함을 쳤다.

사야코가 다시 이쪽으로 몸을 돌렸다. 울려 퍼지는 박수갈채 속에서 와인색 스커트 위에 왼손을 얹고 예의 바르게 꾸벅 머리를 숙였다.

박수가 잦아들자 사야코는 빙긋 웃으며 입을 열었다.

"여러분, 정말 감사드립니다."

사야코의 목소리는 아주 약간 떨리고 있었다. 표정은 밝은데, 목소리는 울 것만 같다.

사야코가 문득 고개를 뻗어 창문 쪽으로 시선을 돌렸다. 벌써 슬슬 저녁놀이 질 시간이 되어가고 있었다. 하늘이 아주 약간 빨갛게 물들기 시작했다.

"마지막 곡은 이 계절에 어울릴 만한 곡을 골라봤습니다. 여러 사람의 손을 거쳐 편곡되어온 일본의 명곡입니다. 제 나름의 소리로 여러분에게 전하고자 합니다."

다시 한번 정중히 인사한 사야코가 건반 쪽으로 몸을 돌렸다. 그리고 크게 심호흡을 하더니 이 순간을 곱씹기라도 하듯 왼손을 건반 위에 걸쳤다.

느긋한 전주가 시작되었다. 음이 꼬리를 길게 늘어뜨리고 있었고, 서로 부딪쳐 울린다. 조용한 화음이 살짝 바닥에 깔린다.

화음이 사라지려 할 때, 마치 노래를 시작하듯 사야코가 작게 입을 벌렸다.

사야코가 다시 피아노를 치기 시작한 순간 홀 안 여기저기서 탄식이 터져 나왔다.

– 저녁놀 희미한데 고추잠자리.

– 잡으러 다닌 게 언제 적인가.

(편집자 주: '고추잠자리', 일본에서 가장 널리 알려진 동요)

노래 없이 연주하고 있는데도 분명 노랫소리가 들려왔다.

사야코가 부르는 것도, 누군가가 부르는 것도 아닌 부드럽고 상냥한 목소리가.

그동안 사야코를 계속 봐왔는데도 자연스레 시선이 창문 쪽을 향한다. 유달리 특별한 구석도 없이 대학 캠퍼스에서 보는 저녁놀 진 하늘이었다. 하지만 그 붉은 기운이 묘하게 내 마음을 울렸다.

– 산속 밭에서 오디를.

– 한 광주리 땄던 게 꿈이었던가.

어째서 사야코는 이 노래를 골랐을까, 하는 생각이 들었다.

아마도 이 홀에 있는 모두가 각각 자기들만의 감정을 이입할 수 있는 노래여서가 아니었을까? 이 곡을 부르거나 듣거나 했을 때의 일을 떠올리며, 서로가 각자의 과거를 상기하며 생각에 잠길 수 있어서가 아니었을까?

사야코가 연주하는 '고추잠자리'는 때론 내가 아는 선율을 화음과 함께 내보내는가 하면, 때론 간주를 곁들여가면서 조용히 우리가 있는 홀을 가득 채웠다.

그 음이 점점 드라마틱하게 고조되어간다. 어느새 음의 숫자도 늘어나 사야코의 왼손은 미끄러지듯 건반 위를 돌아다녔다.

주선율을 연주하는 엄지와 검지.

그 음을 밑에서 받쳐주는 나머지 세 손가락.

제각각으로 보이는 그 다섯 손가락이 이 방법밖에 없다고 확신시켜 주기라도 하듯 정확하게 조화를 이루는 화음을 차례로 그랜드피아노에서 뽑아내고 있었다.

– 열다섯 누이는 시집가서는.

– 고향 소식 묻는 편지도 뚝 끊겼네.

틀림없이 가을이었다.

눈앞에 단풍이 보인다. 고추잠자리가 날아다닌다. 저녁놀이 걸친 산등성이가 아름다운 선을 그린다.

그런데도 이상한 일이었다. 곡을 듣고 있으면– 사야코의 음에 귀를 기울이면 내 머릿속은 점점 봄 햇살에 휩싸여가는 것이었다.

아마도 이것은 사야코가 봄바람 같은 여성이기 때문일 것이다.

사야코는 눈더미에 파묻혀 사라져가던 나에게 생명의 숨결을 불어넣어 주었다. 내가 다시 한번 땅을 뚫고 나와

싹을 틔울 수 있었던 것은 모두 사야코 덕분이었다.

사야코는 내게 있어 틀림없이 봄이었다.

사야코의 피아노 연주에서는 따스함이 차고 넘쳐흐른다. 어렸을 때 아버지나 어머니에게 안겼을 때 느꼈던 따스함이 떠오른다. 그러면서도, 겸허하고 청량하다. 졸졸 개울물이 흐르는 것처럼 탁해지는 일 없이 앞으로 나아간다.

피아노 음은 인간성이다. 사야코의 음은 사야코가 넘어야 했던 벽만큼 표현의 폭이 넓어져 왔다. 고민해온 시간만큼 깊이를 더해갔다.

– 저녁놀 희미한데 고추잠자리.

– 가만히 있으렴 장대 끝에서.

이대로 끝나는 게 싫어졌다. 하지만, 여기를 출발점으로 하면 된다는 생각도 든다.

지금까지 계속 노력해온 사야코에게 출발이라는 단어가 실례라고 한다면 재출발이라고 바꿔도 좋다.

오늘은 사야코가 다시 시작하는 날이다.

후주 마지막 음이 사라져갔다. 사야코가 왼손을 살짝 들어 올려 그대로 위를 바라본다.

커다란 환성과 함께 오늘 중 가장 큰 박수 소리가 홀을 뒤덮었다.

나도 열심히 손을 맞부딪쳤다. 두 손이 얼얼할 정도로 세게 휘둘렀다.

주변을 돌아보니 어느새 늘어난 악기 케이스를 든 사람 여럿이 함께 박수를 쳐주고 있었다. 주변 동아리방에서 연습하던 관현악부 부원들이나 다른 동아리 학생들까지도 어느새 함께 사야코의 연주를 듣고 있었던 모양이었다.

멍하니 의자에 앉은 사야코가 문득 정신을 차렸는지 황급히 의자에서 일어났다.

피아노 앞에 서서 박수를 치는 스무 명의 관객을 둘러본다. 그 얼굴은 마음속 깊은 곳에서부터, 지금껏 보지 못했을 정도로 반짝이고 있었다.

"다음에는 꼭 전국대회에 진출할게요! 그리고, 우승할게요!"

사야코가 큰 소리로 외쳤다.

사야코는 나를 똑바로 바라보았다. 내가 크게 고개를 끄덕이자 그 순간 사야코의 두 눈에서 눈물이 펑펑 쏟아졌다.

그렇게 사야코는 깊이 고개를 숙여 인사했다. 울려 퍼지는 박수 소리가 더욱 커졌다.

그런 사야코의 모습을 보며 어렴풋이 생각했다.

생각해 보면, 나는 사야코에게 받기만 했었구나.

앞으로 조금씩 갚아나가면 되겠지.

그렇잖아?

– 오늘은 아라키 아야노와 내가 재출발하는 날이니까.

postlude

후주곡

아라키 후지코 님 두 손에.

오랜 기간 답장을 드리지 못해 죄송합니다.

이 편지를 쓰기에 앞서, 그동안 보내주셨던 편지를 모두 읽어보았습니다. 따님의 사진도 보았고, 따뜻한 기분이 들었습니다. 제 사진도 마찬가지로 댁으로 보내졌다고 생각하니, 왠지 모르게 부끄러워져 마음속이 간질간질한 느낌입니다.

따님은 정말 훌륭한 사람입니다. 지망하던 음대에는 무조건 입학하리라 생각합니다. 언젠가 전국 클래식 피아노 콩쿠르에서 우승하여 프로 피아니스트가 되는 것도 현실이 될 것이 분명합니다. 그날이 꼭 오리라고 저는 확신하고 있습니다.

제가 아야노와 만났던 그 탈선사고는 제게 있어서 어떻게 해서든 떠올리고 싶지 않은 과거의 상처였습니다. 그런 탓에 저는 지금까지 어머님께서 보내주셨던 많은 편지를 거의 읽지 않고 있었습니다.

하지만 그 사고가 있던 날 천만다행으로 아야노의 왼손을 남길 수 있었던 모양입니다. 그만큼 아름다운 음악을 연주하는 값진 왼손을 말입니다. 감히 제 입으로 말하기도 뻔뻔하다고 생각합니다만, 이번에 다시 만난 아야노가 제게 그러하다는 말을 해준 뒤로 조금은 자랑스러운 기분이 들게 되었습니다. 그때 제 아버지를 구하지는 못한 저입니다만, 제 행동은 잘못되지 않았다고 생각하게 되었습니다. 아야노가 제게 준 구원은 아무리 감사해도 모자라지 않습니다.

갑작스레 실례되는 말씀을 드립니다만, 제게는 한 가지 마음에 걸리는 일이 있습니다.

이 사실을 말씀드려도 좋을지 어떨지를 고민하느라, 편지의 이다음 부분을 일주일 동안 쓰지 못하고 있었습니다. 하지만 제 무례함에 미리 용서와 양해를 구하며 감히 여쭙기로 마음먹었습니다. 부디 용서해주시기를 바랍니다.

혹시라도 제가 잘못 생각했다면, 죄송합니다. 제 추측입니다만, 아야노의 친부모님 두 분은 그날 있었던 탈선사고로 돌아가신 게 아닌지요?

옆으로 넘어진 열차 속에서 아야노는 어른 남녀 아래쪽에 깔려있었습니다. 바로 옆에는 달리 관계가 있어 보이는 사람도 없었습니다. 어떻게든 끌어내어 구조대원에게 데려가려고 했을 때 아야노는 그 자리에서 떨어지려고 하지 않았습니다. 쓰러진 어른 남녀는 두 분 모두 심한 부상을 입고 있었습니다. 안타깝습니다만 가망이 없었을 것입니다. 제 눈으로 목격한 일입니다. 아마 틀림없다고 생각합니다.

어머님께서는 본래 아야노의 이모 혹은 고모 되시는 분이 아닐까, 하고 예상하고 있습니다. 얼마 전 만나 뵈었을 때 아야노와 닮으셨다고 생각했기에.

아야노 본인에게 물어보지는 않았습니다. 물을 필요가 없지 않나, 생각해서입니다.

독립해서 가스카베에 가게를 차리기 전, 어머님과 아버님은 도쿄 도내의 유명한 화과자 가게에서 일하셨다고 들었습니다. 탈선사고 직후라는 타이밍에 독립을 결정하신 이유는 당시 정신적으로 불안정했던 아야노를 위해 되도록 긴 시간을 곁에 있어 주기 위해서가 아닌지요.

새로 연 가게 상호에 친자식이 아닌 딸의 이름을 붙이셨다는 것은 아무나 할 수 있는 일이 아니라고 생각합니다. 수양딸로 받아들인 아야노는 가게 간판이나 가게 입구 처마에 드리운 포렴에 적힌 상호를 보면서 스스로가 아라키가의 딸이라는 자신감을 얻을 수 있었겠지요. (아마도 아야노의 예전 성은 '세이케'가 아니었을까 싶습니다. 이 또한 캐묻거나 할 생각은 전혀 없습니다만.)

오른팔의 기능과 친부모님을 잃었음에도 아야노가 이렇게 밝게 자랄 수 있었던 것은 모두 어머님과 아버님의 뒷받침이 있었기에 가능했다고 생각합니다.

괜한 간섭을 해서 죄송합니다.

하지만, 오늘은 꼭 감사의 마음을 전하고 싶어 이 편지를 썼습니다.

지금까지 이런 저에게 계속해서 편지를 보내주셔서 정말 감사드립니다. 이처럼 지켜봐 주신 덕분에 저는 긍정적으로 내일을 향해, 제 나름의 목표를 향해 살아갈 수 있을 것 같습니다. 제가 해드릴 수 있는 일은 얼마 없겠습니다만, 앞으로 열심히 노력하고 또 노력해 언젠가 아야노,

어머님과 아버님, 그리고 돌아가신 아야노의 친부모님을 기쁘게 해드릴 만한 결과를 얻을 수 있도록 의학의 길을 한 걸음 한 걸음 정진해 나가고자 합니다.

마지막으로 저뿐만이 아니라, 앞으로도 아야노의 피아노 연주를 듣게 될 사람들 모두를 대표해, 다시 한번 감사의 말씀을 올립니다.

아야노를 이렇게 멋진 여성으로 키워주셔서 감사합니다.

제가 전차 안에서 발견했고, 어머님이 소중히 지켜주신 아야노의 왼손은, 분명 앞으로도 많은 사람을 매료시키는 음악을 연주할 것입니다.

아라키 아야노– 세이케 사야코는 어머님과 아버님, 그리고 감히 저 자신도 함께, 온 힘을 다해 지켜온 자랑스러운 왼손 피아니스트입니다.

– 끝 –

나와 그녀의 왼손

초판 1쇄 | 2018년 10월 23일
초판 7쇄 | 2019년 02월 25일

지은이 츠지도 유메 | **옮긴이** 손지상
펴낸이 서인석 | **펴낸곳** 제우미디어 | **출판등록** 제 3-429호
등록일자 1992년 8월 17일 | **주소** 서울시 마포구 독막로 76-1 한주빌딩 5층
전화 02-3142-6845 | **팩스** 02-3142-0075 | **홈페이지** www.jeumedia.com

ISBN 978-89-5952-724-3
*파본은 구입하신 서점에서 교환해 드립니다.

제우미디어 네이버포스트 post.naver.com/jeumediablog
제우미디어 페이스북 www.facebook.com/jeumedia
제우미디어 트위터 twitter.com/Jeumedia

만든 사람들
출판사업부 총괄 손대현 | **편집장** 전태준
책임편집 박건우 | **기획** 홍지영, 장윤선, 안재욱, 조병준, 성건우
디자인 총괄 디자인그룹 헌드레드 | **제작, 영업** 김금남, 권혁진